Das Buch

Hamburg 1894: Frisch verheiratet stürzt sich Luise in die Arbeit im Familienkontor und versucht damit, ihrem Ehemann Hans Petersen so gut es geht aus dem Weg zu gehen. Die Geschäfte laufen prächtig und Luise übernimmt immer mehr Verantwortung. Mit ihrer Schwangerschaft trägt sie allerdings ein großes Geheimnis mit sich herum: Sie weiß, dass dieses Kind ihre beruflichen Ziele unmöglich machen und ihr Leben komplett verändern wird. Für den Tag der Geburt schmiedet sie deshalb einen geheimen Plan und ist davon überzeugt, dass er die einzige mögliche Lösung darstellt.

Auch ihr Onkel Karl, der das Kontor der Familie Hansen in Wien führt, hat etwas vor seiner Familie zu verbergen. Als ihm ein Kleinkrimineller auf die Spur kommt und ihn skrupellos mit seinem Wissen erpresst, spitzt sich die Lage für Karl immer weiter zu.

Die Autorin

Ellin Carsta ist das Pseudonym der deutschen Autorin Petra Mattfeldt, die zusammen mit ihrem Mann und ihren drei Kindern in der Nähe von Bremen lebt. Alle Fans ihrer Bestsellerreihe um die »heimliche Heilerin« können sich mit der Veröffentlichung der »Hansen-Saga« über neuen Lesestoff freuen. Weitere Informationen zur Autorin finden Sie unter www.petra-mattfeldt.de.

ELLIN CARSTA

Das bedrohte Glück

DIE HANSEN-SAGA

ROMAN

Deutsche Erstveröffentlichung bei
Tinte & Feder, Amazon Media EU S.à r.l.
38, avenue John F. Kennedy, L-1855 Luxembourg
April 2019
Copyright © der deutschsprachigen Ausgabe 2019
By Ellin Carsta

Umschlaggestaltung: bürosüd⁰ München, www.buerosued.de
Umschlagmotiv: © KathySG/Shutterstock; © Jan Martin Will/
Shutterstock; © Chyrko Olena/Shutterstock; © Color Symphony/
Shutterstock; © Nielskliim/Shutterstock; © Kondor32/Shutterstock;
© SN-Photography/Shutterstock; © Authentic travel/Shutterstock;
© KathySG/Shutterstock; © RossHelen/Shutterstock
1. Lektorat: Silvia Kuttny-Walser
2. Lektorat: Renate Novak
Korrektorat: Gisela Wunderskirchner/DRSVS
Satz: Dr. Rainer Schöttle Verlagsservice
Gedruckt durch:
Amazon Distribution GmbH, Amazonstraße 1, 04347 Leipzig /
Canon Deutschland Business Services GmbH, Ferdinand-Jühlke-Str. 7,
99095 Erfurt /
CPI books GmbH, Birkstraße 10, 25917 Leck

ISBN: 978-2-91980-482-5

www.tinte-feder.de

Prolog

Das Gebäude aus roten Klinkersteinen hatte sich in den letzten Jahren von außen überhaupt nicht verändert. Im Jahr 1883 war das Kontor der Familie Hansen eines der ersten Häuser der Speicherstadt gewesen, wenngleich die Firma bereits 1850 von Peter Hansen gegründet worden und genau dreiunddreißig Jahre später an den jetzigen Standort gezogen war.

Das war nun über zehn Jahre her, und so unendlich viel war in dieser Zeit geschehen. Die Höhen und Tiefen des Lebens und der Geschäftswelt hatten ihre Spuren hinterlassen, Hoffnungen hatten sich erfüllt, Träume waren verwirklicht – und zerstört worden. Das Glück hatte Einzug gehalten und sich wieder verabschiedet.

Peter Hansen, der Patriarch, lebte nicht mehr. Ebenso wenig wie seine Ehefrau Marie, die mit ihm gemeinsam jedes einzelne Einrichtungsstück in der Villa der Familie an seinen Platz gestellt und ihrem Ehemann in allem unerschütterlich beigestanden hatte, was die Welt des Handels an schicksalhaften Wendungen für die Hansens bereitgehalten hatte.

Seit nunmehr sechs Jahren lag es in der Verantwortung der Söhne Georg, Robert und Karl, das Kontor am Leben zu erhalten und ihren Familien aus den erwirtschafteten Gewinnen ansehnlichen Wohlstand zu ermöglichen. Viele Opfer waren gebracht worden, besonders in persönlicher Hinsicht.

Doch nie zuvor hatte das Handelshaus eine solche Blüte erfahren, niemals hatte es so gut dagestanden wie heute.

Der Name Hansen galt etwas in Hamburg und auch weit über die Stadtgrenzen hinaus. Die Frage, ob es sich lohnte, mit den Hansens Geschäfte zu machen, stellte sich nicht. Und die Heirat von Roberts Tochter Luise Hansen und Hans Petersen bedeutete, dass sich hier zwei der ganz großen Familien zusammengetan hatten.

Doch Luises Herz schlug im Rhythmus der Trommeln Kameruns, und sie war sicher, dass sich das niemals ändern würde. Natürlich war Hamburg ihre Heimat und das Kontor ihr Leben – die Frage war nur, wie lange noch …

1. Kapitel

Hamburg, 2. April 1894

Es kam Luise vor wie ein Schauspiel, wie ein Theaterstück, bei dem sie im Publikum saß und die Darsteller beobachtete, wie diese sich mühten, ihre Rollen auszufüllen. Nur dass sie selbst auch eine dieser Darstellerinnen war und sich zugleich dabei zusah, wie sie versuchte, den Schein zu wahren und alles zu tun, was vermeintlich von ihr erwartet wurde. Dabei kam ihr das, was sie tat, vollkommen sinnlos vor, denn ihre Tage hier in Hamburg und damit auch im Kontor waren gezählt. Es war wie das Ticken einer Uhr, das nur sie selbst hören konnte und das ihr unablässig sagte, dass alles, was sie tat, von Sinnlosigkeit geprägt war.

Wozu sich noch bemühen, das Kontor weiter voranzubringen und immer bessere Geschäfte abzuschließen, da sie doch ohnehin nicht mehr hier sein würde, wenn ihr Einsatz Früchte trug? Für wen? Für ihren Vater Robert, den sie mit ihrer Flucht so bitter enttäuschen würde? Für ihren Cousin Richard, dem sie im Kontor das Feld bereitete und der von ihrer Tüchtigkeit nur profitieren konnte? Für den Fortbestand des Kontors, das einst ihr Großvater gegründet hatte und das schon seit Jahren ihr

Lebensmittelpunkt war? Sie wusste keine Antwort darauf. Und auch nicht auf die Frage, wie sie weitermachen sollte, wenn mit dem in ihrem Leib heranwachsenden Kind all das sinnlos wurde, wofür sie so lange und so hart gearbeitet hatte.

Anfangs war sie noch von einem unbeschreiblichen Glücksgefühl, ja Kampfeswillen erfüllt gewesen und bereit, sich all den Prüfungen zu stellen, die auf sie zukommen würden. Doch davon war so gut wie nichts mehr übrig. Gewiss, sie freute sich auf ihr Kind. Es war ein Teil von ihr und ein Symbol der Liebe, die sie für Hamza, ihren Geliebten, empfand.

Es hatte sie gerührt, als ihr Vater, am Tag nachdem sie ihm ihre Schwangerschaft offenbart hatte, eigens zu ihr gekommen war, um ihr mitzuteilen, dass er sie dabei unterstützen werde, wenn sie weiter im Kontor arbeiten und den Säugling einem Kindermädchen überlassen wolle. Luise war klar, dass er es gut gemeint hatte, weil er wusste, wie viel ihr die Arbeit im Kontor bedeutete. Sie war in Tränen ausgebrochen und hatte ihren Vater umarmt, sich geradezu an ihn geklammert. Er konnte ja nicht ahnen, dass sein guter Wille in dem Moment, da dieses Kind das Licht der Welt erblickte und er die Hautfarbe des Neugeborenen sah, mit einem Mal dahin sein würde.

Luise wusste, dass sie diesen Moment nicht aushalten könnte. Nicht die Blicke der Hebamme, nicht die ihrer Schwester, vor allem aber nicht die des Vaters, den sie so tief enttäuschen und bloßstellen würde. Natürlich würde er sie mit ihrer Mutter vergleichen und zu dem Schluss kommen, diese habe zweifellos ihre Schamlosigkeit an die Tochter vererbt. Allein der Gedanke daran trieb ihr Tränen der Verzweiflung in die Augen. Sie wusste, dass es darauf hinauslaufen würde. Ihre Großmutter hätte das Verhalten von Luises Mutter wohl als gewöhnlich bezeichnet – das schlimmste Schimpfwort, das ihrer Großmutter über die Lippen gekommen war. Und nun bewies Luise durch ihr Verhalten, dass sie keinen Deut besser war.

8

Sie war eine Ehebrecherin. Diesen Gedanken konnte sie selbst nur schwer ertragen, aber sie hatte ihren Ehemann Hans betrogen, wieder und wieder. Nur selten kam sie ihren ehelichen Pflichten mit ihm nach, gab sich hingegen mit großer Leidenschaft und so oft wie möglich Hamza hin. Und bald würde es jeder erfahren und sie verachten. Luise brauchte nicht viel Fantasie, um sich auszumalen, was das für sie bedeutete.

Sie seufzte, als sie das Kleid glatt strich und einen letzten Blick in den Spiegel warf. Sie betrachtete sich von der Seite, um besser überprüfen zu können, ob man schon eine Veränderung sah. Luise war jetzt im vierten Monat, und ihre Taille war noch fast genauso schlank wie immer. Eigentlich sah sie kein bisschen schwanger aus, nicht einmal wenn sie vollständig entkleidet war.

Bei ihrer Schwester Martha war es ganz anders gewesen, als sie mit Eduard in anderen Umständen war. Womöglich bildete Luise es sich auch nur ein, doch wenn sie sich recht erinnerte, war Martha schon zu Beginn der Schwangerschaft von Tag zu Tag fülliger geworden. Und das nicht nur am Bauch, sondern am ganzen Körper. Allerdings war das auch auf eine gewisse Maßlosigkeit zurückzuführen, die ihre Schwester während der Schwangerschaft an den Tag gelegt hatte. Nicht ein Stück Süßes war vor Martha sicher gewesen, und nicht nur zu den üblichen drei Mahlzeiten am Tag hatte Luise ihre Schwester essen sehen, sondern ständig. Nur ein einziges Mal hatte sie sich ein Herz gefasst und Martha darauf angesprochen, dass sie all die Pfunde, die sie sich jetzt anfutterte, nach der Geburt auch wieder abnehmen müsse und gut daran täte, ihren Heißhunger ein wenig zu zügeln. Ein schlimmer Fehler, wie Luise an dem rot anlaufenden Gesicht ihrer Schwester ablesen konnte, die sie grob zurechtwies. Danach hatte Luise nichts mehr dazu gesagt und Martha alles in sich hineinschlingen lassen, wonach ihr der Sinn stand. Doch als Eduard dann bereits

9

ein Jahr auf der Welt war und Martha der Schwester ihr Herz ausschütten wollte, dass sie noch immer nicht wieder in ihre alten Kleider passte, hatte Luise ihr lediglich kurz und knapp mitgeteilt, dass sie nicht die geringste Lust habe, sich mit dem Thema zu beschäftigen. Darauf hatte Martha sich beleidigt abgewandt.

Inzwischen, so schien es Luise, hatte Martha sich offenbar damit abgefunden. Denn sie hatte irgendwann nach der Schneiderin geschickt und sich fast exakte Kopien der Kleider anfertigen lassen, die sie vor der Schwangerschaft mit Eduard getragen hatte. Luise wusste nicht, ob ihre Schwester damit den Anschein erwecken wollte, dass sie noch immer dieselbe Größe trug, oder ob ihr die Kleider einfach so gut gefielen, dass sie nicht auf sie verzichten wollte. Im Grunde war es ihr auch egal. Für sich hatte sie jedoch entschieden, dass sie nach der Geburt ihres Kindes die alte Figur zurückhaben wollte, auch wenn die Kleider, die sie hier in Hamburg trug, für Kamerun, wo sie mit dem Kind und Hamza leben wollte, untauglich waren.

Sie verließ ihr Schlafzimmer und stieg die Stufen hinab. Aus dem Esszimmer hörte sie Stimmen. Die ihres Vaters Robert erkannte sie sofort, außerdem die von Onkel Georg und dessen Ehefrau Vera. Ihr Ehemann Hans war wie immer ohne Frühstück in seine Firma gefahren. Außer am Wochenende frühstückte er stets dort, weil er es wichtig fand, morgens der Erste zu sein und seinen Angestellten als Vorbild zu dienen. Luise war es recht. Je überschaubarer die Zeit war, die sie mit Hans verbrachte, desto besser.

»Guten Morgen«, sagte Luise, als sie das Esszimmer betrat. Sofort richteten sich alle Blicke auf sie.

»Guten Morgen«, antworteten die Anwesenden fast einstimmig.

Neben den Personen, deren Stimmen Luise schon gehört hatte, saßen auch noch ihre Cousine Frederike und ihr Cousin

Richard am Tisch. Dessen Ehefrau Elsa war wie so oft nicht dabei. Sie schloss sich anscheinend lieber in ihrem Zimmer ein, als an den gemeinsamen Mahlzeiten teilzunehmen. Luise hatte anfangs versucht, mit Elsa warm zu werden, ihre Bemühungen jedoch bald auf ein Minimum reduziert. Elsa schien kein einziges Mitglied der Familie Hansen zu mögen. Und Luise meinte, dass es den Hansens wohl ähnlich mit ihr erging.

Dass Elsa von Richard schwanger geworden war und die beiden heiraten mussten, hatte offenbar nicht nur Richards, sondern auch Elsas Zukunftspläne durchkreuzt. Richard hatte nur ein einziges Mal gegenüber Luise erwähnt, dass Elsa eigene berufliche Pläne gehabt hatte und es hätte weit bringen können. Luise hatte sich die Bemerkung verkniffen, warum Elsa, wenn sie doch so schlau war, auf einen wie Richard hereingefallen war. Luise hatte nie besonders viel von ihrem Cousin gehalten. Als sie klein war, hatte sie sogar ein wenig Angst vor ihm gehabt. Das war heute zwar anders, doch sie traute ihm nicht und fand ihn auch nicht besonders sympathisch. Wäre er nicht Teil der Familie, würde sie sich sicher nicht mit ihm abgeben.

Richards Ehefrau Elsa beschäftigte sich die meiste Zeit des Tages mit ihrer Tochter Marie, die nun fast ein halbes Jahr alt war. Die Kleine war wirklich entzückend. Doch trotz ihrer zukünftigen Mutterschaft hatte Luise nie das Bedürfnis, sich mit dem Kind zu beschäftigen.

Sie verbrachte ihre Zeit lieber im Kontor und wollte die verbleibenden Monate in Hamburg voll und ganz der Arbeit widmen. Zum einen, um alles so zu hinterlassen, dass man ihr zumindest in geschäftlicher Hinsicht nichts vorwerfen könnte, im Gegenteil sogar den Hut vor ihrer Leistung ziehen müsste. Zum anderen, weil sie der Gedanke fast zerriss, niemals wieder in dieses Leben zurückzukönnen, das sie sich als Frau hier aufgebaut hatte. Sie konnte und wollte sich dem jedoch erst dann stellen, wenn die Zeit gekommen war und sie alles für ihre Abreise oder besser gesagt ihre Flucht vorbereitet hatte.

Luise setzte sich zum Frühstück auf den freien Stuhl neben ihrem Vater und dankte Anna, der Haushälterin, die ihr eine Tasse Kaffee eingoss.

»Wie geht es dir heute Morgen?«, fragte Robert und wies mit einer Kopfbewegung auf ihren Bauch.

»Sehr gut. Danke.« Luise wusste seine Besorgnis zu schätzen, hatte jedoch wenig Lust, das Thema zu vertiefen. »Hast du die Verträge prüfen können, die ich dir gestern gegeben habe?« Sie blickte ihren Vater fragend an.

»Bitte, Luise, nicht beim Essen«, rügte ihre Tante Vera. »Es muss doch auch Zeiten geben, in denen es einmal nicht um Kaffee- oder Kakaobohnen geht.«

»Bitte entschuldige, Tante.« Luise seufzte kurz.

»Du musst es ihr nachsehen«, stellte Robert sich an die Seite seiner Tochter. »Ich persönlich glaube ja, durch Luises Adern fließen Kakao und Kaffee statt Blut.« Er zwinkerte ihr zu.

Vera wandte sich nun an ihre Tochter. »Was wirst du heute unternehmen, Frederike?«

Sofort setzte Frederike sich aufrechter hin. »Ich habe Elsa angeboten, ihr Marie später für ein paar Stunden abzunehmen.« Sie fuhr sich nervös mit der Zunge über die Lippen.

»Es wird dich nicht voranbringen, wenn du deine Tage damit verbringst, dich um die Tochter deines Bruders zu kümmern«, mahnte Vera ungehalten. »Das ist Elsas Aufgabe, nicht deine. Und da Elsa keine weiteren Pflichten hat, ist es ja auch nicht zu viel verlangt.«

»Ja, Mutter.«

»Wir haben für den heutigen Abend eine Einladung von Bruno Richter erhalten, und ich möchte, dass du dir den Tag über Zeit nimmst, dich zu pflegen, dein Haar frisieren zu lassen und dich auf das Beisammensein vorzubereiten.«

»Bruno Richter?«, fragte Frederike entgeistert.

Luise stellte die Tasse ab. »Der Gewürzhändler Bruno Richter?«

»Ganz recht«, bestätigte Vera.

»Und er hat nur Georg, dich und Frederike eingeladen?«, vergewisserte sich Luise.

»Allerdings.« Vera hob den Kopf. »Weshalb überrascht dich das, Luise?«

Luise sah Frederike an, dann blickte sie zu ihrem Vater. »Bruno Richter ist im Alter meines Vaters.«

»Wenn man Mitte zwanzig ist und noch keinen Ehemann hat, kann man nicht mehr so wählerisch sein«, stellte Vera mit einem Blick auf Frederike fest.

»Ich bin erst dreiundzwanzig, Mutter. Nicht *Mitte zwanzig*.«

»Als ob da noch ein Unterschied wäre. Ich weiß, aufgrund gewisser Verfehlungen«, sie atmete tief ein und warf ihrem Mann einen mürrischen Blick zu, »haben wir als deine Eltern leider die Möglichkeit versäumt, dich zur rechten Zeit gut zu verheiraten. Das lag nicht an dir. Doch nun ist es, wie es ist, und wir müssen alle zusehen, dass wir das Beste daraus machen.«

Luise schluckte die wütende Bemerkung hinunter, die ihr auf den Lippen lag. Sie wusste, dass es keinen Sinn hatte, und am Ende wäre es Frederike, die den Zorn ihrer Mutter auszubaden hatte.

Vera wartete einen Moment, ob Luise noch etwas erwidern würde. Dann wandte sie sich wieder an ihre Tochter. »Ich möchte, dass du einen fabelhaften Eindruck machst, Frederike.«

»Ja, Mutter.«

»Gut. Schließlich ist es an der Zeit, dass du selbst Kinder bekommst, statt dich um die zu sorgen, die andere in die Familie mitgebracht haben.«

»Marie wurde nicht *mitgebracht* wie ein Sack Kartoffeln, Mutter. Sie ist meine Tochter und wurde hier im Haus geboren.«

»Und dennoch scheint deine Ehefrau«, sie betonte das letzte Wort, »sich nur ums Kinderhüten zu kümmern. Wie du auf diese Weise gesellschaftlich je etwas erreichen willst, wenn sie sich nur hier im Hause verkriecht und nie an deiner Seite auftritt, mag dein Geheimnis bleiben.«

»Lass ihn doch, Vera«, sagte nun Georg, der seit seinem Wiedereinzug zwar wieder offiziell an der Seite seiner Frau und zusammen mit seiner Familie im Haus lebte, jedoch nie zur früheren Selbstverständlichkeit als Familienoberhaupt zurückgefunden hatte.

»Wie bitte?«, empörte sie sich.

»Elsa und Richard müssen ihren eigenen Weg finden, genau wie wir seinerzeit.«

Sie ließ ihr Besteck auf den Teller sinken und funkelte ihren Ehemann wütend an. »Und wir alle wissen noch sehr gut, wohin er uns geführt hat, nicht wahr?«

Georg wollte etwas erwidern und öffnete den Mund, schloss ihn dann aber wieder.

Robert und Luise tauschten einen Blick. Sie konnte ihrem Vater ansehen, dass er kurz davorstand, vor Wut zu platzen.

Alle zuckten zusammen, als Robert mit der Hand donnernd auf den Esszimmertisch hieb. »Es reicht!« Er sah in die Runde. »Luise, Frederike, Richard, seid ihr bitte so freundlich und geht kurz hinaus? Ich würde gern etwas mit Georg und Vera besprechen.«

Sofort folgten die drei seiner Aufforderung, legten ihre Servietten beiseite und erhoben sich von ihren Stühlen. Dann verließen sie wortlos das Esszimmer, schlossen die Schiebetür hinter sich und gingen die Stufen hinauf.

Robert wartete noch, bis er die Schritte der drei auf der Treppe hören konnte, dann wandte er sich an Vera. »Ich habe es mir jetzt lange genug angesehen und habe zugelassen, dass du dein Gift versprühst«, begann er.

»Wie redest du denn mit mir?«, empörte sich Vera.

»Du hältst jetzt deinen Mund und hörst mir nur zu, hast du verstanden?« Sein Gesicht lief rot an vor Wut. »*Ihr beide* hört mir zu«, stellte er dann klar und holte tief Luft. »Was Georg und Elisabeth sich damals geleistet haben, ist nicht zu entschuldigen«, begann Robert. »Meine Ehe ist daran zerbrochen, und meine Töchter mussten ohne Mutter ins Erwachsenenleben gehen. Und für eure Familie war es ebenso.«

Vera öffnete den Mund, wollte offenbar etwas sagen. Doch mit einer Handbewegung gebot Robert ihr zu schweigen.

»Im Gegensatz zu Elisabeth und mir habt ihr einen Weg zurück in eure Ehe gefunden, wofür ihr dankbar sein müsstet. Doch ihr verhaltet euch ganz und gar nicht so.«

»Darf ich jetzt auch etwas dazu sagen, Schwager?« Vera betonte das letzte Wort.

»Bitte«, antwortete Robert.

»So wie du es formulierst, könnte man meinen, es sei mein Wunsch gewesen, dass Georg wieder in die Villa einzieht. Doch wenn ich deine Erinnerung ein wenig auffrischen darf: Es war allein deine Entscheidung, Georg zurück in die Firma, in die Villa und damit auch in unser aller Leben zu holen.«

»Da stimme ich dir zu.«

»Wie schön.« Vera klang gereizt. »Mich hat nämlich niemand gefragt.«

»Das stimmt nicht«, entgegnete Robert. »Ich habe dich damals sehr wohl gefragt, wie du zu einer Rückkehr deines Mannes in die Villa stehst. Du hast dich nicht dagegen ausgesprochen.«

»Aber auch nicht dafür«, giftete sie.

Robert sah Georg an. »Nun gut, ich denke, dann müssen wir eine Entscheidung treffen.«

Georg nickte. »Du hast mir nie verziehen, Vera, und ich kann es dir nicht verdenken. Ich werde mir wieder eine Wohnung nehmen, damit ihr hier in Frieden leben könnt.«

Robert wollte etwas sagen, doch Vera kam ihm zuvor. »Und mich damit abermals der Peinlichkeit aussetzen, verlassen worden zu sein?«, keifte sie.

Georg zuckte mit den Schultern. »Ich wüsste nicht, wie wir sonst mit dieser Situation umgehen sollten.«

Vera rang die Hände. »Ich ertrage das nicht noch einmal. Diese Demütigung, diese Blicke. Boshafte Mitleidsbekundungen und das Gefühl, den Ansprüchen meines Mannes nicht gerecht geworden zu sein. Ich weiß nicht …, ich …« Dann brach sie in Tränen aus.

Robert griff über den Tisch und legte seine Hand auf ihren Unterarm. »Vergebung, Vera. Darin liegt die Antwort. Du musst bereit sein, Georg zu vergeben, und ihn wieder in dein Herz lassen.«

»So wie du Elisabeth?« Vera biss sich auf die Lippen. »Entschuldige, das habe ich nicht sagen wollen.«

»Es ist in Ordnung.« Robert ließ sich nicht beirren. »Es gibt da aber einen Unterschied: Ich *wollte* Elisabeth zu keiner Zeit verzeihen. Ich hatte nie vor, sie wieder in mein Leben zu lassen, und ich hätte nie zugelassen, dass sie wieder in die Villa zieht. Elisabeth und ich gehen getrennte Wege, die Situation zwischen uns ist geklärt. Und nun seid ihr an der Reihe, euch für eure Ehe oder gegen sie zu entscheiden.« Robert sah zu seinem Bruder. »Ich möchte hier ganz offen sein, Georg. Ich habe dich lange Zeit gehasst für das, was du und Elisabeth mir angetan habt. Und meine Wut auf dich war größer als auf sie.«

Georg senkte den Blick.

»Doch genau das, was du jetzt gerade tust, solltest du lassen«, fuhr Robert fort. »Es ist an der Zeit, dass du aufhörst, dich für das zu schämen, was geschehen ist. Wir alle müssen damit leben, auf die eine oder andere Weise. Ich habe mich entschieden, dir zu verzeihen, und das habe ich getan. Ich hege keinen Groll mehr gegen dich.«

»Dafür danke ich dir«, sagte Georg.

»Niemand kann in ständigem Hass und schon gar nicht in Unterwürfigkeit leben. Das bringt nur Unglück für alle Beteiligten.« Robert wandte sich wieder Vera zu. »Ich weiß genau, wie du dich die ganze Zeit gefühlt hast, Vera. Mir ging es lange genauso. Doch Hass und Wut erzeugen nur noch mehr Leid, niemals etwas anderes. Vergib Georg, lass ihn wieder in dein Herz, sei glücklich darüber und liebe ihn. Und wenn du das nicht über dich bringst, solltest du zumindest in der Lage sein, dich wie eine erwachsene Frau zu benehmen und ihm Respekt entgegenzubringen. Ich glaube, dass du Georg noch immer liebst und ihn nur deshalb schlecht behandelst, weil du ihn verletzen willst – so wie er dich verletzt hat. Oder aber jag ihn zum Teufel und schließe damit ab. Es ist deine Entscheidung. Doch so, wie es jetzt ist, kann es nicht weitergehen. Für keinen von uns.« Er sah wieder Georg an. »Und du musst aufhören, dich klein zu machen, weil du dir selbst nicht verzeihen kannst. Die Luft in diesem Haus ist vergiftet, keiner hier kann so weitermachen. Werde wieder zu dem Mann, der du einmal warst. Ganz sicher hättest du es dir früher nicht gefallen lassen, dass deine Frau so mit dir umspringt.« Robert wandte sich erneut an Vera. »Die Entscheidung, was werden soll, liegt einzig bei dir. Doch eines musst du wissen: Wenn du dich für diese Ehe entscheidest, erwarte ich von dir, dass du dich deinem Mann und allen anderen gegenüber respektvoll zeigst, genau wie ich von jedem im Haus Respekt dir gegenüber erwarte. Du wurdest betrogen, ja. Und du hattest eine schwere Zeit. Doch das wieder und wieder durchzukauen, bringt niemandem etwas. Wenn Georg und du künftig als Ehepaar leben wollt, wird von deiner Seite kein Wort mehr über die vergangene Affäre fallen. Kein Wort über das, was Georg getan hat, kein Zweifel an seinem Charakter geäußert, keine spitze Bemerkung. Verzeih ihm oder nicht. Doch die Entscheidung ist bindend.«

Einen Moment ließen Georg und Vera die Worte Roberts auf sich wirken. Dann sagte Georg: »Ich danke dir, Robert, dass du mir die Augen geöffnet hast.« Er sah Vera an. »Ich wünsche mir sehr, dass wir wieder zusammenleben, wie wir es früher getan haben. Ich bitte dich hiermit zum tausendsten Mal um Entschuldigung und darum, dass du mir verzeihst. Doch es wird das letzte Mal sein, dass ich das tue. Robert hat recht. Dieser Zustand des andauernden Klagens und Zeterns muss ein Ende haben.« Er zögerte, dann ergriff er vorsichtig die Hand seiner Frau. Seit seinem Wiedereinzug in die Villa hatte es genau eine Umarmung gegeben. Danach hatte Vera jede noch so flüchtige Berührung abgelehnt.

Vera schluckte schwer. »Ich will dir ja verzeihen …« Erneut liefen ihr Tränen über die Wangen. »Aber ich sehe euch immer vor mir, dich und Elisabeth, wie ihr …« Sie hielt inne.

Robert erhob sich von seinem Stuhl. »Verbring den Tag mit deiner Frau, Georg, und räumt alles aus, was zwischen euch steht. Ich erwarte dich heute nicht im Kontor. Nehmt euch Zeit, streitet, werft euch alles an den Kopf. Vera, beschimpf deinen Mann ein letztes Mal für das, was er dir angetan hat. Und dann lasst das alles hinter euch! Es ist mein Ernst: Wenn ich heute Abend aus dem Kontor komme, habt ihr euch entweder ausgesprochen und versöhnt, oder einer von euch beiden hat mit Sack und Pack die Villa verlassen.«

Er schob seinen Stuhl an den Tisch und ging ohne ein weiteres Wort hinaus. Als er die Schiebetür hinter sich geschlossen hatte, rief er ins obere Stockwerk hinauf, dass Frederike, Richard und Luise wieder herunterkommen könnten. Er wartete im Flur, bis die drei seiner Aufforderung nachkamen.

»Können wir wieder hinein?«, fragte Richard und deutete auf die Tür zum Esszimmer.

»Nein. Die beiden da drin haben viel zu besprechen, und ich möchte nicht, dass sie gestört werden. Geht in die Küche und holt euch noch etwas, wenn ihr noch nicht fertig gefrühstückt hattet.«

Die drei nickten, und Frederike und Richard gingen ohne etwas zu sagen in Richtung Küche davon, während Luise vor ihrem Vater stehen blieb. »Ist alles in Ordnung?«

»Das wird es bald wieder sein«, erwiderte Robert. »Ich fahre jetzt ins Kontor.«

»Warte bitte kurz, ich muss nur meine Sachen holen.«

»Nein. Ich schicke dir die Kutsche zurück. Du musst erst etwas essen, sonst schadest du dem Kind.«

Luise wusste, dass es ihrem Vater nicht nur darum ging. Er wollte allein sein und nachdenken. Ob durch die Streitigkeiten zwischen Vera und Georg die Erinnerung an seine eigene gescheiterte Ehe wieder aufgeflammt war, wusste sie nicht zu sagen.

»Ist gut, Vater. Danke. Dann habe ich ja noch ein bisschen Zeit.«

Er beugte sich vor und gab ihr einen raschen Kuss auf die Wange – was er lange nicht mehr getan hatte. Daraufhin verließ er die Villa, um sich ins Kontor kutschieren zu lassen.

Luise sah ihm kurz nach und folgte ihrer Cousine und ihrem Cousin dann in die Küche. Sie fand das Leben in der Villa auf einmal ungeheuer anstrengend. Wie gut, dass sie nach Kamerun zurückkehren würde!

2. Kapitel

»Pst«, machte Frederike verschwörerisch.

»Was ist?«, fragte Luise.

»Ist dein Vater weg?«

»Ja. Er ist ins Kontor gefahren.«

Frederike trat auf Luise zu und machte eine Kopfbewegung in Richtung Esszimmer. »Denkst du, mein Vater wird wieder weggehen?«

Luise sah ebenfalls zur geschlossenen Esszimmertür. »Ich weiß es nicht.« Sie zuckte mit den Schultern. »Wir werden wohl einfach abwarten müssen.«

Frederike biss sich auf die Unterlippe. »Dann müsste ich wenigstens dieses Abendessen nicht über mich ergehen lassen.« Sie senkte den Blick. »Ich weiß, dass ich das nicht sagen sollte, aber ich meine es ernst.«

»Ich nehme es dir nicht übel«, erwiderte Luise. »Ich kann nicht behaupten, dass ich Bruno Richter besonders gut kenne, und er mag ja sogar ein netter Mann sein. Doch ich bekomme eine Gänsehaut, wenn ich nur daran denke, dass du dich mit ihm einlassen sollst – mit einem Mann, der dein Vater sein könnte.«

Frederike nickte.

»Was ist denn nur verkehrt an mir, dass ich nicht in der Lage bin, einen Mann meines Alters für mich zu gewinnen?«

»Nun hör aber auf«, mahnte Luise. »Natürlich ist absolut nichts verkehrt an dir!«

»Ach nein?« Tränen schossen in Frederikes Augen. »Und warum will mich dann keiner?«

»Anton Messinger will dich«, erinnerte Luise. »Er wohnt nur zu weit weg.«

»Er *wollte* mich«, korrigierte Frederike. »Doch das ist vorbei.«

»Ach ja? Und weshalb?«

»Nun, ich werde wohl wieder irgendetwas verkehrt gemacht haben«, mutmaßte Frederike. »Zumindest schreibt er mir nicht mehr.«

»Das verstehe ich nicht.«

»Ich auch nicht«, gab Frederike zurück. »Alles war in Ordnung zwischen uns. Zumindest dachte ich das. Wir haben uns wirklich sehr gut verstanden. Doch dann hat er einfach aufgehört, mir zu schreiben.«

Luise schüttelte den Kopf. »Nein, ich meine, ich verstehe nicht, weshalb du sagst, dass er dir nicht mehr schreibt. Gerade vorgestern ist doch wieder ein Brief von ihm gekommen.«

Frederike riss die Augen auf. Sie öffnete den Mund, schloss ihn wieder und schüttelte kurz den Kopf. »Was sagst du da? Aber nein, du musst dich irren, er hat mir seit Wochen nicht geschrieben.«

»Ich irre mich nicht, Frederike. Ich habe den Brief selbst gesehen. Und auch in den letzten Wochen und Monaten habe ich des Öfteren gesehen, dass Briefe von ihm dabei waren, wenn die Post gebracht wurde. Ich bin ganz sicher.«

Frederike brauchte einen Moment, um das Gehörte zu begreifen. »Mutter« war das Einzige, was sie dann sagte.

Luise hob den Kopf. »Ich fürchte, du hast recht.«

Frederikes Miene verdüsterte sich, sie ballte die Hände zu Fäusten und machte einen Schritt auf die Esszimmertür zu.

»Nein«, sagte Luise und hielt sie am Arm zurück. »Das bringt jetzt nichts, und ich halte es für unklug, deine Eltern im Moment zu stören. Komm lieber mit. Sie werden bestimmt noch eine Weile da drin bleiben.«

»Was ist denn hier los? Eine Verschwörung?« Richard war aus der Küche in den Flur getreten.

»Ach, nichts«, sagte Frederike schnell.

»Frauenthemen«, fügte Luise hinzu, worauf Richard die Augen verdrehte.

»Ich werde mich von Elsa und Marie verabschieden und mich dann auf den Weg ins Kontor machen. Kommst du mit?«, fragte er Luise.

Luise blickte kurz zu Frederike. »Nein, ich komme etwas später nach.« Sie legte die Hand auf den Bauch. »Die Schwangerschaft«, erklärte sie.

Richard rollte abermals die Augen, dann ließ er die beiden stehen und ging die Treppe hinauf.

Luise wartete noch, bis er außer Hörweite war. Dann beugte sie sich näher zu Frederike. »Deine Eltern werden bestimmt noch eine ganze Weile brauchen«, flüsterte Luise. »Ich glaube auch, dass deine Mutter die Briefe hat verschwinden lassen. Was denkst du, wo würde sie etwas verstecken, damit du es nicht zu Gesicht bekommst?«

»Ich weiß es nicht.« Frederike zuckte mit den Schultern. »Vielleicht oben in ihrer Kommode.«

»Komm, wir sehen nach.«

Frederike riss erschrocken die Augen auf. »Sie bringt mich um, wenn sie mich dabei ertappt.«

»Darum sollten wir uns besser beeilen«, drängte Luise. »Also komm jetzt. – Oder willst du nicht wissen, was Anton dir geschrieben hat?«

»Doch, unbedingt.«

»Dann komm.« Luise fasste die Cousine an der Hand und zog sie mit sich. Die beiden eilten nach oben und sahen sich um, ob Richard oder Elsa in der Nähe waren und womöglich mitbekamen, wie sie in Veras Schlafzimmer schlichen. Luise öffnete die Tür und drückte sie leise wieder ins Schloss, als auch Frederike eingetreten war. Sofort ging Frederike zur Kommode ihrer Mutter, zögerte jedoch und sah Luise fragend an. Als diese mit dem Kopf nickte, zog Frederike die oberste Schublade auf.

Vorsichtig hob sie die Stapel mit Unterwäsche an, tastete, ob Briefe darin versteckt waren, und legte sie, als sie nichts außer Stoff fühlen konnte, wieder zurück. Dann öffnete sie die nächste Schublade, in der sich neben Taschentüchern und Unterkleidern eine Schachtel befand. Frederike nahm sie heraus, und Luise öffnete den Deckel. Tatsächlich lagen Briefe darin, allerdings nicht von Anton Messinger an Frederike, sondern von Georg an Vera und darüber hinaus zwei Briefe von Veras Mutter an ihren Ehemann. Etwas enttäuscht stellte Frederike die Schachtel wieder in die Schublade, nachdem Luise den Deckel aufgelegt hatte. Sorgsam ordnete Frederike die Kleidungsstücke wieder so an, wie sie sie beim Öffnen der Schublade vorgefunden hatte. Dann schob sie diese wieder zu und zog die unterste und damit letzte Schublade auf.

Darin befanden sich nur Laken und Bettwäsche und sonst nichts.

»Und jetzt?«, fragte Frederike und sah Luise an.

»Der Schrank«, gab diese knapp zur Antwort und ging sogleich hinüber zu dem massiven Eichenschrank, drehte den Schlüssel und öffnete die quietschenden Türen.

Erschrocken sah Frederike zur Zimmertür, ängstlich, ob das Quietschen jemanden alarmiert haben mochte. Einen Moment warteten Luise und Frederike. Als jedoch niemand den Raum betrat, setzten sie die Erkundung des Schranks fort.

In ihm hingen sorgsam auf einer Stange aufgereiht Veras Kleider. Luise kannte jedes einzelne, hatte jedes schon an Vera gesehen. Doch so auf einem Fleck und nebeneinander hängend kam ihr diese Ansammlung von Kleidern auf einmal sehr üppig vor. Tatsächlich hatte Vera deutlich mehr Kleider als Luise, obwohl diese die Garderobe der Tante immer als recht überschaubar angesehen hatte. Sie fragte sich, ob es womöglich damit zusammenhing, dass Vera für sie in den letzten Monaten immer mehr zu einer mürrischen Frau geworden war, die zwar gepflegt aussah, jedoch nicht den Anschein erweckte, als sei es ihr wichtig, welche Kleider sie wählte und wie sie von ihren Mitmenschen gesehen wurde.

Frederike beugte sich herab und zog eine der Schachteln hervor, die unter den Kleidern auf dem Boden des Schranks standen. Darin befand sich ein Hut, mehr nicht. Sie sah auch in die anderen Schachteln, in denen sich jedoch außer Hüten ebenfalls nichts befand. Daneben standen zwei Paar Schuhe.

Luise überprüfte inzwischen die Kleidungsstücke, die sich in den Schrankfächern rechts befanden. »Nichts«, kommentierte sie.

Sie schlossen die Schranktüren wieder und drehten den Schlüssel herum, dann blickten sie sich im Zimmer um.

Frederike ging in die Hocke, hob die Tagesdecke an und sah unter das Bett, erhob sich wieder und schüttelte den Kopf.

Das einzige weitere Möbelstück war ein Tischchen mit zwei Sesseln rechts und links, auf dem eine Vase mit Blumen aus dem Garten stand.

»Wo könnte sie die Briefe sonst noch aufbewahren?«, fragte Luise, erstarrte aber plötzlich und legte warnend den Zeigefinger auf die Lippen. »Pst«, machte sie.

Die beiden gaben keinen Mucks von sich, lauschten. Es war zu hören, dass eine Tür geschlossen wurde, dann Schritte in Richtung Treppe, die durch den Teppich gedämpft wurden.

Vermutlich hatte sich Richard von seiner Frau und seiner Tochter verabschiedet und machte sich nun auf den Weg ins Kontor.

Einen Moment verharrten die beiden noch. Dann schlich Luise zur Tür und legte ihr Ohr daran. »Ich glaube, er ist weg.«

»Ein Glück«, seufzte Frederike erleichtert.

Luise überlegte kurz, was Frederike und sie besprochen hatten, bevor die Schritte erklungen waren. Dann fiel es ihr wieder ein. »Also, was glaubst du, wo sonst könnte deine Mutter die Briefe noch haben?«

Frederike zuckte mit den Schultern. »Ich weiß es wirklich nicht. Vielleicht im Arbeitszimmer?«, schlug sie vor.

»Das glaube ich nicht«, erwiderte Luise. »Meistens arbeitet mein Vater dort. Wenn deine Mutter sichergehen wollte, dass die Briefe unentdeckt bleiben, ist das kein guter Platz.«

Frederike seufzte. »Ich könnte mir sogar vorstellen, dass sie die Briefe vernichtet hat.« Sie sah Luise an. »Womöglich hat sie sie im Kamin verbrannt.«

»Über die Wintermonate war das Feuer tatsächlich so gut wie nie aus. Das wäre der beste Weg gewesen, um sicherzustellen, dass du die Briefe nie zu Gesicht bekommst.«

»Und selbst jetzt, da der Kamin nicht mehr regelmäßig angefeuert wird, könnte sie es ohne Weiteres tun, sobald alle aus dem Haus sind.« Frederike wirkte mutlos. »Ich glaube allmählich, ich werde nie erfahren, was Anton mir geschrieben hat.«

»Was hat deine Mutter eigentlich gegen ihn? Hat sie dir das mal gesagt?«

»Sie kennt ihn ja nicht einmal«, entgegnete Frederike. »Es kann also nicht um ihn gehen, sondern eher darum, dass er in Wien lebt und Mutter verhindern möchte, dass ich womöglich dorthin ziehen könnte, wenn wir uns näherkommen sollten.« Sie presste die Lippen zusammen. »Dabei möchte ich dort gar nicht leben.« Dann sah sie Luise an, als hätte sie zu viel gesagt.

»Ach nein? Warum eigentlich nicht? Aufgrund der Briefe, die du mir aus Wien geschrieben hast, dachte ich, es hätte dir bei Onkel Karl und seiner Frau Therese sehr gut gefallen. Und als du wieder zu Hause warst, hattest du immer, wenn du von ihren kleinen Kindern erzählt hast, ein Funkeln in den Augen.«

Frederike schien zu überlegen, was sie darauf erwidern sollte. Fast glaubte Luise, die Cousine ringe mit sich, ihr ehrlich zu sagen, was ihr im Kopf herumging.

»Und dennoch«, sagte Frederike schließlich schroff, »möchte ich niemals dorthin zurück.«

»Schon gut.« Luise hob beschwichtigend die Hände. »Ich habe ja nur gefragt.«

»Entschuldige bitte, aber ich möchte wirklich nicht darüber sprechen.« Frederike schluckte schwer bei der Erinnerung an die Entdeckung, die sie seinerzeit gemacht und aufgrund der sie Wien so überstürzt verlassen hatte.

Es stimmte schon, sie hatte sich in Wien so wohlgefühlt wie noch nie in ihrem Leben. Und Thereses und Karls Kinder Franz und Helene liebte sie, als wären es ihre jüngeren Geschwister oder sogar ihre eigenen Kinder, obwohl sie dafür zu jung war. Doch die Entdeckung, dass ihr Onkel Karl seine Frau betrog, hatte ihr den Boden unter den Füßen weggezogen. Nicht nur wegen des Betrugs an sich, der sie ohnehin schon tief getroffen hatte, weil Therese eine so bewundernswerte und herzensgute Frau war. Nein. Sie hatte ihren Onkel in flagranti bei einem Stelldichein mit einem *Mann* ertappt – und schlimmer noch: nicht mit *irgendeinem* Mann, sondern mit dem Bruder seiner Ehefrau! Ihr eigener Onkel war ein Verbrecher, der für seine Tat ins Gefängnis gekommen wäre, hätte Frederike ihn angezeigt. Doch das hatte sie nicht getan.

Sie war Hals über Kopf abgereist, ohne Therese gegenüber zu begründen, warum sie sich so verhielt. Es hatte Frederike das Herz gebrochen, als Therese sie um eine Erklärung angefleht hatte und sie es ihr nicht hatte sagen können. Was hätte sie denn tun sollen? Ihr die Wahrheit offenbaren? Sie hätte Thereses Leben damit zerstört. Ihres und gewiss auch das der Kinder, die ihren Vater von Herzen liebten und nicht ahnten, was für ein Mensch er wirklich war. Nein, das hätte Frederike nicht übers Herz gebracht. Also hatte sie ihre Sachen zusammengerafft, sich das Geld auszahlen lassen, das sie für ihre Arbeit in Thereses Kaffeehaus noch zu bekommen hatte, war in den nächsten Zug gestiegen und nach Hamburg zurückgekehrt.

Besonders machte Frederike zu schaffen, dass sie durch ihre überstürzte Abreise nicht einmal mehr die Gelegenheit gehabt hatte, sich von Anton Messinger, den sie gerade erst in ihr Herz geschlossen hatte, zu verabschieden. Zweimal hatte sie in ihrem Leben tiefe Gefühle für einen Mann gehegt. Der erste war Ludwig Ahrendsen gewesen, in den sie sich leidenschaftlich verliebt hatte. Und er sich in sie. Sie hatten schon Zukunftspläne geschmiedet und über eine baldige Verlobung nachgedacht. Doch dann hatte ihr Vater eine Affäre mit Elisabeth, der Frau ihres Onkels Robert, begonnen, und dieser hatte die beiden, als er davon erfuhr, mit Schimpf und Schande aus der Hansen-Villa gejagt und dafür gesorgt, dass ihr Vater sämtliche Anteile am Kontor verlor. Robert hatte ihn ausgezahlt und sich trotz allem, was ihm von Bruder und Ehefrau angetan worden war, ehrenhaft gezeigt.

Für Georg und Elisabeth hatte es den gesellschaftlichen Absturz bedeutet. Keine einzige angesehene Hamburger Familie hätte die beiden noch zu einer Gesellschaft eingeladen. Und Frederike war als Georgs Tochter ebenfalls zur Persona non grata geworden – zu einer jungen Frau, die nicht mehr gesellschafts-fähig war und davon abgesehen auch materiell nichts mehr vor-zuweisen hatte. Ludwig Ahrendsen hatte die Verbindung zu ihr rasch gelöst. Wie er sagte, geschah das auf Druck seiner Familie. Aber nun ja. Ob er es nun selbst aus freien Stücken entschieden oder sich dazu gedrängt gefühlt hatte: Für Frederike bedeutete es das Ende der Beziehung und gleichermaßen das Zerplatzen des Traums von einer Zukunft, die sie sich ausgemalt hatte. Und nicht nur das. Sie hatte Ludwig Ahrendsen geliebt und dann mit ansehen müssen, wie er Martha, ihre Cousine, geheiratet und einen Sohn mit ihr bekommen hatte. Es hatte lange gedauert, bis der Schmerz darüber abgeebbt war.

Der zweite Mann war Anton Messinger gewesen, dem sie in Wien begegnet war und dem sie erstmals wieder ihr Herz geöffnet hatte, nur um kurze Zeit danach überstürzt von dort abzureisen und diese aufkeimende Liebe damit zunichtezumachen.

Sie hatte niemandem erzählt, was in Wien geschehen war. Nein, kein einziges Wort hatte sie darüber verloren. Nicht einmal Luise hatte sie sich anvertraut, wenngleich sie manches Mal in Versuchung gewesen war, ihr das Geheimnis um ihren Onkel Karl zu offenbaren, und sei es nur, um die Bürde zu teilen, die seit der Entdeckung seiner Untat auf ihrer Seele lastete.

Luise berührte Frederikes Arm. »Komm«, sagte sie leise. »Wir sollten nicht länger hierbleiben und damit riskieren, am Ende doch noch ertappt zu werden.«

»Du hast recht«, stimmte Frederike zu und folgte der Cousine, die nun vorsichtig die Tür öffnete und in den Flur spähte.

»Komm«, sagte Luise abermals und griff nach Frederikes Hand, die sich beeilte, ebenfalls das Schlafzimmer ihrer Mutter zu verlassen. So leise wie möglich machte Luise die Tür wieder zu und bugsierte Frederike zu ihrem eigenen Schlafzimmer hinüber. Erst als sie drin waren und die Tür hinter sich geschlossen hatten, ließ Luise die Hand ihrer Cousine los.

»Ich weiß jetzt, was wir machen werden«, erklärte Luise.

»Ach ja?«

»Zwar haben wir die Briefe von Anton nicht gefunden, doch wir können wenigstens dafür sorgen, dass du den Kontakt zu ihm nicht verlierst.«

»Und wie?«

»Ganz einfach. Du schreibst Anton einen Brief und erklärst ihm, dass deine Mutter, so dein Verdacht, seine letzten Briefe abgefangen hat. Er soll seine Briefe künftig an mich adressieren, und zwar an die Anschrift des Kontors. So können wir sicher sein, dass Vera sie nicht in die Finger bekommt. Und sobald ich einen Brief mit seinem Absender erhalte, werde ich ihn ungeöffnet an dich weitergeben. Das verspreche ich dir.«

»Das würdest du für mich tun?« Frederike umarmte die Cousine. »Ich danke dir von Herzen, Luise.«

Luise wurde ein bisschen mulmig bei dem Gedanken, dass dieses Arrangement schon in wenigen Monaten hinfällig sein würde, wenn sie selbst Hamburg verlassen und mit Hamza nach Kamerun zurückkehren würde. Doch zumindest bis dahin konnte sie ihrer Cousine helfen. Frederike hatte es wahrlich verdient.

»Das mache ich doch gern.« Luise ging zu ihrem Schreibtisch und zog ein Blatt Papier hervor. »Hier.« Sie legte es auf die Schreibtischplatte. »Schreib ihm jetzt gleich ein paar Zeilen, dann nehme ich den Brief mit und gebe ihn noch heute beim Postamt auf.«

Frederike nickte und setzte sich auf den Stuhl vor dem Schreibtisch. Sie nahm den Füllfederhalter zur Hand, der dort in der Halterung bereitstand. Dann zögerte sie kurz und drehte sich zu Luise um. »Jetzt weiß ich gar nicht, was ich ihm schreiben soll.«

»Wie gesagt, schreib, dass du glaubst, seine Briefe seien abgefangen worden, und bitte ihn, dir mitzuteilen, ob du mit deiner Vermutung richtigliegst. Schreib ihm meinen Namen und dass er seine Briefe künftig an mich adressieren soll. Mehr muss es für den Moment nicht sein.«

»Mehr nicht? Ich hätte ihm einiges zu sagen.«

»Ich könnte mir vorstellen, dass er enttäuscht ist, da du ihm so lange nicht geschrieben hast. Wenn du es ihm nun aber erklärst, hat er die Möglichkeit, sich zu entscheiden.«

»Sich zu entscheiden?«

»Ja. Ob er diese wenigen Zeilen als Anlass nimmt, dir wieder zurückzuschreiben, oder ob er es nicht tut und du damit auch eine Antwort bekommen hast.«

Frederike seufzte. »Ich hoffe, es ist nicht Letzteres.«

»Das hoffe ich auch«, sagte Luise. »Doch nun schreib. Sonst wirst du es nie herausfinden.«

»Ich hoffe, ich kann dir eines Tages diese vielen kleinen Gefallen, die du mir schon getan hast, vergelten.«

»Da gibt es nichts zu vergelten«, meinte Luise. Sie dachte kurz nach. »Sag mir nur eines: Wirst du mir irgendwann verraten, was in Wien vorgefallen ist und was dich zu dieser plötzlichen Rückkehr veranlasst hat?«

Frederike schluckte schwer, überlegte. Sie wollte es Luise sagen, so gern wollte sie es sagen! Doch was würde das für die gesamte Familie Hansen in Wien, womöglich sogar auch für die hier in Hamburg bedeuten? Sie schüttelte den Kopf. »Nein, ich denke nicht, dass ich das tun kann.« Sie sah zu Luise auf, die neben ihr stand. »Bist du mir jetzt böse?«

Luise lächelte. »Nein, das bin ich überhaupt nicht. Ich glaube, jeder von uns hat seine Geheimnisse.« Unwillkürlich legte sie in einer zärtlichen Geste die Hand auf ihren Unterleib. »Und jeder muss mit seinem Geheimnis leben.«

Frederike nickte, aber sie fragte sich, wie Luise das wohl gemeint haben könnte. Doch nachbohren wollte sie nicht. Schließlich hätte sie selbst sonst am Ende womöglich noch Rede und Antwort stehen müssen, wenn sie Offenheit von Luise erwartete. Sie wandte sich wieder dem Schreibtisch und damit dem leeren Blatt zu, drückte die Feder auf das Papier und begann zu schreiben.

Luise entfernte sich, damit Frederike nicht das Gefühl hatte, von ihr beobachtet zu werden, und setzte sich in den Sessel, um durchs Fenster in den Garten hinauszusehen.

Sie spürte ein leichtes Ziehen im Unterleib, was jedoch rasch wieder verging. Ob das normal war? Sie wollte keinesfalls eine dieser Frauen werden, die über nichts anderes mehr nachdachten oder sprachen als ihre Schwangerschaft. In solchen Momenten wie diesem wünschte sie, eine Mutter zu haben, die ihr in dieser Situation Sicherheit geben und von ihren eigenen Erfahrungen während der Schwangerschaft berichten könnte.

Der Gedanke versetzte ihr einen Stich, und eilig zwang sie sich, ihn zu verwerfen. Nicht nur weil sie nicht über das gestörte Verhältnis zu ihrer Mutter nachdenken wollte, sondern auch weil sie wusste, dass sich daran, selbst wenn Elisabeth noch mit in der Villa leben würde, auch nichts geändert hätte. Ihre Mutter hatte ihr das Leben geschenkt, das stimmte. Doch darüber hinaus hatte sie, so lange Luise zurückdenken konnte, nie irgendetwas für sie getan. Genau genommen hatte sie nie auch nur ein freundliches Wort für sie gehabt. Gewiss wäre Elisabeth die Letzte, die auf die Idee gekommen wäre, Luise während ihrer Schwangerschaft beizustehen. Weder in der Schwangerschaft noch in sonst irgendeinem Bereich ihres Lebens. Der Gedanke schmeckte wie bittere Galle.

3. Kapitel

»Luise, du kommst spät. Ist alles in Ordnung?« Robert kam aus seinem Büro, als Luise gerade ihres, das nur wenige Meter von seinem entfernt lag, betreten wollte, nachdem sie Fräulein Schreiber, der Sekretärin, einen guten Morgen gewünscht hatte.

»Bitte verzeih. Eine kleine Unpässlichkeit«, log Luise. Der Umweg über das Postamt hatte einige Zeit in Anspruch genommen. Luise war jedoch froh über ihren Entschluss, Frederike den Gefallen zu tun. Sie konnte nur hoffen, dass der Brief Wien bald erreichen und Anton Messinger keine Zeit verlieren und ihn umgehend beantworten würde.

»Möchtest du dich lieber hinlegen und dich etwas ausruhen? Wenn es dir nicht gut geht, können wir uns auch ein andermal besprechen.«

»Uns besprechen?« Luise wurde hellhörig. Ihr Vater war bereits vor einiger Zeit dazu übergegangen, sich mit ihr darüber auszutauschen, wie das Kontor am Markt aufgestellt war und welches geschäftliche Vorgehen klug wäre. Das freute sie sehr, weil es sowohl seine Wertschätzung ihr gegenüber zum Ausdruck brachte als auch deutlich machte, dass sie in alle Entscheidungen bezüglich des Kontors eingebunden war, auch wenn sie eine Frau war.

Doch sie wusste auch, dass, wenn er ankündigte, sich mit ihr besprechen zu wollen, in der Regel eine besondere Situation vorlag, in der ihrem Vater ihre Meinung und ihre Ideen wichtig waren und er sie brauchte, um für sich selbst Klarheit zu gewinnen. Daher fragte sie: »Gibt es etwas Besonderes?«

»Gehen wir doch in dein Büro«, schlug Robert vor, der offenbar nicht wollte, dass Fräulein Schreiber oder jemand anderes, der in den weiter hinten gelegenen Büroräumen arbeitete, sie hören konnte.

Etwas beunruhigt stimmte Luise zu und öffnete die Tür zu ihrem Büro. Beide traten ein, und während Luise auf ihrem Schreibtischstuhl Platz nahm, setzte ihr Vater sich auf einen der Besucherstühle ihr gegenüber.

»Also?« Sie sah ihn fragend an. »Was möchtest du mit mir besprechen?«

Robert zog einen Brief hervor. »Heute ist wieder eine Schiffsladung Kakaobohnen aus Kamerun angekommen. Einen Tag früher als gedacht. Und dieser Brief von Begemann lag bei.« Er reichte Luise den Brief, die ihn sofort auseinanderfaltete und zu lesen begann.

3. März 1894

Lieber Robert,
wie Du an dieser neuen Lieferung sehen kannst, sind die Kakaopflanzen nach wie vor sehr fruchtbar und ertragreich. Auch unsere Arbeiter sind fleißig und tragen durch ihre gute Arbeit zum Wohl und zum Erfolg der Plantage bei.

Es könnte deshalb alles sehr schön sein, wenn wir nicht noch unter den Folgen des Dahomey-Aufstands vom vergangenen Dezember leiden würden. Nicht bei allen, jedoch bei vielen Eingeborenen herrscht seither Misstrauen den Weißen gegenüber, was ich ihnen nicht verdenken kann.

Ich vermag das damalige Vorgehen unserer deutschen Regierung hier in Kamerun überhaupt nicht zu verstehen. Wir wollen doch alle dieses unglaublich schöne afrikanische Land und seine wunderbaren Eingeborenen fördern, und zwar zu unser aller Wohl. Wir können dann aber doch nicht so menschenverachtend und grausam gegen die Schwarzen vorgehen, wie Kanzler Leist es als Vertreter des abwesenden Gouverneurs von Zimmerer getan hat. Auch die Einheimischen wollen keine Unruhen, sondern in Frieden leben. So haben sich unsere Duala den kriegerischen Handlungen der Dahomey ja auch nicht angeschlossen, sondern sind nach wie vor an guten und friedlichen Beziehungen zu uns Deutschen interessiert. Ich hoffe deshalb, dass sich dieser Weg durchsetzen wird und nicht die Brutalität einiger weniger Deutscher.

Wie ich durch Sigmund Leffers erfahren habe, gab es im Februar deswegen eine Debatte im Reichstag. Dort sollen unter anderem auch die schlechten Zustände in den Kolonien, insbesondere betreffend die einheimische Bevölkerung, die faktische Sklaverei, die Missstände in der Kolonialverwaltung und speziell das Fehlverhalten Leists erörtert worden sein. Stimmt es wirklich, dass der SPD-Vorsitzende August Bebel eine Nilpferdpeitsche im Reichstag vorgelegt hat, um zu zeigen, mit welch schrecklichem Bestrafungsinstrument die Einheimischen gezüchtigt werden? Und wie steht eigentlich unser Reichskanzler von Caprivi zu diesen skandalösen Ereignissen?

Gerüchten zufolge soll Leist wieder im Deutschen Reich sein, um sich vor einem Gericht zu verantworten — ist das wahr? Ich hoffe, dass er für seine menschenverachtenden Rechtsverstöße streng bestraft wird und dass es nun ein Umdenken bei den Politikern und damit auch eine Verbesserung der hiesigen Verhältnisse geben wird.

Wir Deutschen hier haben diese Umstände besprochen, und ich muss Dir mit Sorge mitteilen, dass selbst unter denen, mit denen wir guten Kontakt pflegen, die Meinungen gespalten sind.

Du kennst ja Sigmund Leffers und weißt, wie abfällig er über die Eingeborenen spricht. Und er ist nicht allein. Ich halte mich aus diesen Gesprächen nach dem sonntäglichen Gottesdienst heraus, doch bei mancher Rede, die mir zu Ohren kommt, muss ich mich sehr zusammenreißen, um meine Meinung für mich zu behalten. Ich weiß, wie Du denkst, und hoffe daher, dass Du mir meine offenen Worte nicht übel nimmst.

Vor Kurzem erreichte uns hier die Botschaft, dass sich in der Verwaltung Kameruns nach der Dahomey-Meuterei wohl auch einige Änderungen ergeben werden. Wie Du weißt, ist Maximilian von Stetten seit 1892 der Führer unserer Polizeitruppe und war im vergangenen Jahr auf einer Expedition ins Kameruner Hinterland unterwegs. Jetzt nach seiner Rückkehr wird gemunkelt, dass aus der Polizeitruppe eine sogenannte Schutztruppe gebildet und er zu deren Kommandeur ernannt werden soll. Eventuell sollen auch weitere deutsche Offiziere nach Kamerun überstellt werden. Außerdem kursieren Gerüchte, dass Gouverneur von Zimmerer gar nicht im Urlaub befindlich ist, sondern schon abberufen wurde oder demnächst abberufen wird. Hast Du schon etwas gehört? Weißt Du vielleicht, wer als neuer Gouverneur bestellt werden soll?

Wir werden jedenfalls abwarten müssen, ob sich durch diese Umstrukturierungen und die personellen Wechsel etwas ändern oder alles beim Alten bleiben wird. Ich bin sehr gespannt und werde Dich auf dem Laufenden halten.

Abschließend möchte ich meiner Hoffnung Ausdruck verleihen, dass in Hamburg alles in Ordnung ist und Ihr alle Euch guter Gesundheit erfreut, und verbleibe mit herzlichen Grüßen

Dein ergebener Verwalter
Heinrich Begemann

»Was Begemann schreibt, klingt im ersten Moment, als würde sich die Lage in Kamerun beruhigen«, sagte Robert, als er sah, dass Luise zu Ende gelesen hatte. »Doch ich glaube nicht, dass die Deutschen etwas aus dem Dahomey-Aufstand gelernt haben.«

»Ich fürchte sogar, die verantwortlichen Deutschen dort sehen es vielmehr so, dass die Eingeborenen aus der Niederschlagung des Aufstands lernen sollten, dass Widerstand zwecklos ist«, gab Luise etwas mutlos von sich.

»Wahrscheinlich hast du recht«, stimmte Robert zu. »Und deshalb sind die nächsten Unruhen und Ausschreitungen vorhersehbar.« Er ballte die Hand zur Faust. »Warum nur scheinen unsere Verantwortlichen nicht imstande zu sein, sich wie zivilisierte Menschen zu benehmen und andere mit Wertschätzung und Achtung zu behandeln?«

»Weil wir weiß und die Eingeborenen schwarz sind«, sagte Luise, und die Bitterkeit dieser Erkenntnis schwang in ihrer Stimme mit.

»Nehmen wir doch dich und Hamza«, fuhr Robert fort.

Luise schoss sofort die Röte ins Gesicht.

»Fällt es dir schwer, den Menschen unter seiner dunklen Haut zu sehen? Ich meine, ihr seid doch Freunde, oder nicht?«

Luise räusperte sich, war jedoch nicht sicher, ob ihre Stimme ihr gehorchen würde, und räusperte sich abermals. »Ja, ich denke, man könnte uns als Freunde bezeichnen«, antwortete sie zögerlich.

Robert stand auf, ging zum Fenster hinüber und sah auf die Speicherstadt. »Mir ist ja klar, dass es nicht möglich ist, dass wir alle die gleichen Rechte haben. Doch müssen es wirklich Schläge und Demütigungen sein?« Er drehte sich zu Luise um. »Du bist eine Frau deiner Zeit, Luise, mir ist deine Meinung wichtig, wie du weißt. Und du hast ein gutes Gespür dafür, wie die Dinge sich entwickeln. Sag mir, liege ich mit meiner Befürchtung falsch, dass sich so etwas wie der Dahomey-Aufstand jederzeit wiederholen kann?«

»Das vermag ich wirklich nicht zu sagen, Vater.«

36

»Was ist, wenn die Arbeiter, die uns bis jetzt so gute Dienste geleistet haben, von einem Tag auf den anderen beschließen, unsere Plantage nicht mehr zu bewirtschaften?«

»Sie werden von uns versorgt. Warum sollten sie das tun?«

»Nun, um die Weißen zu zwingen, den Schwarzen Kontinent wieder zu verlassen, und so ihre Heimat zurückzuerobern.«

»Glaubst du wirklich, dass es so weit kommen könnte?« Luise schluckte schwer.

»Ich weiß es nicht.« Robert schüttelte den Kopf. »Aber ich denke, dass es ein Fehler wäre, uns weiterhin nur auf die reichen Erträge unserer Plantage in Kamerun zu verlassen.«

»Was schlägst du vor?«

»Ich habe mich mit Bankier Palm besprochen«, erklärte Robert. »Es gibt Anbaugebiete in Südamerika, genauer gesagt in Brasilien, die noch auf eine Erschließung warten. Das würde lukrative Geschäfte verheißen, und wir wären nicht so abhängig von Kamerun.«

»Soll das heißen, du willst unsere Plantage in Kamerun aufgeben?«

»Aber nein, natürlich nicht. Ich möchte vielmehr eine weitere Plantage kaufen und auch dort einen Verwalter einstellen.«

»Aber ist das nicht ein beträchtliches Risiko? Ich meine, steht das Kontor wirklich so gut da?«

»Wir stehen gut da, ja. Doch ich habe nicht vor, die Unternehmung allein vorzunehmen.« Er sah Luise fest in die Augen, stieß sich von der Fensterbank, an die er sich gelehnt hatte, ab und setzte sich wieder auf den Besucherstuhl ihr gegenüber.

»Was meinst du mit *nicht allein?*«

»Wir brauchen einen finanzkräftigen Partner.«

»Und an wen denkst du dabei?« Luise hatte keine Ahnung, worauf ihr Vater hinauswollte.

»Kannst du dir das wirklich nicht denken?«

»Nein«, gab sie zu. »Ehrlich gesagt, kann ich das nicht.«

»Luise Petersen, du enttäuschst mich ein wenig.«

Erst bei der Nennung des Nachnamens, den sie seit der Heirat mit Hans Petersen trug, verstand Luise, worauf ihr Vater hinauswollte.

»Auf gar keinen Fall«, stellte sie kategorisch fest, lehnte sich zurück und verschränkte die Arme. »Die Familie meines Mannes besitzt Kaffeehäuser. Aber sie handelt nicht mit den Bohnen.«

»Die Familie deines Mannes ist auch deine Familie, Luise, ob du es nun willst oder nicht. Ich weiß ja, wie schwer es dir fällt, dich in deine Rolle als Ehefrau einzufügen.«

»Was willst du damit sagen, dass es mir schwerfällt?«

»Ach, Luise«, sagte Robert versöhnlich, »ich meine es doch nicht böse. Ich weiß, dass du schon immer … na ja, eben anders warst als die anderen jungen Mädchen und Frauen. Ich kann mich an ein Gespräch mit deiner Mutter erinnern, als du gerade mal vier Jahre alt warst. Es ging darum, dass du lieber mit den Jungen Ball spielen wolltest, als das Häkeln zu erlernen. Deine Mutter wollte schon damals streng durchgreifen, doch ich wusste immer, dass es nichts nützen würde. Ich gebe zu, dass ich sogar fast ein wenig überrascht war, als du eingewilligt hast, Hans zu heiraten. Und ich möchte dir sagen, dass ich stolz auf dich bin, wie du dich darum bemühst, deiner Rolle als Ehefrau gerecht zu werden.«

»Ich weiß, dass wir gleich in Streit geraten werden, Vater, und dennoch möchte ich offen mit dir sprechen.«

»Bitte, nur zu.«

»Gut. Findest du es nicht auch ein wenig heuchlerisch, dass du einerseits sagst, wie wichtig es dir ist, dass ich auch nach der Geburt des Kindes im Kontor arbeite, weil ich ja eine unabhängige Frau bin und so unglaublich wichtig für das Geschäft. Und andererseits möchtest du mich dazu bringen, meinen Ehemann zu überreden, in eine Plantage zu investieren, während wir aber die klare Absprache haben, dass er sich aus allem, was das Kontor betrifft, herauszuhalten hat?«

Robert war anzusehen, dass ihm die Art, wie Luise mit ihm sprach, nicht gefiel. »Bist du fertig?«

»Für den Moment.«

»Nun, um bei deiner Wortwahl zu bleiben: Nein, ich finde es durchaus nicht heuchlerisch. Ganz im Gegenteil. Ihr erwartet ein Kind. Wäre es nicht spätestens jetzt an der Zeit, ihn in deine Arbeit einzubeziehen, damit er versteht, dass du im Kontor unabkömmlich bist und dass es unbedingt vonnöten ist, dir die Möglichkeit zu geben, auch weiterhin hier zu arbeiten? Oder willst du eines Tages von deinem Ehemann den Vorwurf hören, dass du euer Kind vernachlässigst, weil du abends länger im Kontor geblieben bist?«

»Es ist ungerecht von dir, dass du mir ein schlechtes Gewissen einreden willst, noch bevor das Kind überhaupt da ist.«

»Es ist von dir nicht gerecht, wegen einer Eitelkeit und aus purem Starrsinn deinem Ehemann nicht die Möglichkeit zu gewähren, an deinem Leben teilzuhaben, obwohl du ihn geheiratet hast und ihr schon bald Eltern sein werdet.«

Luise presste die Lippen aufeinander, um die Tränen, die in ihr aufstiegen, zu unterdrücken.

Einen Moment sagte keiner von beiden etwas. Dann beugte Robert sich vor und legte seine Hand mit der Handfläche nach oben auf die Schreibtischplatte als Aufforderung an Luise, ihre Hand hineinzulegen. So hatten sie es schon immer gemacht, wenn es eine Unstimmigkeit gegeben hatte und es an der Zeit war, wieder gut miteinander zu sein.

Luise zögerte kurz, dann öffnete sie ihre verschränkten Arme, beugte sich vor und legte ihre rechte Hand in die ihres Vaters.

»Du weißt, dass ich dir alle Freiheiten lasse«, setzte er an. »Ich habe dich schon immer für deine Halsstarrigkeit und deinen Dickschädel geliebt, meine Luise. Mehr, als vielleicht gut für dich war. Du warst für mich immer ein wenig wie Tarras – erinnerst du dich an ihn?«

Luise sah den Grauschimmel vor sich, der in dem Stall untergebracht war, in dem ihre Eltern Martha und sie für eine Weile zum Reitunterricht angemeldet hatten. Wenngleich es dort viele gutmütige Pferde gab, auf denen sich selbst Martha halten konnte, obwohl sie sich außergewöhnlich plump und ungeschickt anstellte, war Luise vom ersten Moment an von Tarras fasziniert gewesen. Der Reitlehrer ermahnte sie gleich am ersten Tag, dem Grauschimmel nicht zu nahe zu kommen. Er sei unberechenbar und habe, wie alle meinten, etwas Feindseliges an sich.

Luise jedoch konnte diesen Eindruck nicht teilen. Vielmehr fand sie, dass Tarras neben all den gutmütigen, ja geradezu dümmlichen anderen Pferden das einzige mit Charakter war. Und es war wirklich eigenartig: Während Tarras bei jedem anderen Menschen Widerstand leistete und selbst die erfahrensten Stallgehilfen ihm nur mit Mühe ein Halfter anlegen konnten, brauchte Luise nur die Hand auszustrecken und mit Tarras zu sprechen, und schon war er friedlich und ruhig und folgte ihr bereitwillig aus der Box, ganz ohne Führstrick.

Luises Reitlehrer hatte damals angemerkt, dass sich hier wohl zwei Dickköpfe gefunden hätten, denn Gleich und Gleich geselle sich gern. Luise war das einerlei. Sie hatte Tarras geliebt und es genossen, als Einzige auf seinem Rücken sitzen und ihm nur durch die Kraft ihrer Gedanken vermitteln zu können, was er tun und in welche Richtung er gehen sollte. Ja, Tarras und sie waren unzertrennlich gewesen, bis Martha ihren Eltern gesagt hatte, dass sie keinen weiteren Reitunterricht zu nehmen wünsche.

Ihre Mutter befand deshalb, dass der Weg zur Reitschule nur für ein Kind zu aufwendig sei, sodass auch Luise nicht mehr dorthin durfte. Sie hatte bitterlich geweint, als sie sich von Tarras verabschieden musste, in dem Wissen, ihn nie wiederzusehen. Und sie hatte damals geglaubt – und genau genommen tat sie es bis heute –, dass auch Tarras gespürt hatte, dass es ein Abschied für immer war.

»Natürlich erinnere ich mich an ihn.«

»Ich auch«, erklärte Robert. »Und zwar sehr gut. Und weißt du auch, weshalb?«

»Nein.«

»Weil mir damals, als ich dich mit ihm beobachtet habe, klar wurde, dass du genau wie er einfach anders bist. Du wolltest nie das machen, was die anderen Mädchen in deinem Alter machten, dich nie kleiden wie sie, dich nie verhalten wie sie. Du warst genauso störrisch wie dieses Pferd, und auch wenn es nicht wirklich vergleichbar ist, so hattet ihr irgendwie doch ein ähnliches Wesen.« Er lächelte bei der Erinnerung an die vergangene Zeit.

»Ich erinnere dich also an ein störrisches Pferd.« Luise schmunzelte.

Robert drückte liebevoll ihre Hand. »Du weißt, wie ich es meine.«

»Ja, ich weiß.« Luise zog ihre Hand zurück. »Weißt du, dass ich mir oft gewünscht habe, nicht immer über alles so viel nachzudenken und etwas, na ja, angepasster zu sein?«

»Wirklich?« Auch Robert setzte sich wieder aufrecht hin. »Ich muss zugeben, das überrascht mich.«

»Großmutter sagte manchmal, mir würden irgendwann die Augen stehen bleiben, wenn ich sie immer verdrehe, wenn Martha nur den Mund aufmacht.« Luise musste lachen, und Robert stimmte ein.

»Meine Mutter hatte eine sehr gute Beobachtungsgabe«, meinte er schmunzelnd.

»Aber irgendwie fiel es mir schon immer schwer, die Dinge einfach so hinzunehmen. Dabei war es gar keine Absicht, dass ich immer so«, sie suchte nach Worten, »so anders, so abweisend war.«

»Ach, Luise, ich war doch früher auch nicht viel anders«, gab nun Robert zu. »Deshalb habe ich dir ja auch so viel durchgehen lassen. Ich weiß, wie es ist, die Menschen reden zu hören und zu beobachten, wie sie sich verhalten, und«, wieder schmunzelte er, »nun ja, eben die Augen zu verdrehen.« Er beugte sich vor. »Aber als ich erwachsen wurde, habe ich erkannt, dass ich mir damit oftmals selbst im Weg stehe.«

»Und du denkst, ich stehe mir selbst im Weg, weil ich nicht will, dass mein Mann in unser Kontor investiert?«

»Nicht in das Kontor, sondern in eine Plantage. Wir zu sechzig, er zu vierzig Prozent.«

»Selbst wenn ich es für eine gute Idee hielte – was ich nicht tue –, so glaube ich nicht, dass Hans diese Entscheidung überhaupt treffen könnte. Die Zügel hält immer noch sein Onkel Wilhelm in der Hand.«

»Mag sein, doch auch Wilhelm Petersen weiß ein gutes Geschäft zu erkennen.«

»Und wenn sie nicht wollen?«

»Dann lassen sie es eben. – Wenn sie sich jedoch beteiligen würden, könnten wir das Risiko für unser Kontor geringer halten.«

»Aber wo wäre der Vorteil für Hans und Wilhelm?«

»Nun ja, sie haben Kaffeehäuser in Hamburg, Eckernförde, Flensburg, Husum, Wismar und Lübeck.«

»Und Stralsund.«

»Stralsund?«

»Ja. Es wurde letzten Monat eröffnet.«

»Sieh an, das habe ich nicht einmal mitbekommen«, musste Robert gestehen. »Der Vorteil liegt doch klar auf der

Hand: Sie könnten einen Teil der Kakaobohnen, die sie für ihre Kaffeehäuser benötigen, von der eigenen Plantage beziehen, was selbstredend ihren Gewinn erhöhen würde. Oder sie würden – wenn ihnen eine solche Regelung lieber wäre – einmal jährlich einen Anteil von vierzig Prozent aus den Verkaufserlösen der von dort stammenden Kakaobohnen bekommen. Das wäre für alle Seiten ein gutes Geschäft, und wir würden uns damit noch breiter aufstellen und könnten mit größerer Gelassenheit dem begegnen, was sich in Kamerun entwickelt.«

Luise seufzte. Die Argumentation ihres Vaters war lückenlos. »Du hast dich längst entschieden, Hans und Wilhelm das Geschäft anzubieten, nicht wahr?«

»Ich halte es für klug. Doch ich würde dich niemals übergehen. Wenn du dagegen bist, lassen wir es.«

Luise wusste nur zu genau, dass sie sich nun gewiss nicht mehr dagegen aussprechen konnte. Was ihr Vater vorbrachte, war logisch und klug. Es wäre ein Gewinn für jeden von ihnen. Doch dann fiel ihr siedend heiß ein, dass sie einen Punkt nicht bedacht hatte. »Wann hast du vor, dich auf den Weg nach Brasilien zu machen, um die Plantage zu besichtigen?«

»Nun, wenn alles gut geht, die Petersens einwilligen oder eben nicht und ich die Zusage der Bank habe. Also am besten gleich nächsten Monat.«

»Aber dann ist es Mai, und der voraussichtliche Geburtstermin ist Anfang Oktober.«

»Und?«

»Was ist, wenn du länger bleibst und bis dahin nicht zurück bist? Wer soll dann das Kontor führen?«

»Luise, bis dahin sind es noch sechs Monate. Selbstverständlich werde ich bis dahin zurück sein.«

Luise wurde es immer mulmiger. Sie hatte heimlich längst geplant, mit dem Schiff, das Ende September in See stechen würde, ihre Flucht nach Kamerun anzutreten. Wie sie wusste, war auf den Überfahrten stets auch ein Arzt oder zumindest eine Krankenschwester an Bord. Sie würde also Hilfe bekommen, wenn die Wehen einsetzten. Und was sollten sie schon tun, wenn sie sahen, dass das Kind schwarz war? Sie beide über Bord werfen? Das war natürlich Unsinn. Doch was, wenn ihr Vater womöglich wirklich noch nicht wieder in Hamburg sein würde? Sie könnte doch das Kontor nicht ohne Führung zurücklassen.

»Nun, und wenn nicht, wird wohl Onkel Georg die Geschäftsleitung übernehmen müssen, solange ich im Wochenbett liege«, sagte sie und versuchte sich mit dem Gedanken zu beruhigen, dass nicht alle Verantwortung für das Kontor auf ihren Schultern ruhte.

»Offen gesagt, würde ich nicht mit ihm planen wollen«, sagte Robert. »Mein Bruder ist nicht mehr der Mann, der er mal war. Ich würde fast sagen, die Umstände haben ihn gebrochen.«

»Was meinst du damit?«

»Ist es dir nicht aufgefallen? Nach Großvaters Tod war er das Oberhaupt der Familie. Er war derjenige, der an der Spitze stand, er hat das Kontor geführt. Doch nach dieser Sache«, er nannte den Betrug seines Bruders und ihrer Mutter nicht beim Namen, »ist er einfach nicht mehr derselbe. Als ich ihn in das Kontor zurückholte, dachte ich noch, er bräuchte nur Zeit, um zu sich selbst zurückzufinden. Doch sein Wille scheint gebrochen, sein Selbstvertrauen ist am Boden. Ich habe versucht, ihn aufzurichten, ihm beteuert, dass ich ihm verziehen habe. Ich habe ihn in die Villa zurückgeholt und dafür gesorgt, dass Vera es akzeptiert. Ich habe alles getan, damit er wieder zu dem Mann wird, der er einst war. Doch nichts hat gefruchtet.«

»Und deshalb, glaubst du, wäre er nicht in der Lage, dich zu vertreten?«

»Nein, das wäre er nicht.«

»Das sind harte Worte«, bemerkte Luise. »Ich hoffe, er weiß nicht, dass du so denkst.«

Robert schüttelte den Kopf. »Ich habe es ihm nicht gesagt, und ich werde es ihm auch nicht sagen. Was die Führung des Kontors anbelangt, können wir nur auf uns beide bauen.« Er schnaubte verächtlich. »Oder denkst du, Richard wäre in der Lage, die Leitung zu übernehmen?«

Luise gab ebenfalls einen spöttischen Laut von sich. »Nein, ganz sicher nicht.«

»Richard hat nichts dazugelernt, und er wird auch nie dazulernen, weil er seine eigenen Ideen wichtiger findet als die anderer Menschen.« Robert zuckte mit den Schultern. »Tja, meine Kleine, so bleiben dann eben nur wir.«

»Was wäre, wenn ich auch weg wäre?« Luise war erschrocken darüber, was einfach so aus ihrem Mund herausgesprudelt war.

»Wie meinst du das?« Robert zog die Stirn in Falten.

»Na, angenommen das Muttersein gefällt mir so gut, dass ich nicht ins Kontor zurückmöchte, selbst wenn ich das Kind einem Kindermädchen überlassen könnte. Dann stündest du mit allem allein da.«

Roberts Miene entspannte sich. »Keine Sorge, das wird nicht geschehen. Du kannst gar nicht ohne die Arbeit leben, Luise. Dieses Kontor ist die Luft, die du zum Atmen brauchst. Du könntest an keinem anderen Ort der Welt glücklich sein.«

»In Kamerun war ich seinerzeit glücklich.« Das Herz schlug ihr bis zum Hals. Warum nur sagte sie das? Es war ja fast so, als wollte sie, dass ihr Vater ihr auf die Schliche kam.

»Damals warst du noch ein Kind, Luise, heute bist du eine Frau. Damals hat es dich glücklich gemacht, frei leben zu können, weil dich die Zwänge in Hamburg knebelten. Doch heute ist die Situation eine ganz andere. Das Kontor beansprucht dich über die Maßen, und du hast dich durch die Arbeit im Kontor zu einer selbstbewussten Frau entwickelt, die trotz ihrer jungen Jahre Mitarbeiter anzuleiten weiß. Du kannst nicht mehr ohne all das sein. Und wenn das Kind erst einmal da ist, werden auch deine Sorgen verschwinden, ob du dich womöglich mehr veränderst, als dir momentan lieb wäre. Du bist eine Geschäftsfrau durch und durch. Weder zu Hause in der Villa noch in Kamerun oder in Brasilien könntest du heute noch glücklich werden. Du bist über dich selbst hinausgewachsen, Luise. Das Kontor ist dein Glück, und du bist ein Glück für das Kontor.« Er erhob sich. »Und daran wird auch dieses Kind nichts ändern.« Er beugte sich über den Schreibtisch. »Habe ich deine Erlaubnis, mit deinem Mann und Wilhelm Petersen über das neue Vorhaben zu sprechen?«

»Du brauchst meine Erlaubnis nicht. Du bist der Chef.«

»Und doch will ich sie.«

»Du hast sie.« Luise bemühte sich um ein Lächeln.

»Ich danke dir.« Robert zwinkerte ihr zu, dann ging er zur Tür.

»Aber ich glaube, ich könnte auch anderswo glücklich sein«, rief Luise ihm noch zu.

Robert schüttelte den Kopf. »Sag mir Bescheid, wenn du es ausprobieren möchtest. Dann sage ich dir, wie lange es bis zur Erkenntnis des Scheiterns dauert.« Er grinste sie breit an, dann ging er hinaus.

So sah er nicht den erstarrten Ausdruck in Luises plötzlich erblasstem Gesicht. Sie schluckte schwer und lehnte sich gegen den Schreibtisch. Und wenn ihr Vater nun recht hatte? Was, wenn Kamerun für sie gar nicht mehr das Land war, in dem sie leben wollte? Und vor allem: Was, wenn es ihr wirklich nicht reichte, als Hamzas Frau und mit ihm und dem gemeinsamen Kind dort zu leben? Dort, in Kamerun, in einem Land, das noch in der Entwicklung befindlich war. Darüber hatte sie bisher nicht einen Moment lang nachgedacht. Zu wundervoll waren die Erinnerungen an das Land, an die Sonnenaufgänge, an ein freies Leben. Würde es wirklich wieder dasselbe für sie sein? Die Befürchtung, dass es anders kommen könnte, trieb ihr die Tränen in die Augen.

4. Kapitel

Therese packte Franz' Hand etwas fester. Der Vierjährige hatte heute einen dieser Tage, an denen er seiner Mutter unbedingt beweisen musste, wie störrisch ein kleiner Mensch sein konnte. Dabei war sie sowieso schon spät dran.

»Bitte, Franz, ich habe heute keine Zeit für so etwas. Komm jetzt!«

Der Vierjährige stampfte mit dem Fuß auf und sagte trotzig: »Aber ich will nicht.«

»Ich verspreche dir, dass wir nicht lange bleiben werden.« Therese setzte Helene, die sie auf den Arm genommen hatte, ab, ging in die Hocke und fasste Franz an den Schultern. »Es geht nicht anders, mein Schatz. Ich muss das Kaffeehaus pünktlich aufschließen. Aber sobald Judith da ist, können wir wieder gehen.« Therese hatte ein schlechtes Gewissen, ihre Kinder nun schon zum vierten Mal in dieser Woche so früh am Morgen ins Kaffeehaus mitzunehmen.

Seit Frieda, ihre rechte Hand und, wie Therese bisher gemeint hatte, beste Freundin, sich mit diesem Jakob Saitenschläger eingelassen hatte, war kein Verlass mehr auf sie. Oft kam sie zu spät zur Arbeit, mehrfach war sie sogar ganz weggeblieben. Frieda war wie ausgewechselt. Früher stets zuverlässig und pflichtbewusst, schien sie nun nichts anderes mehr im Kopf zu haben als diesen Jakob.

Selbst wenn Therese die Begeisterung ihrer Angestellten für diesen Kerl auch nur im Ansatz hätte verstehen können, was sie zweifelsohne nicht tat, wäre ihr die Art und Weise, wie Frieda alles aufgab und mit Füßen trat, was ihr sonst so unendlich viel bedeutet hatte, vollkommen unverständlich. Ganz abgesehen davon konnte Therese überhaupt nicht nachvollziehen, was Frieda an diesem Kerl fand. Gewiss, er sah fabelhaft aus. Aber das war, soweit Therese es beurteilen konnte, auch schon alles. Er hatte in ihren Augen so gar nichts Besonderes an sich, war weder witzig noch charmant, auch wenn er selbst das vermutlich ganz anders sah. Zumindest ließ sein Auftreten vermuten, dass er mit sich sehr zufrieden war.

Was Therese jedoch wirklich Sorgen bereitete, war die Tatsache, dass sie von Frieda nicht eine einzige konkrete Antwort bekommen hatte, was dieser Jakob eigentlich beruflich machte und womit er sein Geld verdiente. Dreimal hatte Therese das Thema angeschnitten, doch Frieda hatte nur gelächelt und ihr mitgeteilt, dass *ihr Jakob,* wie sie ihn nannte, wirklich die besten Aussichten habe und es nur eine Frage der Zeit sei, bis er all das in die Tat umsetzen werde, was er sich vorgenommen hatte.

Auch wenn Therese sich keinesfalls für eine Zynikerin hielt, entnahm sie den wenigen Worten ihrer Angestellten nur eines: Jakob Saitenschläger war ein Tunichtgut, der Frieda mit schönen Worten eingelullt hatte, um von ihr zu bekommen, was immer er wollte. Und wenn er ihrer überdrüssig würde, würde er wieder aus ihrem Leben verschwinden. So einfach war das. Und sosehr es Therese auch widerstrebte, dabei zusehen zu müssen, wusste sie doch, dass sie im Moment nichts weiter tun konnte, als einfach da zu sein, wenn diese leidige Affäre ihr Ende finden und Frieda Trost benötigen würde.

»Wir gehen nachher noch im Kontor deines Vaters vorbei und besuchen ihn, ja?«, sagte sie nun zu Franz. »Und am Nachmittag spazieren wir in den Park und sehen den Enten zu.«

Franz schien noch nicht wirklich überzeugt. »Und können wir Brot mitnehmen, damit ich die Enten füttern kann?«

»Ja, mein Herz, das können wir.« Therese bemühte sich, ihre Stimme fröhlich klingen zu lassen.

Franz sah kurz zu Boden, als müsse er noch nachdenken. Dann blickte er seine Mutter an. »Gut«, entschied er, und Therese umarmte ihn erleichtert. Dann nahm sie Helene, die auf dem Boden saß und schweigend das Gespräch zwischen ihrer Mutter und ihrem Bruder verfolgt hatte, wieder auf den Arm, hielt Franz die Hand hin, die dieser ergriff, und ging mit den Kindern in den Flur. Dort ließ sie Franz noch einmal kurz los, hängte sich ihre Tasche um, in der sich ihre Geldbörse und ihre Schlüssel befanden, öffnete die Tür und ließ ihren Sohn vor sich aus dem Haus treten. Dann zog sie die Tür zu, drehte den Schlüssel zweimal im Schloss um und steckte ihn wieder in ihre Tasche. Sie reichte Franz die Hand, und so gingen sie zusammen die fünf Stufen hinab.

Unten angekommen, setzte sie Helene in den Kinderwagen, stopfte das Kissen in ihrem Rücken so zurecht, dass sie aufrecht sitzen konnte, und lief mit den Kindern los. Vermutlich würde sie es nicht ganz pünktlich schaffen, doch sie wollte nicht zu schnell gehen, um Franz nicht zu sehr das Gefühl von Eile zu vermitteln.

Auf dem Weg versuchte Therese ihren kleinen Sohn immer mal wieder mit kleinen Dingen abzulenken, zeigte ihm eine Katze, die auf einer Mauer saß und die ersten Sonnenstrahlen dieses Frühlings genoss, oder einen Vogel, der seelenruhig auf der Straße entlangging, ganz so, als hätte er genau wie die sich eilenden Menschen ein Ziel, zu dem er gelangen musste. Eine Weile gelang es Therese auf diese Weise, ihren Sohn zu erheitern. Doch sie spürte die innere Unruhe, die in letzter Zeit mehr und mehr von ihr Besitz ergriff.

Wäre doch nur Frederike noch in Wien und könnte ihr beistehen! Wie oft hatte sie sich in den letzten Monaten gefragt, was wohl geschehen sein mochte, dass die Nichte ihres Mannes so überstürzt die Stadt und ihre Familie verlassen hatte. Frederike und Therese hatten sich so gut verstanden. Und auch mit den Kindern war sie auf eine besonders feinfühlige, liebevolle Art umgegangen, sodass Therese geglaubt hatte, die Nichte hätte in Wien eine neue Heimat gefunden. Doch irgendetwas musste geschehen sein, das sie zu dieser fluchtartigen Abreise veranlasst hatte. Nur was es war, hatte Therese nie in Erfahrung gebracht.

Jedoch wusste sie, dass es so wie jetzt nicht weitergehen konnte. Ihr Mann verbrachte die meiste Zeit des Tages in seinem Kontor, das so gut dastand wie nie zuvor und immer größeren Gewinn abwarf. Damit wuchs auch der Arbeitseinsatz, den Karl zu leisten hatte, und immer öfter kam er erst spät nach Haus, vollkommen erschlagen von den vielen Stunden im Kontor und kaum noch fähig, sich mit seiner Ehefrau zu unterhalten. Meist ging er dann gleich ins Bett und schlief bis zum Morgen durch, ohne ein einziges Mal die Hand nach Therese auszustrecken oder sie gar in den Arm zu nehmen. Seine Kinder sah er kaum, einzig das Kontor schien noch zu zählen. Und als Therese ihn auf Frieda und ihre Schwierigkeiten im Kaffeehaus angesprochen hatte, war seine einzige Reaktion gewesen, dass es ohnehin besser wäre, das Kaffeehaus zu verkaufen, damit sie sich ganz auf ihre Mutterrolle konzentrieren könnte. Genug Geld würde er ja im Kontor verdienen.

Dabei wusste Karl ganz genau, wie viel Therese das Kaffeehaus bedeutete. Sie hatte mit nichts angefangen, hatte alles ganz allein und ohne fremde Hilfe aufgebaut. Nach ein paar Jahren hatte sie die nebenan liegenden Räumlichkeiten erworben und das Kaffeehaus sogar vergrößert, damit sie noch mehr Gäste bewirten konnte. Therese stand in dem Ruf, die beste Schokolade in ganz Wien zu servieren und darüber hinaus Kuchen und Torten bester Qualität.

Karl und Therese waren sich bei der Heirat einig gewesen, dass sie ihr Kaffeehaus nicht aufgeben würde, auch dann nicht, wenn sie Kinder bekäme. Und Karl hatte ihr versprochen, sie stets zu unterstützen. Doch nun schien nichts mehr von diesem Versprechen übrig zu sein.

Sie fühlte sich von Karl im Stich gelassen. Von ihm, von Frieda und letztlich auch von Frederike. Lag es an ihr, dass sich alle von ihr abwandten, obwohl ihr doch nichts mehr am Herzen lag, als es allen recht zu machen?

Sie erreichten das Kaffeehaus, und schon von Weitem konnte Therese sehen, dass das Personal ebenso vor verschlossener Tür stand wie ein Gast, der sein Frühstück stets im Kaffeehaus einnahm. Eigentlich wurde erst in einer halben Stunde für die Gäste geöffnet, doch Emil Loibelsberger war wie immer der erste Gast und schon seit Jahren ein treuer Kunde von Therese. Nie wäre sie so unhöflich gewesen, ihn zu bitten, sich an die Öffnungszeiten zu halten wie die anderen Gäste auch. Vor allem seit sie morgens eine kleine Frühstücksauswahl anbot – eine Besonderheit, die in Wien nur ganz wenige Kaffeehäuser auf der Karte hatten –, kam Emil Loibelsberger stets sehr früh. Ob es der Hunger war oder die Tatsache, dass es ihm einfach gefiel, seinen Kaffee zu genießen, wenn noch kein anderer Gast da war, vermochte Therese nicht zu sagen.

Therese wollte sich ihren Ärger darüber, dass auf Frieda abermals kein Verlass war, nicht anmerken lassen und setzte ein strahlendes Lächeln auf, als sie auf die Menschen vor ihrem Kaffeehaus zutrat.

»Guten Morgen«, rief sie fröhlich. »Ich bitte tausendmal um Entschuldigung.«

Während ihre Angestellten kaum eine Reaktion zeigten, sagte Emil Loibelsberger: »Ach, Frau Therese, wer könnte Ihnen schon böse sein?«

»Charmant wie immer, Herr Loibelsberger«, gab Therese mit einem Lächeln zurück und reichte Judith den Schlüssel, die sich sofort daranmachte, die Tür aufzuschließen.

Nacheinander betraten Judith, Herr Loibelsberger, Resi und Vroni, die als Serviererinnen für Therese arbeiteten, und schließlich die Chefin selbst mitsamt Kindern das Kaffeehaus. Herr Loibelsberger hielt Therese die Tür auf, damit diese den Kinderwagen hineinbugsieren konnte.

»Vielen Dank«, sagte Therese und schenkte ihm abermals ein warmes Lächeln.

»Liebe Frau Therese, wie Sie das alles meistern, ist bewundernswert«, sagte Herr Loibelsberger.

»Danke schön. Aber manchmal kommt es mir gar nicht so vor«, gestand sie etwas zaghaft ein.

»Wissen S' was, Frau Therese, kommen S' doch erst einmal an. Wenn Sie erlauben, kann Ihr Franz an meinen Tisch kommen, und wir trinken zusammen eine Schokolade. Was meinen S', Frau Therese?«

Therese sah zu Franz hinunter, dessen Augen leuchteten.

»Darf ich, Mutter? Bitte!«

Therese wusste, dass Franz es liebte, sich die Geschichten von Emil Loibelsberger anzuhören, der in jungen Jahren zur See gefahren war. Wie er einmal erzählt hatte, waren es nur zwei Jahre gewesen, doch Geschichten hatte er für mindestens zwanzig Jahre erlebt. Wenn diese denn auch alle stimmten, was Therese zu bezweifeln wagte. Doch Franz war begeistert und hing an den Lippen des fast siebzigjährigen Mannes, um von den Abenteuern zu hören, die nur ein echter Seebär erlebt haben konnte.

»Aber natürlich! Ich mache gleich die Schokolade.«

»Danke, Mutter!« Franz umarmte Chereses Beine und griff dann nach der Hand von Emil Loibelsberger, die der ihm entgegenstreckte. Zusammen gingen sie zu dem Tisch ganz hinten im Kaffeehaus, seinem Stammplatz, und Loibelsberger half dem kleinen Franz auf einen Stuhl.

Therese lächelte bei dem Anblick, hob dann Helene aus dem Kinderwagen und bat Vroni, diesen im hinteren Teil des Flurs abzustellen.

»Kommt die Frieda heute?«, fragte Judith und blickte Therese ernst an.

Therese fuhr mit der Zunge über ihre Lippen. »Ich weiß es nicht«, gestand sie ohne Umschweife ein.

Judith atmete tief durch. »Es ist dein Kaffeehaus, und ich weiß, wie eng ihr seid«, begann Judith. »Und verzeih mir, sollte ich zu weit gehen. Doch ich finde Friedas Verhalten nicht richtig und denke, dass du dir das nicht bieten lassen kannst.«

»Es liegt an diesem Jakob«, versuchte Therese ihre Freundin und Angestellte in Schutz zu nehmen. »Erst seit sie mit ihm Umgang hat, ist kein Verlass mehr auf sie.«

Judith legte den Kopf schief, zog Therese ein Stück weiter in den Flur und von der Küche weg. »Und das soll die Entschuldigung dafür sein, dass sie kommt und geht, wie sie will, und wir anderen ihre Arbeit mitmachen müssen? Ich kann dir selbstverständlich nicht sagen, was du zu tun hast, Therese. Doch Frieda gibt ein schlechtes Beispiel für die anderen ab, und wir alle fragen uns, wann du endlich durchgreifst. Wir Bedienungen tun alles, um zufriedene Gäste zu haben, die dein«, sie betonte das letzte Wort, »Kaffeehaus mit einem Lächeln wieder verlassen. Doch keine von uns hat Lust, alles hinzunehmen, was Frieda sich leistet und auf unserem Rücken austrägt, nur weil sie weiß, dass sie bei dir keine Konsequenzen zu fürchten hat.«

Therese seufzte. »Ich werde mit Frieda sprechen.«

Judith nickte. »Du weißt, dass ich kein böses Blut schaffen möchte, doch wenn das so weitergeht, werden womöglich auch die anderen bald das Gefühl haben, machen zu können, was sie wollen. Und dann werden die Probleme nur noch größer.«

»Ich spreche mit ihr«, versicherte Therese nochmals und gab Judith zu verstehen, dass das Gespräch damit beendet war.

Obwohl sie Franz versprochen hatte, nur kurz im Kaffeehaus zu bleiben, waren am Ende fast drei Stunden vergangen. Doch das störte den Kleinen nicht, schließlich fühlte er sich bei Emil Loibelsberger sehr wohl und lauschte fasziniert den Geschichten, die dieser zum Besten gab.

Therese ging mehrere Male an den Tisch, um nachzufragen, ob sie Franz abholen solle und ob Emil Loibelsberger noch einen Wunsch habe. Dieser schien bester Laune und überließ stets Franz die Entscheidung, ob er noch bleiben oder lieber mit seiner Mutter gehen wollte. Franz entschied sich jedes Mal für Ersteres. Er trank eine heiße Schokolade nach der anderen, während Loibelsberger sein Seemannsgarn spann, und war quietschvergnügt, als seine Mutter dann schließlich an den Tisch trat und sagte, dass es an der Zeit sei aufzubrechen.

»Ooooch«, machte Franz. »Schon?«

»Eigentlich besucht Herr Loibelsberger das Kaffeehaus, um in aller Ruhe zu frühstücken und Kaffee zu trinken.« Therese lächelte ihren Sohn gutmütig an.

»Ach, Frau Therese, es ist mir doch eine solche Freude! So wohl ich mich auch immer hier fühle – wenn ich ein bisschen Zeit mit Ihrem Franz verbringen kann, ist der Genuss für mich umso größer. Er ist ein wahrer Schatz.«

Therese zerzauste Franz das Haar. »Ja, das ist er.«

»Wenn Sie ihn morgen wieder mitbringen«, sagte er zu Therese und sah dann Franz an, »und wenn du es möchtest, wäre es mir ein großes Vergnügen, wieder mit dir zu frühstücken.«

»Au ja!«, jubelte Franz »Darf ich, Mutter? Bitte!«

»Und es macht Ihnen wirklich nichts aus?«, fragte Therese Herrn Loibelsberger.

»Ganz im Gegenteil, es bereichert das Leben eines alten Mannes, Frau Therese.«

»Wenn das so ist, müssen wir uns morgen früh aber noch mehr beeilen, damit wir rechtzeitig hier sind«, ermahnte Therese ihren kleinen Sohn.

»Ich werde ganz bestimmt rechtzeitig fertig sein«, versprach Franz glücklich.

Emil Loibelsberger verabschiedete sich mit einem Handkuss von Therese. Franz streckte er die Rechte entgegen. »Dann bis morgen, junger Mann.«

Franz fasste zu. »Bis morgen, Herr Loibelsberger.«

»Würden S' mir noch das Fräulein Judith schicken, Frau Therese? Ich würde dann gern zahlen.«

»Nein, Herr Loibelsberger, das muss ich ablehnen. Betrachten Sie sich bitte als meinen persönlichen Gast.«

»Aber ...«, wollte er protestieren, doch Therese schüttelte den Kopf. »Dann danke ich herzlich, Frau Therese«, sagte er höflich.

»Ich habe zu danken.« Sie nahm Franz an die Hand und ging mit ihm nach vorn, wo Vroni mit Helene im Kinderwagen bereits auf sie wartete.

Frieda hatte sich den gesamten Vormittag über nicht blicken lassen, und Therese bezweifelte, dass sie heute überhaupt noch aufkreuzen würde.

Therese hatte Judith vorhin einen Schlüssel für das Kaffeehaus gegeben, sodass morgen niemand vor der Tür stehen müsste, falls sie selbst durch die Kinder aufgehalten würde und Frieda womöglich wieder nicht zur Arbeit käme. Bisher hatte außer ihr nur Frieda einen Schlüssel gehabt. Nun auch Judith einen anzuvertrauen und damit ein Stück Verantwortung zu übertragen, fand Therese einen wichtigen Schritt. Sie konnte nur hoffen, dass das Gespräch, das sie mit Frieda führen wollte, fruchten und diese wieder zur Vernunft kommen würde. Wenn nicht, würde Therese ihr den Schlüssel abnehmen. Diese Entscheidung hatte sie nun getroffen. Aber sie hoffte immer noch, dass es nicht so weit kommen würde.

Therese ging mit den Kindern in die Landskrongasse, in der sich das große Gebäude befand, über dessen Eingang ein Schild mit der Aufschrift *Kontor Hansen* prangte. Franz stürmte voraus und öffnete die Tür, sodass das darüber angebrachte Glöckchen bimmelte.

Felix, Karls Angestellter, der gerade etwas in ein Regal stellte, drehte sich um. »Guten Tag, die Herrsch...« Er unterbrach abrupt seinen üblichen Satz, als er sah, wer den Laden betreten hatte. »Frau Hansen, habe die Ehre, und der kleine Franz und die Helene!«

»Grüß dich, Felix. Ist mein Mann da?«

»Aber ja, gnädige Frau. Er ist hinten und sortiert die Waren. Ich hätte es ja gemacht, aber er wollte unbedingt selbst die Qualität prüfen.«

»Ja, das klingt nach meinem Karl«, gab Therese fröhlich zurück.

Felix klappte das Brett hoch, das üblicherweise über den Tresen gelegt war und den Durchgang versperrte, und ließ Therese eintreten. Franz war schon vor ihr darunter hindurchgehuscht und sofort ins Lager gelaufen.

»Na, das ist ja eine wunderbare Überraschung!«, hörte Therese ihren Mann sagen, noch bevor sie ihn zu Gesicht bekam. Er trat hinter einem Regal hervor und hatte Franz auf dem Arm. Nun ging er auf seine Frau zu. »Therese, wie schön! Mit euch habe ich nicht gerechnet. Und nun freue ich mich umso mehr.«

Die Worte ihres Mannes hinterließen ein warmes Gefühl in ihrem Inneren. Er freute sich so ehrlich, so aufrichtig, als gäbe es nichts Schöneres für ihn, als von seiner Familie von der Arbeit abgehalten zu werden. Womöglich tat sie ihm Unrecht, wenn sie glaubte, für ihn zähle nur noch das Kontor und nicht die Familie.

»Karl.« Sie beugte sich zu ihm und gab ihm einen Kuss. »Es ist schön, dass du dich freust.«

»Und wie!« Karl drehte sich mit Franz auf dem Arm dreimal im Kreis, bis der Kleine vor Vergnügen jauchzte. Nun streckte sich auch Helene, die bei Therese auf dem Arm war, um zu ihrem Vater zu gelangen. Der stellte Franz wieder auf die Beine und nahm nun seine Tochter. Zärtlich umfasste er ihre kleine Hand und schmatzte einen Kuss darauf. »Na, meine kleine Prinzessin. Du bist ja schon wieder hübscher geworden.« Er rieb seine Nase an ihrer, wie er es schon immer tat, seit sie auf der Welt war. Helene gluckste vor Freude.

»Und was verschafft mir die Ehre eures Besuchs?« Karl schien bester Laune.

»Wir waren im Kaffeehaus und haben einen Umweg gemacht, damit wir dich sehen. Es ist immer so wenig Zeit.«

»Dass du das so sagst«, sinnierte Karl. »Gerade heute Morgen sagte ich zu Felix, dass wir uns gut überlegen müssen, ob wir noch neue Kunden annehmen. So schön es auch ist, dass alles so gut läuft, nützt es doch nichts, wenn ich deshalb meine Familie nicht mehr zu Gesicht bekomme.«

»Du glaubst nicht, wie glücklich ich bin, dass du das sagst.« Therese musste die Tränen der Rührung zurückhalten, die ihr in die Augen steigen wollten.

»Ach, meine Therese, wir haben so viel Glück im Leben!« Er gab ihr Helene zurück und hob Franz wieder auf den Arm. »Wir und die Kinder, alle sind wir gesund, und wir beide verdienen gutes Geld mit Berufen, die uns noch dazu erfüllen. Wir sollten dem Herrn für jeden Tag dankbar sein.«

Therese lehnte ihren Kopf an seine Schulter. »Was meinst du – wollen wir heute Abend etwas Besonderes essen und später, wenn die Kinder schlafen, im Wohnzimmer den Kamin anfeuern und uns ein wenig Zeit für uns nehmen?«

»Den Kamin – zu dieser Jahreszeit?«

»Warum nicht? Einfach nur, weil wir es wollen.«

Karl gab Therese einen zärtlichen Kuss auf die Stirn. »Das klingt sehr gut.«

»Aber ich möchte auch etwas essen«, erboste sich Franz.

»Du bekommst ja auch etwas«, beschwichtigte ihn Therese. »Wir essen alle gemeinsam wie sonst auch. Aber ich koche uns heute etwas besonders Gutes, weißt du?«

»Schnitzel«, schlug Franz sofort vor.

»Ich dachte eigentlich an etwas anderes, an etwas, das wir nicht so ...« Therese brach ab, als sie Franz' enttäuschten Gesichtsausdruck sah.

»Also, ich würde auch gern Schnitzel essen«, stimmte Karl seinem Sohn zu.

Franz klatschte begeistert in die Hände. »Ja, Schnitzel!«

Karl drückte Franz liebevoll an sich.

»Nun gut, dann brate ich uns Schnitzel«, gab Therese sich geschlagen. »Wann kannst du zu Hause sein?«, fragte sie Karl und löste sich von seiner Schulter.

Karl sah sich um. »Ich habe hier noch den ganzen Nachmittag zu tun, doch ich lasse Felix abschließen. Also so gegen halb sechs.«

»So früh? Das wäre wundervoll.«

»Gut. Dann komme ich um halb sechs nach Hause, wir essen Schnitzel und bringen die Kinder heute Abend zusammen ins Bett. Und danach machen wir den Kamin an.« Er zwinkerte seiner Frau zu.

»Ich kann es kaum erwarten.« Sie drückte ihm einen Kuss auf die Wange und sah zu, wie Karl den kleinen Franz abermals auf die Füße stellte. Dann hielt sie dem Sohn die Hand hin, die dieser brav ergriff. »Sagt Auf Wiedersehen zu eurem Vater.«

»Auf Wiedersehen«, wiederholte Franz artig.

»Auf Wiedersehen, meine Lieblinge.« Karl beugte sich zu Franz hinab und küsste ihn auf den Kopf, dann tätschelte er Helenes Wange und gab ihr einen Kuss auf die Stirn. Schließlich sah er Therese an, berührte zärtlich ihren Rücken und küsste sie. Therese lächelte, als ihre Lippen sich wieder voneinander lösten.

Die drei verabschiedeten sich von Felix und verließen das Kontor. Draußen setzte Therese die kleine Helene in den Kinderwagen, den sie dort abgestellt hatte.

Den gesamten Weg von der Landskrongasse bis nach Hause wurde Franz nicht müde, neben Therese herzulaufen und immer wieder kleine Sprünge zu vollführen, während er ununterbrochen auf sie einredete. Die Stimmung war froh und heiter, und Therese spürte intensiv, wie dankbar sie für das Leben war, das sie führen durfte. Sie freute sich so sehr auf den Abend. Ach, sie war ein glücklicher Mensch!

5. Kapitel

Es klopfte, und kurz danach betrat Fräulein Schreiber Robert Hansens Büro.

»Bitte entschuldigen Sie die Störung, Herr Hansen. Ihre Frau, also ... ich meine, Frau Elisabeth Hansen möchte Sie sprechen.«

Noch bevor Robert antworten konnte, schob sich Elisabeth an Fräulein Schreiber vorbei, trat an seinen Schreibtisch und warf ihm einen Umschlag hin.

»Du willst dich scheiden lassen?«

»Es tut mir leid, Herr Hansen«, entschuldigte sich die Sekretärin eilig.

»Alles in Ordnung, Fräulein Schreiber. Sie können gehen.«

»Jawohl, Herr Hansen.« Sie warf Elisabeth beim Hinausgehen einen missbilligenden Blick zu.

»Ist es vielleicht ihretwegen?«, giftete Elisabeth. »Willst du sie heiraten und musst mich noch vorher rasch loswerden?«

»Möchtest du dich setzen, Elisabeth? Kann ich dir einen Kaffee anbieten?« Er machte sich nicht die Mühe, aufzustehen und seine Ehefrau zu begrüßen.

»Ich will deinen verdammten Kaffee nicht«, schnauzte Elisabeth. »Und ich werde nicht in die Scheidung einwilligen!«

»Das ist auch nicht nötig, Elisabeth. Ich werde mich von dir scheiden lassen und brauche deine Einwilligung dazu nicht.«

Elisabeth war anzusehen, dass sie ihre Wut kaum mehr zügeln konnte. Etwas unschlüssig, wie sie sich nun verhalten sollte, ließ sie sich auf den Besucherstuhl fallen. »Warum jetzt, Robert? Monatelang hast du das Verfahren nicht vorangetrieben. Fast konnte ich hoffen, dass du ganz davon Abstand nimmst. Ich möchte keine geschiedene Frau sein. Das wäre eine Blamage für mich.«

»Dein gesamtes Verhalten ist eine Blamage, Elisabeth. Es ist also mehr als passend, wenn wir deinen offiziellen Status dem angleichen.« Robert war vollkommen ruhig.

»Du kannst mir einfach nicht verzeihen, nicht wahr? Was bist du nur für ein Kleingeist, Robert Hansen!«

Robert ging gar nicht auf ihre Bemerkung ein.

»Als geschiedene Frau bin ich endgültig nicht mehr gesellschaftsfähig, und das weißt du sehr genau. Willst du das wirklich? Ich bin immerhin die Mutter deiner Kinder.«

»Du hast die beiden zur Welt gebracht, das stimmt. Doch eine Mutter bist du nicht und warst du nie. Ganz abgesehen davon haben Martha und Luise nichts damit zu tun, ob wir geschieden sind oder einfach nur getrennt leben.«

»Bitte, Robert, wenn es doch keinen Unterschied macht, dann verzichte auf diesen Schritt. Zieh den Scheidungsantrag zurück.«

»Nein«, sagte Robert nur und sah sie weiter an.

»Robert, ich erwarte, dass du mich mit Respekt behandelst und dein selbstgefälliges Verhalten unterlässt. Sieh dich doch an, wie du dort sitzt und auch noch zu genießen scheinst, dass ich flehe und mich vor dir erniedrige.«

Robert beugte sich vor. »Du willst von mir mit dem Respekt behandelt werden, den du verdienst?« Seine Stimme klang kalt.

»Willst du wirklich, dass ich dich anspucke, wie du es verdient hättest?« Er zog die rechte Augenbraue hoch.

Elisabeth öffnete den Mund und schloss ihn wieder. Jetzt hatte sie Tränen in den Augen. »Du hast mich einmal geliebt, Robert.«

»Habe ich das?« Er lehnte sich wieder zurück und sah nach oben, als müsse er darüber nachdenken. »Ja, du hast recht, Elisabeth. Ich habe dich geliebt. Und wir beide wissen, wie du mir diese Liebe gedankt hast.«

Elisabeth sprang auf und ging zum Fenster hinüber. Nervös knetete sie ihre Hände. »Glaubst du, dass das alles leicht für mich war?« Sie sah ihn nicht an, starrte hinaus auf die Häuser der Speicherstadt. »Ich weiß, dass ich einen Fehler gemacht habe, Robert. Und den werde ich mein Leben lang bereuen.« Sie drehte sich um, blieb aber am Fenster stehen und suchte seinen Blick. »Eine Scheidung würde mich umbringen.«

»Also bitte, Elisabeth, du tust ja geradezu so, als schwebtest du noch immer über das gesellschaftliche Parkett. Dabei wissen wir doch beide, dass die Zeiten, in denen du zu eleganten Gesellschaften eingeladen wurdest, längst der Vergangenheit angehören.«

»Ich bekomme mehr Einladungen, als du vermuten magst.«

»Wie schön für dich.«

Elisabeth senkte den Kopf und schlug die Hände vors Gesicht. Sie schluchzte heftig auf. »Du weißt nicht, wie es für mich ist«, stieß sie hervor.

»Erwartest du etwa Mitleid von mir?« Robert kräuselte mit verständnislosem Blick die Stirn.

Sie blickte auf, sah ihn aus geröteten Augen an. »Der Robert, den ich einmal kannte, hätte Mitleid gezeigt.«

»Nun, wir beide haben uns verändert, Elisabeth.« Er erhob sich von seinem Stuhl, ging zu dem kleinen Schränkchen hinüber, auf dem insgesamt vier Tassen, ein Zuckerdöschen und eine Kaffeekanne standen, nahm sich eine Tasse und schenkte sich Kaffee ein. »Möchtest du auch?«

Elisabeth zögerte, dann willigte sie mit einem Nicken ein.

»Noch immer schwarz?«

»Ja, bitte.«

Robert stellte die gefüllten Tassen auf Unterteller, ging zu Elisabeth hinüber und reichte ihr eine davon.

»Danke.«

Dann nahm er mit seiner Tasse wieder auf dem Schreibtischstuhl Platz.

»Weshalb also jetzt?«, fragte Elisabeth und nahm einen Schluck Kaffee. Es schien, als hätte sich ihre Aufregung etwas gelegt. »Gibt es eine neue Frau, die du heiraten willst?«

Robert trank ebenfalls einen Schluck und schüttelte dann den Kopf. »Nein, es gibt keine andere Frau. Ich möchte einfach nur damit abschließen.«

»Auch wenn du mich damit umbringst?«

»Du neigst zum Überdramatisieren, Elisabeth.« Robert musste schmunzeln.

»Nein«, erklärte sie. »Ich meine es ernst. Ich habe alles verloren, alles.«

»Ist deine Liaison mit Frederiksen denn beendet?«

Sie seufzte. »Ich wohne noch bei ihm, wenn es das ist, was du wissen möchtest. Doch ich liebe diesen Mann nicht.« Ihre Stimme wurde leiser. »Ich liebe noch immer dich, Robert.«

»Ach, Elisabeth, wir wissen beide, dass das eine Lüge ist. Und sie ist noch dazu vollkommen überflüssig.«

»Du bist also nicht bereit, mich dir beweisen zu lassen, dass ich dich noch immer liebe?« Elisabeth stellte die Tasse auf der Fensterbank ab und sah ihn einen Moment lang an. Sie öffnete den obersten Knopf ihrer Bluse und dann den nächsten. Mit langsamen Schritten bewegte sie sich auf Robert zu. »Robert, lass mich dir zeigen, was ich für dich empfinde.«

Robert sah sie nur an, sagte aber nichts.

Elisabeth ging noch einen Schritt weiter auf ihn zu. Ihre Bluse war nun fast komplett aufgeknöpft, und sie beugte sich so weit zu Robert vor, dass sie ihm den Blick auf ihre Brüste geradezu aufdrängte.

»Willst du mich wirklich nicht?«, fragte sie mit tiefer, verführerischer Stimme.

Roberts Miene blieb ungerührt. »Du bist dir wirklich für nichts zu schade, oder?« Er schüttelte verständnislos den Kopf, dann stand er von seinem Stuhl auf. »Falls ich noch irgendwelche Zweifel gehabt hätte, ob die Scheidung der richtige Schritt ist, dann hast du sie hiermit endgültig zerstreut.«

Wütend schlug Elisabeth ihm gegen den Arm. »Du bist ein Widerling, Robert Hansen!«

»Nun, das würde mich eigentlich zum idealen Ehemann für dich machen, aber ich lehne dankend ab.«

Elisabeth knöpfte hastig ihre Bluse wieder zu. »Du kannst diesen Krieg haben, wenn du willst. Doch du legst dich mit der Falschen an!«

»Ich zittere vor Angst«, gab er mit einem verächtlichen Schmunzeln zurück.

Elisabeth hob den Kopf. »Das wirst du noch bereuen. Das verspreche ich dir.«

»Du hast mir auch mal Treue versprochen. Verzeih mir also, wenn ich auf deine Versprechungen nicht allzu viel gebe.« Robert ging zur Tür und öffnete sie. »Wenn du mich dann bitte entschuldigen würdest. Es gibt Menschen, die müssen etwas mehr tun, als sich nur in die Horizontale zu begeben, um ihr Geld zu verdienen.«

Elisabeth stürmte an ihm vorbei und donnerte die Tür hinter sich ins Schloss, dass die Wände wackelten.

»Auf Nimmerwiedersehen, Frau Hansen«, sagte Robert in die Stille hinein, die plötzlich herrschte. Dann ging er kopfschüttelnd zurück zu seinem Schreibtisch und setzte sich wieder. Wer war nur diese Frau, mit der er so viele Jahre verheiratet gewesen war?

Der Umschlag, den Elisabeth mitgebracht hatte und in dem sich die Scheidungspapiere befanden, die er ihr hatte zustellen lassen, lag noch immer auf seinem Schreibtisch. Er nahm ihn und legte ihn in die oberste Schublade. Vorsichtshalber würde er seinen Anwalt informieren und ihn bitten, Elisabeth die Unterlagen erneut zuzustellen, um auf Nummer sicher zu gehen. Er schloss die Schreibtischschublade und blieb einen Moment so sitzen. Er brauchte etwas Zeit, um sich zu sammeln. Kurz ließ er Elisabeths Auftritt in Gedanken noch einmal Revue passieren, dann zwang er sich dazu, sich auf etwas anderes zu konzentrieren. Er zog einen Briefbogen hervor, griff zum Füller und begann zu schreiben.

3. April 1894

Lieber Heinrich,
zunächst danke ich Dir für Deinen Bericht vom März, der mich doch etwas beruhigt hat. Denn nach Deinem letzten Brief vom Februar war ich in großer Sorge, dass Du und unsere Arbeiter sowie unsere Plantage in Gefahr sein könntet. Ich danke Gott, dass er Euch beschützt hat.

Leider habe ich noch keine Informationen über den Verbleib des Gouverneurs von Zimmerer. Aber auch hier wird gemunkelt, dass ein neuer Gouverneur eingesetzt werden soll. Ähnliches gilt für die Einrichtung der »Schutztruppe«. Mir ist nur zu Ohren gekommen, dass Reichskanzler von Caprivi zwei renommierte Offiziere nach Kamerun entsenden will, und das, obwohl er kein Freund der Expansion unserer Kolonien ist und überdies befürchtet, dass die Verteidigung unserer Kolonien — insbesondere gegen England — im Kriegsfall kaum möglich wäre. Aber warten wir erst einmal ab,

66

wie lange sich von Caprivi noch im Amt hält, da die Zahl seiner Kritiker immer mehr wächst.

Hier haben die furchtbaren und menschenverachtenden Eskapaden von Kanzler Leist auch hohe Wellen geschlagen und für größte Empörung gesorgt! Die Reichsregierung hat eine Untersuchung angeordnet. Außerdem wird Leist tatsächlich der Prozess gemacht werden. Gleiches gilt für Wehlan. Insofern müssen wir ebenfalls abwarten, wie diese Gerichtsverfahren ausgehen werden. Ich hoffe auf ein Urteil, das keinen Zweifel daran lässt, dass das Verhalten dieser Männer keinesfalls geduldet werden darf.

Die von Dir schon in einem früheren Brief erwähnte Nilpferdpeitsche ist tatsächlich im Reichstag gezeigt worden. Das, verbunden mit einer Beschreibung ihrer Anwendung auf den Rücken und Gesäßen der Eingeborenen und der Folgen, hat für großen Unmut unter den Abgeordneten gesorgt und wird, so hoffe ich mit Dir, zu einem Umdenken in der Kolonialpolitik führen.

Bei uns in Hamburg und in Wien läuft alles sehr ordentlich. Dass Luise geheiratet hat, weißt Du ja bereits. Und dass Hamza sich sehr gut entwickelt hat, ebenfalls. Er hat inzwischen schon recht ordentlich lesen und schreiben gelernt, und es ist erstaunlich, wie rasch er die Abläufe im Kontor verinnerlicht hat. Aber wahrscheinlich muss das keinen von uns wundern, denn uns war doch immer bewusst, was für ein ungewöhnlich gescheiter und lernbegieriger junger Mann Hamza ist.

Durch die Heirat Luises mit Hans Petersen ist der Bedarf unseres Kontors noch einmal gewachsen. Die vielen Kaffeehäuser, die im Besitz der Petersens sind, werden nun ausschließlich von uns beliefert, und es zeichnet sich ab, dass wir noch weit größere Mengen an Kaffee- und Kakaobohnen benötigen werden, um alle Bestellungen erfüllen zu können.

Eine ganz besondere Neuigkeit habe ich noch zu vermelden: Luise ist in froher Erwartung. Ist das nicht unglaublich? Meine kleine Luise, die damals in Kamerun am liebsten in Hosen auf *der Plantage herumlief, wird Mutter! Fast kann ich es selbst nicht glauben.*

Ungeachtet dessen wird sie, natürlich erst eine gewisse Zeit nach der Geburt, wieder ins Kontor zurückkehren. Es ist eigenartig: Sie ist meine Tochter, und doch ist sie mir der wichtigste Ratgeber auf der Welt. Kannst Du das glauben?

Für heute abschließend, danke ich Dir im Namen unserer ganzen Familie und unseres Kontors für Deine sehr gute und zuverlässige Arbeit in Kamerun! Und ich persönlich danke Dir, dass ich Dich als meinen Freund betrachten darf.

In herzlicher Verbundenheit
Robert Hansen

Es klopfte an der Tür. Insgeheim hoffte Robert, dass Elisabeth nicht zurückgekommen war, um ihm erneut ein Theater vorzuspielen. Allerdings könnte er ihr dann wenigstens die Scheidungsunterlagen wieder mitgeben und so seinem Anwalt die doppelte Arbeit ersparen. »Ja, bitte?«

Luise steckte den Kopf herein. »Alles in Ordnung?« Sie trat ein. »Ich meine, wegen des Krachs vorhin. Ich habe eine Weile abgewartet, aber jetzt wollte ich doch nachsehen, ob alles in Ordnung ist.«

Robert legte den Füller beiseite. »Bitte, Luise, komm kurz herein und setz dich. Ich möchte dir etwas sagen.«

Luise tat, wie ihr geheißen, und nahm auf dem Stuhl Platz, auf dem zuvor ihre Mutter gesessen hatte.

»Der Lärm …«, begann er. »Das war deine Mutter.«

»Meine Mutter? Sie war hier?«

»Ja, das war sie.«

»Was wollte sie denn?«

Robert war nicht sicher, wie Luise die Nachricht auffassen würde, dass er sich zur Scheidung entschlossen hatte, ohne sie vorher ins Vertrauen zu ziehen.

»Ich habe ihr die Scheidungsunterlagen zustellen lassen.«
Kurz wartete er auf Luises Reaktion. Als diese ihn nur unverwandt ansah, fügte er hinzu: »Ich habe dich nicht vorher ins Vertrauen gezogen, weil das eine Sache zwischen deiner Mutter und mir ist.«

»Das sehe ich genau wie du. Und wenn dich meine Meinung dennoch interessiert: Dieser Schritt war längst überfällig.«

»So siehst du das?«

»Selbstverständlich. Ich habe sogar schon einmal Rechtsanwalt Herrmanns dazu befragt. Er meinte, dass eine Scheidung nicht zwingend sei, man könne auch so getrennt leben. Doch ich finde, dass es besser ist, die Dinge zu regeln«, urteilte sie. »Und was wollte Mutter nun hier?«

»Kannst du dir das nicht denken? Sie wollte mich überreden, den Scheidungsantrag wieder zurückzuziehen.«

»Aus Angst um ihren guten Ruf?« Luise verzog spöttisch den Mund.

»Ganz genau.«

Luise lachte bitter auf. »Als ob davon noch irgendetwas übrig wäre. Jeder in Hamburg und wahrscheinlich weit über die Stadtgrenzen hinaus weiß doch, was sie sich geleistet hat.«

»Ich gebe zu, ich bin erleichtert, dass wir auch in dieser Angelegenheit die gleiche Sichtweise haben.«

»Hast du etwa daran gezweifelt?«

»Nun, gezweifelt nicht wirklich. Doch sie ist und bleibt deine und Marthas Mutter.«

»Und weiß sie das auch?«

»Was meinst du damit?«

»Na, hat sie etwa nach Martha und mir gefragt, wo sie doch schon mal hier war? Oder hat sie darum gebeten, uns sehen zu können? Hat sie dich zu überreden versucht, uns auszurichten, dass sie uns gern besuchen würde?«

Robert sah seine Tochter wortlos an.

»Du brauchst nichts zu sagen, Vater. Ich kenne die Antwort auch so.«

»Es tut mir leid.«

»Dir tut es leid? Weshalb? Sie ist eben so. Elisabeth Hansen interessiert sich nur für einen einzigen Menschen auf der Welt: für Elisabeth Hansen. Alles andere wäre ihrem Wesen fremd.« Luise legte den Kopf schief, wie sie es oft tat, wenn sie nachdachte und dabei weitersprach. »Es ist eigenartig, Vater, doch es tut mir überhaupt nicht mehr weh. Vor einigen Jahren noch, ja. Da konnte ich nicht verstehen, weshalb sie sich nach ihrem Auszug aus der Villa nicht ein einziges Mal gemeldet oder irgendein Interesse an Martha und mir gezeigt hat. Ich konnte und wollte nicht glauben, dass wir unserer Mutter vollkommen gleichgültig sind.« Sie zuckte mit den Achseln. »Aber genau so ist es, und heute habe ich kein Problem mehr damit.«

»Wirklich?« Robert sah sie zweifelnd an. War seine Tochter zu verletzt, um zugeben zu können, dass die Gleichgültigkeit der Mutter sie traf?

»Ich weiß, du fragst dich, ob ich dir nur etwas vormache. Fast wünschte ich es, aber das ist nicht der Fall. Es ist mir wahrhaftig gleichgültig. Vielleicht ist das einfach so bei mir. Ich denke vor allem mit dem Kopf, nicht so sehr mit dem Herzen. Vielleicht kann ich eben nicht so fühlen wie andere, die sich alles mehr zu Herzen nehmen. Ja, vielleicht fällt es mir ja sogar schwer, so zu lieben, wie andere das tun.«

»Ist das so? Was denkst du, wie du fühlen wirst, wenn du selbst Mutter bist?«

»Ich werde dieses und weitere Kinder, die ich womöglich bekommen werde, lieben und mit aller Kraft, die mir zur Verfügung steht, beschützen. Niemals würde ich meine Kinder im Stich lassen, niemals!« Die Worte waren nur so aus Luise herausgesprudelt.

Robert lächelte. »Und du glaubst, nicht so lieben zu können und nicht so starke Gefühle zu haben wie andere Menschen?« Sein Lächeln wurde breiter. »Luise Petersen, geborene Hansen, du bist wahrscheinlich der liebevollste Mensch, der mir je begegnet ist. Du verlierst dein Herz nicht so leicht wie andere junge Frauen, und ich gebe zu, manchmal dachte ich auch schon, dass du dir vielleicht selbst im Weg stehst. Doch das, was du tust, geschieht stets voller Leidenschaft. Und die, die du liebst, können sich darauf verlassen, dass dieses Gefühl echt ist. Ich bin sehr stolz auf dich, weißt du das?«

»Danke, Vater.« Luise wurde verlegen. »Es ist schön, zu wissen, dass du so von mir denkst.«

Robert räusperte sich. »Ich habe übrigens gerade einen Brief an Begemann geschrieben«, wechselte er dann das Thema. »Allerdings habe ich unerwähnt gelassen, dass ich mich nach einer weiteren Plantage umsehen werde.«

»Das ist wohl auch das Beste für den Moment. Wer weiß, was Hans und Wilhelm von deinem Plan halten und ob sie bereit sind, Geld zu investieren.«

»Auch wenn nicht, werde ich diesen Schritt wagen. Zögerliches Handeln ist der Todesstoß für jedes Kontor.«

»Nun, leichtfertige Investitionen können es ebenfalls sein.«

»Du bist zu sehr auf Sicherheit bedacht«, entgegnete Robert. »Grundsätzlich stimme ich dir zu, dass man solche Entscheidungen nicht unbedacht treffen soll. Aber man muss etwas riskieren und sich vorwagen, will man nicht auf der Stelle treten.«

»Bestimmt hast du recht, und ich bin nur zu ängstlich«, sagte Luise. »Was ich dich übrigens noch fragen wollte: Was denkst du, wie es jetzt mit Tante Vera und Onkel Georg weitergeht?«

»Na, wie schon – sie werden sich irgendwie zusammenraufen. Es war notwendig, ihnen deutlich zu machen, dass es so nicht weitergehen kann. Doch ich glaube nicht einen Augenblick, dass Vera es zulässt, abermals von Georg verlassen zu werden.«

»Dann hast du das nur veranstaltet, damit in der Villa wieder Frieden einkehrt?«

»Ganz recht.«

Luise schmunzelte. »Also, ich habe dir geglaubt, dass es so nicht weitergehen kann.«

»Dann war ich wenigstens überzeugend.«

Luise erhob sich. »Ich habe noch viel zu tun, und mir zerrinnt heute die Zeit zwischen den Fingern. Ich werde wieder in mein Büro gehen und weiterarbeiten.«

»Mach das, Luise.«

Sie ging in Richtung Tür. »Ach, eines noch. Könntest du, sollte Vera ihr Vorhaben weiterverfolgen und Frederike mit Bruno Richter zusammenbringen wollen, erneut eine solche Empörung zur Schau stellen?«

Nun war es an Robert, zu schmunzeln. »Aber selbstverständlich. Wir werden schon einen Mann finden, der Frederike gefällt und sich in sie verliebt. Und zwar einen in ihrem Alter. Es ist schon eigenartig, dass es bisher offenbar keinen gab, dem Frederike ihr Herz schenken wollte.«

Luise war in Versuchung, ihren Vater einzuweihen, dass Frederike und Marthas jetziger Ehemann Ludwig Ahrendsen einmal ineinander verliebt gewesen waren. Doch sie behielt dieses Wissen lieber für sich. »Nun, es gibt da einen«, sagte sie stattdessen.

»Ach ja?«

»Ja. Anton Messinger. Frederike hat ihn in Wien kennengelernt. Er arbeitet für Thereses Vater, soweit ich weiß.«

»Und trotzdem ist Frederike so unverhofft nach Hamburg zurückgekehrt? Weshalb? Sie hätte doch ebenso gut ihr Glück in Wien finden können.«

»Leider kenne ich die Antwort auf diese Frage genauso wenig wie du«, sagte Luise. »Doch weißt du, die beiden haben sich regelmäßig geschrieben, bis Anton Messingers Briefe Frederike plötzlich nicht mehr erreichten.«

»Was meinst du mit *nicht mehr erreichten?*«

»Tante Vera hat sie abgefangen. Zumindest vermuten wir das. Denn ich habe mit eigenen Augen gesehen, dass Briefe von ihm angekommen sind. Aber Frederike glaubte, dass Anton ihr seit Wochen nicht mehr geschrieben habe.«

»Warum tut Vera denn so etwas?«, gab Robert verärgert von sich. »Sie soll ihrer Tochter das Glück doch gönnen.«

»Ich verstehe es auch nicht. Und deshalb …« Sie brach ab. »Versprich mir, dass du nicht böse wirst.«

»Was hast du angestellt, Luise?«

»Versprich es«, forderte sie.

»Na gut, ich verspreche es.« Robert seufzte vernehmlich.

»Deshalb habe ich vorgeschlagen, dass Anton Messinger seine Briefe künftig an mich hier ins Kontor schicken soll.«

Robert lachte laut auf. »Das ist meine Luise. Pragmatisch wie immer. Ich bin nicht böse auf dich, im Gegenteil, ich ziehe meinen Hut davor, wie du Probleme aus der Welt schaffst.«

»Wenn ich also mal nicht hier sein sollte, ich meine, wegen der Schwangerschaft oder wenn das Kind auf der Welt ist, würdest du dann dafür sorgen, dass Frederike die Briefe erhält, die an mich adressiert sind und deren Absender Anton Messinger ist?«

»Ja, das werde ich«, versprach Robert und fügte mit einem Schmunzeln hinzu: »Und zwar so, dass Vera es nicht mitbekommt.«

»Sehr gut.« Luise drehte sich zur Tür und öffnete sie. »Dann kann ich jetzt beruhigt an die Arbeit gehen«, meinte sie gut gelaunt und verließ Roberts Büro.

6. Kapitel

Der Abend mit ihrem Ehemann war noch schöner gewesen, als Therese ihn sich hätte erträumen können. Karl hatte ihr Blumen mitgebracht. Und es war noch nicht einmal halb sechs gewesen, als er nach Hause gekommen war.

Gemeinsam hatten sie gegessen und danach die Kinder ins Bett gebracht. Therese hatte jeden Augenblick dieses ganz alltäglichen Glücks genossen. Ja, ihr Leben war wunderbar, und sie war dem Herrgott zutiefst dankbar für all das, was sie hatte.

Später am Abend, noch bevor sie sich vor den Kamin legten und sich mit ihren Rotweingläsern zuprosteten, hatte Therese ihren Ehemann um Rat gefragt, wie sie mit Frieda umgehen sollte. Seine Antwort glich der von Judith, sodass Therese nun fest entschlossen war, Frieda gleich am nächsten Tag zur Rede zu stellen und von ihr zu verlangen, sich entweder in Zukunft so zu verhalten, wie sie es vor der Affäre mit Jakob Saitenschläger getan hatte, oder aber ihren Schlüssel abzugeben und sich eine andere Arbeitsstelle zu suchen.

Therese war ein Stein vom Herzen gefallen, als sie gemerkt hatte, dass das ernste Thema, das ihr so sehr auf der Seele gelegen hatte, die Stimmung zwischen ihr und Karl nicht zerstört, sondern vielmehr den Zusammenhalt der Eheleute noch verstärkt hatte. Stunden später, als sie sicher sein konnten, dass die Kinder tief und fest schliefen, hatte Karl das Kaminfeuer entfacht, und die beiden hatten sich davor eng aneinandergekuschelt. Die Leidenschaft, mit der sie sich bald darauf liebten, war wie eine Welle über Therese hereingebrochen, und als Karl sich in sie ergoss, wusste sie, dass sie sich nichts sehnlicher wünschte als solche Abende, die ihr Kraft, Zuversicht und das Selbstvertrauen gaben, alle Schwierigkeiten meistern zu können, die das Leben für sie bereithielt.

Am nächsten Morgen verabschiedete sich Karl mit einem langen, zärtlichen Kuss von ihr, bevor er das Haus verließ. Therese war bester Laune. Und als sich dann auch noch Franz ganz von selbst und ohne die üblichen Ermahnungen beeilte, weil er sich an die Verabredung mit Emil Loibelsberger erinnerte, hatte Therese das Gefühl, dass das Leben nicht schöner sein könnte als genau in diesem Moment.

Sie machte sich frohgemut mit Helene im Kinderwagen und Franz an der Hand auf den Weg zu ihrem Kaffeehaus. Niemand stand davor und wartete, was entweder darauf hindeutete, dass sie selbst früh dran war oder Judith bereits aufgeschlossen hatte. Es war bitter, dass sie keinen Moment davon ausging, dass Frieda schon da sein könnte.

Die Enttäuschung über die langjährige Freundin, die sich in Therese breitgemacht hatte, hätte nicht größer sein können. Dennoch hatte Therese nach dem wunderbaren Abend und den Gesprächen mit Judith und Karl das Gefühl, endlich wieder klar zu sehen und entsprechend handeln zu können. Ja, es war gut, dass ihr Hadern mit Friedas Verhalten ein Ende hatte und sie nun bereit war, die notwendigen Entscheidungen zu treffen, auch wenn diese, sollten sie dazu führen, Frieda womöglich zu kündigen, keine leichten waren.

Therese drückte die Türklinke hinunter und betrat das Kaffeehaus. »Guten Morgen«, rief sie, ohne jemanden zu sehen.

Judith trat aus dem hinteren Teil des Lokals in den Flur. »Guten Morgen, Therese, und guten Morgen, Franz.« Sie ging auf Therese zu und half ihr, den Kinderwagen hineinzuschieben. »Guten Morgen, kleine Helene«, begrüßte Judith nun auch das jüngste Mitglied der Familie Hansen und nahm das Kind ganz selbstverständlich aus dem Kinderwagen.

Therese schob den Wagen in den hinteren Teil des Flurs unter die Treppe, damit er nicht im Weg stand und womöglich jemand stolpern könnte. »Bist du allein?«, fragte sie Judith und nahm ihr Helene wieder ab.

»Ja, bisher ist noch niemand da.«

In diesem Moment wurde die Tür geöffnet, und Vroni und Resi, die stets zusammen kamen, da Vroni die Kollegin morgens abholte, betraten das Kaffeehaus.

Die Frauen begrüßten sich, und wie immer wurden Franz und Helene von den Angestellten besonders aufmerksam behandelt. Dann machten sie sich daran, die Vorbereitungen für den Tag zu treffen, um fertig zu sein, wenn die ersten Gäste, allen voran Emil Loibelsberger, eintrafen.

Es duftete bereits herrlich, als dieser kurze Zeit später das Kaffeehaus betrat. Franz war sofort bei ihm und bestürmte ihn, weiter von dem Mann zu erzählen, den er auf dem Gewürzmarkt in Tunis kennengelernt hatte und der im Dienst des Herrschers über das Morgenland stand.

Als Therese diese Worte hörte, war sie endgültig überzeugt, dass sich Emil Loibelsberger die Geschichten, die er erzählte, nur ausdachte. Ein Schmunzeln erhellte ihr Gesicht. Ihr war es recht, dass Loibelsberger ihren Sohn so wunderbar unterhielt. Ihrer Meinung nach konnten die Geschichten, die Kindern erzählt wurden, gar nicht ausgefallen und fantasievoll genug sein.

»Ich bringe gleich das Frühstück«, kündigte Therese an, als sich Franz und Loibelsberger an den gewohnten Tisch im hinteren Teil des Kaffeehauses setzten und der frühere Seefahrer, kaum dass er seinen Mantel abgelegt hatte, zu erzählen begann. Therese ging in die Küche und wies Vroni an, das Frühstück zuzubereiten.

In diesem Moment kam Judith aus dem angrenzenden Büro, in dem die Börsen mit dem Wechselgeld aufbewahrt wurden, und trat aufgeregt auf Therese zu. »Ich muss dich dringend sprechen.«

»Was ist denn los?«, fragte Therese.

Resi und Vroni waren ebenfalls näher gekommen, um zu erfahren, warum die Kollegin so aufgebracht war. Daher nahm Judith Therese am Arm und zog sie mit sich in den Flur. Erst als die beiden außer Hörweite waren, hielt Judith ihrer Chefin eine der Geldbörsen entgegen. »Es ist alles weg. Alles. Bis auf den letzten Heller.«

Therese starrte Judith erschrocken an. »Was meinst du mit: *Es ist alles weg?*«

Helene auf Thereses Arm schien zu spüren, dass die Stimme ihrer Mutter verstört klang, und begann zu weinen.

»Ruhig, Helene, scht, scht«, sagte Therese. »Es ist alles gut, mein Liebling, alles ist gut.« Sie wiegte sich in den Knien, um Helene zu beruhigen, doch das Greinen des Kindes wurde lauter.

»Die Börsen mit dem Wechselgeld ...«, sagte Judith leise, »sie sind alle leer. Es ist überhaupt nichts mehr da. Dabei weiß ich genau, dass das Geld gestern Abend, als wir geschlossen haben, noch drin war.«

Therese schluckte schwer. »Halt bitte für einen Moment die Kleine.« Sie ging in das Büro, und Judith folgte ihr. Therese öffnete die Schublade des Schreibtischs, in der der Schlüssel steckte. »Hast du die Schublade aufgeschlossen, oder war sie schon so?«

»Der Schlüssel lag wie immer unter dem Kerzenhalter«, antwortete Judith. »Ich habe ihn genommen und aufgeschlossen, ganz so wie sonst auch. Doch die Geldbörsen waren leer.« Ihr traten Tränen in die Augen. »Ich habe alle selbst dort hineingelegt, das schwöre ich. Wir wurden bestohlen, Therese. Wir müssen unverzüglich der Sicherheitswache Meldung machen.«

Therese überlegte kurz. Ein kalter Schauer lief ihr über den Rücken. »Geh bitte einen Moment hinaus«, bat sie.

Judith sah sie fragend an, tat dann aber, worum ihre Chefin sie gebeten hatte, und schloss die Bürotür hinter sich.

Von böser Vorahnung erfüllt, griff Therese nach dem kleinen Kästchen, das auf dem unteren Regalfach stand. In dem bewahrte sie den Schlüssel für die Geldkassette auf, die sie in einem Geheimfach im Fußboden unter dem Teppich verbarg. Der Schlüssel lag da, wo er immer lag. Sie holte ihn heraus und bückte sich, schlug den Teppich beiseite und löste die lockere Fußbodendiele heraus. Dann hob sie die Kassette aus dem Versteck, schloss sie auf und öffnete den Deckel.

Ihr stockte der Atem. Die Kassette, in der sie das gesamte Bargeld des Kaffeehauses aufbewahrt hatte, war leer!

Tränen stiegen ihr in die Augen. Sie hatte das Gefühl, als schnüre ein Seil ihr den Brustkorb zusammen. Einen Moment verharrte sie reglos am Boden. Dann legte sie die Diele wieder an ihren Platz, schob den Teppich darüber und stand auf. Die leere Geldkassette stellte sie auf den Schreibtisch.

»Judith?«

Die Angestellte hatte offenbar auf dem Flur gewartet. Zögernd öffnete sie die Bürotür. Sie sah sofort, dass Therese geweint hatte. »Alles in Ordnung?«

Therese schüttelte den Kopf. »Nein. Das ganze Geld ist weg. Alles, was ich hatte und wovon ich den Wareneinkauf, eure Löhne, ach … einfach alles bestreiten muss.«

Judith schluckte schwer. »Wir müssen sofort die Sicherheitswache holen. Vielleicht finden sie die Diebe, und du bekommst das Geld wieder zurück.«

»Das waren keine gewöhnlichen Diebe«, sagte Therese tonlos. »Kein Fenster wurde eingeschlagen, die Schublade wie auch die Geldkassette wurden mit Schlüsseln geöffnet, von denen nur wir wissen, wo sie verborgen sind.«

Judith blickte auf die leere Geldkassette. »Auch wenn du mir gestern einen Schlüssel für die Eingangstür gegeben hast, Therese, ich schwöre beim Leben meiner Mutter, dass ich nichts damit zu tun habe. Ich würde niemals …«

Therese hob die Hand und brachte Judith so zum Schweigen. »Es gibt nur drei Menschen, die wissen, wo sich diese Geldkassette und der Schlüssel dazu befinden.« Sie zählte an den Fingern ab. »Karl, ich selbst und Frieda.«

Judith schlug erschrocken die Hand vor den Mund und musste nachfassen, damit die kleine Helene, die noch immer ein wenig greinte, ihr nicht wegrutschte.

Therese machte einen Schritt auf Judith zu und nahm ihr das Kind ab. Sie drückte die Kleine an sich, als wollte sie sich an ihr festhalten. Tränen liefen Therese über die Wangen.

»Was wirst du jetzt tun?«, fragte Judith.

»Ich weiß es nicht. Ich …« Therese überlegte und wischte sich dann mit dem Handrücken die Tränen weg. »Ich muss zu Karl und mit ihm sprechen.«

»Es tut mir so leid, Therese.« Tröstend berührte Judith ihren Arm.

»Wie konnte sie mir das nur antun?«, brachte Therese fassungslos hervor.

Judith wusste darauf nichts zu sagen, schüttelte nur den Kopf.

»In der Börse in meiner Handtasche ist noch etwas Geld. Nimm es als Wechselgeld.« Therese wischte abermals mit dem

Handrücken die Tränen fort. Dann atmete sie mehrere Male tief durch, versuchte sich zu sammeln. »Ich werde Franz holen und dann zu Karl ins Kontor gehen.«

»Ist gut.« Judith war anzusehen, dass sie gern mehr getan oder gesagt hätte, doch sie fühlte sich so unendlich hilflos. Therese war eine gute, ja sehr gute Chefin. Sie war stets freundlich, schimpfte nicht, wenn mal Geschirr zu Bruch ging, und hatte eine unvergleichliche Art, selbst mit schwierigen Gästen umzugehen, sodass auch diese das Kaffeehaus nach ihrem Besuch mit einem Lächeln verließen. Dass ihr so etwas angetan und ihr Vertrauen derartig enttäuscht wurde, fand Judith geradezu unerträglich.

»Also dann«, sagte Therese, gab Helene einen Kuss auf die Wange und setzte ein gekünsteltes Lächeln auf. Sie wusste, dass es ihr helfen würde, einigermaßen die Fassung wiederzufinden.

Mit diesem Lächeln trat sie zu Emil Loibelsberger und Franz an den Tisch. »Es tut mir so leid, aber ich muss noch einmal fort.« Sie streckte Franz die Hand entgegen, der sofort protestierte, die Arme vor der Brust verschränkte und heftig den Kopf schüttelte, um klarzumachen, dass er keinesfalls mitgehen wollte.

»Wirklich? Ach, das ist ja schade, Frau Therese. Der Franz und ich fahren gerade über die raue See.« Emil Loibelsberger sah Therese an. »Frau Therese, ist alles in Ordnung?«

»Aber ja, gewiss.« Therese bemühte sich, ihr Lächeln beizubehalten.

Die Miene von Emil Loibelsberger verfinsterte sich. »Kann ich Ihnen irgendwie helfen, Frau Therese? Sie sehen ein bisserl blass aus.«

»Ich muss wohl nur an die Luft«, wiegelte sie ab. »Bitte, Franz, komm.« Sie streckte ihm erneut die Hand entgegen.

»Schau, Franz, du musst schon tun, was deine Mutter dir sagt. Es gab da mal einen Jungen, der nicht auf seine Mutter hörte, weißt du? Du glaubst ja nicht, was daraus für ein Unheil entstand.«

»Was für ein Unheil denn?« Franz musterte ihn misstrauisch.

»Das ist eine sehr lange Geschichte. Und ich kann sie dir nur erzählen, wenn ich weiß, dass du schlauer bist als dieser Junge. Er war, so glaube ich mich zu erinnern, ungefähr in deinem Alter.«

»Wirklich?« Franz machte große Augen.

»Aber ja.« Emil Loibelsberger stand auf und zog den Stuhl, auf dem Franz saß, ein Stück zurück. Nach kurzem Zögern kletterte der Kleine hinunter.

»Ich werde morgen wieder zum Frühstücken herkommen. Und wenn du auf deine Mutter hörst und morgen Zeit hast, werden wir unser Gespräch fortsetzen.« Loibelsberger beugte sich hinunter und sah Franz in die Augen. »Versprichst du mir, dass du dich wie ein großer Junge benimmst, damit wir uns hier wiedersehen können?«

»Ich verspreche es«, erklärte Franz mit ernster Miene.

Loibelsberger reichte ihm die Hand. »Ich nehme dein Versprechen an.«

Therese streckte Franz erneut die Hand hin, die dieser nun bereitwillig ergriff. Emil Loibelsberger warf sie einen dankbaren Blick zu.

»Wenn ich irgendetwas für Sie tun kann, Frau Therese, sagen S' einfach Bescheid, nicht wahr? Die Menschen sind nicht dafür gemacht, stets ohne die Hilfe anderer auszukommen.«

»Ich weiß gar nicht, wie ich Ihnen danken soll. Sie haben schon so viel getan.«

»Es ist nie genug, solange noch eine Träne ihren Weg über die Wange findet.« Er berührte mit dem Finger kurz ihr Gesicht.

Erst jetzt bemerkte Therese, dass sie wieder geweint hatte. »Dann bis morgen, Herr Loibelsberger.«

»Küss die Hand, Frau Therese.«

Franz ging artig neben Therese her, während sie den Kinderwagen mit Helene vor sich herschob und nur gelegentlich zu ihm hinuntersah. Sie war mit ihren Gedanken ganz woanders, sah immer wieder die leere Geldkassette vor sich und auch Erinnerungsbilder von Frieda und sich selbst, wie sie anlässlich der Erweiterung des Kaffeehauses gemeinsam und mit der Hilfe anderer Freunde die Wände mit der schimmernden hellroten Tapete beklebt, Stühle abgeschliffen und neu gestrichen, Tische abgeschrubbt und wieder aufpoliert hatten. Frieda war die erste Angestellte gewesen, die Therese damals eingestellt hatte. Gemeinsam hatten sie gelacht und bis zur Erschöpfung gearbeitet. Therese kannte Frieda nun schon fast zehn Jahre. Sie hatte ihr immer blind vertraut und sich hundertprozentig auf sie verlassen können. Und mit einem Mal war nun alles anders. Es war, als wäre sie plötzlich ein anderer Mensch geworden. Therese war es unmöglich, zu verstehen, was in den wenigen Wochen, seit Frieda sich mit diesem schrecklichen Jakob Saitenschläger eingelassen hatte, mit ihr geschehen war.

»Mutter?«

»Ja?«

Franz war stehen geblieben und deutete auf das Hansen'sche Kontor, vor dem sie sich nun befanden. Therese war einfach immer weitergegangen und hatte gar nicht bemerkt, dass sie bereits angekommen waren.

»Entschuldige bitte, mein Schatz«, sagte sie zu Franz, stellte den Kinderwagen ab und sicherte ihn gegen das Wegrollen, hob Helene heraus und betrat mit ihr auf dem Arm und Franz neben sich das Kontor ihres Mannes.

Der stand heute selbst hinter dem Tresen, und sein Gesicht erhellte sich, als er sah, wer zur Tür hereinkam. »Schon wieder eine solche Überraschung – ihr wollt mich wohl verwöhnen!« Karl klappte das Tresenbrett hoch und trat auf Therese und die Kinder zu. Er verharrte jedoch einen Moment, als er das Gesicht seiner Frau sah. »Was ist geschehen?« Dann beugte er sich zu Franz hinunter und hob ihn auf seinen Arm.

Felix kam aus dem Lagerbereich nach vorn. »Ah, Frau Hansen, ich habe Stimmen gehört. Einen guten Tag wünsche ich.«

»Guten Tag, Felix.« Therese bemühte sich um ein Lächeln. »Können wir ungestört sprechen?«, fragte sie dann ihren Ehemann.

»Gewiss. Ich wollte gerade …« Das Glöckchen über der Tür unterbrach ihn.

Therese drehte sich um und war überrascht, ihren Bruder vor sich zu sehen. »Tino! Was machst du denn hier?«

Florentinus sah von Karl zu Therese und trat auf sie zu. »Ich war gerade in der Gegend.« Er beugte sich vor und gab ihr einen Kuss auf die Wange. Auch er bemerkte sofort, dass etwas nicht in Ordnung war, und fragte sie: »Geht es dir gut?«

»Onkel Florentinus!« Franz beugte sich von Karls Arm zu seinem Onkel hinüber, der die Hände ausstreckte, den Vierjährigen auf den Arm nahm und sich einmal mit ihm im Kreis drehte, sodass Franz begeistert auflachte.

»Du bist doch schon wieder gewachsen! Wie groß willst du denn bloß mal werden?«, sagte Florentinus zu seinem Neffen und setzte ihn wieder ab. Dann sah er Therese an. »Was ist los?«

Therese wandte sich an den Angestellten ihres Mannes. »Ach, Felix, wärst du wohl so gut und würdest Franz hinten im Lager die Säcke mit den Kaffee- und Kakaobohnen zeigen? Und könntest du auch Helene mitnehmen?«

Felix wirkte etwas hilflos. »Aber gewiss. Nur weiß ich nicht, was ich tun muss, wenn sie womöglich anfängt zu weinen …«

»Dann zeig ihr die elektrischen Lichter. Sie liebt es, wenn sie ein- und wieder ausgeschaltet werden«, riet Therese und übergab ihm die Tochter.

»Wir haben kandierte Früchte hereinbekommen«, sagte nun Karl. »Davon kannst du Franz eine oder zwei geben.«

»Ist gut. Komm, Franz«, sagte Felix und drehte sich um, ohne auf den Kleinen zu warten. Dieser sah noch einmal zwischen seiner Mutter, seinem Vater und seinem Onkel hin und her, dann beeilte er sich, Felix hinterherzulaufen. Er liebte kandierte Früchte.

Therese ging zu dem Tisch und den vier Stühlen hinüber, die für die Kunden gedacht waren, damit sie verschiedene Kaffeesorten probieren und sich in Ruhe für den Kauf entscheiden konnten.

Karl und Florentinus folgten ihr, und alle setzten sich. »Ich weiß gar nicht, wie ich es sagen soll«, begann Therese. Sie sah von Karl zu Florentinus. »Ich wurde bestohlen«, sagte sie dann. »Das ganze Geld aus dem Kaffeehaus wurde gestohlen. Selbst die Börsen mit dem Wechselgeld wurden bis auf den letzten Heller geleert.«

»Was?« Karl sah sie entsetzt an. »Das ist ja furchtbar!«

»Weiß man schon, wer hinter dem Einbruch stecken könnte?«, fragte Florentinus.

»Es war kein Einbruch.« Therese atmete einmal tief durch. »Es war Frieda, meine Angestellte.«

»Frieda?«, echote Florentinus. »Ausgeschlossen. Frieda ist schon fast so lange bei dir, wie du das Kaffeehaus hast.«

»Genau das macht es doppelt so schlimm für mich.«

»Bist du sicher? Ich kann mir beim besten Willen nicht vorstellen, dass Frieda eine solche Tat begeht.«

»Es gibt nur drei Leute, die wissen, wo sich die Geldkassette und der Schlüssel dafür befinden: Karl, Frieda und ich selbst. Und auch die Schublade, in der die Wechselgeldbörsen aufbewahrt werden, wurde nicht aufgebrochen. Die anderen Angestellten wissen zwar auch, wo der Schlüssel für die Schublade liegt – aber über das Versteck der Geldkassette wissen nur wir drei Bescheid.« Sie sah Karl an. »Und wenn du nicht das Geld genommen hast, bleibt niemand außer Frieda.«

»Ich kann es wirklich nicht fassen«, sagte Florentinus und ließ sich schwer gegen die Lehne seines Stuhls fallen.

»Sie hat sich verändert, weißt du?«, erklärte Karl. »Therese und ich haben erst gestern darüber gesprochen. Frieda hat einen Liebhaber, der einen schlechten Einfluss auf sie hat. Sie ist unzuverlässig geworden, kommt ständig zu spät oder gar nicht zur Arbeit. Sie ist einfach nicht mehr dieselbe.«

»Nur wegen eines Kerls?« Florentinus schüttelte ungläubig den Kopf.

»Ja, nur wegen eines Kerls«, bestätigte Therese. Dann sah sie zwischen ihrem Mann und ihrem Bruder hin und her. »Was mache ich denn jetzt?«

»Du musst es melden«, sagte Karl sofort. »Sie hat bestimmt nicht die ganze Beute so rasch ausgegeben. Wenn du Glück hast, findet die Sicherheitswache zumindest noch einen Teil des Geldes, und du bekommst es zurück.«

»Wenn ich das tue, wird Frieda der Prozess gemacht. Dabei bin ich mir sicher, dass dieser Jakob Saitenschläger dahintersteckt. Der hat sie angestiftet und ist an allem schuld. Doch Frieda würde bestraft, und ihr ganzes Leben wäre verpfuscht. Niemand würde sie mit so einer Vorstrafe noch einstellen. Und dieser Saitenschläger wäre ganz bestimmt schneller weg, als sie bis drei zählen kann.«

»Dann sprich zuerst mit ihr«, schlug Florentinus vor. »Konfrontiere sie mit deinem Verdacht und bringe sie dazu, dir das Geld zurückzugeben.«

»Und wenn sie leugnet, es zu haben?«

»Dann sagst du ihr, dass du die Sicherheitswache holen wirst. Karl und ich werden dich begleiten, damit sie sich nicht einfach davonmachen kann. Nicht wahr, Karl?«

»Ja, das werden wir.«

»Danke.« Therese war ein wenig erleichtert. »Und die Kinder? Wir können sie ja schlecht mitnehmen.«

»Felix können wir sie nicht überlassen«, sagte Karl. »Es ist wirklich an der Zeit, dass wir ein Kindermädchen einstellen, auch wenn dir der Gedanke nicht behagt.«

»Du magst ja recht haben«, gestand Therese ein. »Aber das hilft im Moment auch nicht weiter.«

»Und wenn wir die Kinder ins Kaffeehaus bringen und Judith bitten, sich eine Weile um die beiden zu kümmern?«

»Ja, das wird das Beste sein«, stimmte Therese zu und stand sofort auf. Karl und Florentinus erhoben sich ebenfalls, und Karl ging nach hinten, um Felix Bescheid zu geben und die Kinder zu holen.

Kurz darauf kam er mit Helene auf dem Arm und Franz an der Hand wieder in den Verkaufsraum. Franz war um den Mund herum völlig verschmiert. Kurz zögerte Therese bei seinem Anblick, weil sie in Versuchung war, nochmals mit ihm nach hinten zu gehen, um sein Gesicht mit Wasser zu reinigen. Doch sie verzichtete darauf.

Ihr Herz schlug wie wild bei dem Gedanken daran, was ihnen gleich bevorstand. Sie konnte nur hoffen, dass Frieda sich einsichtig zeigte, ihren Fehler eingestand und bereits schwer bereute. Sie wollte sich nicht ausmalen, was geschehen würde, wenn dieser Saitenschläger womöglich bei ihr wäre und sich weigerte, das Geld herauszugeben. Dann würde ihr nichts anderes übrig bleiben, als die Behörden einzuschalten. Therese hoffte inständig, dass es nicht so weit kommen würde.

7. Kapitel

Luise Petersen verließ das Kontor an diesem Tag früher. Dienstags hatte Hamza stets nur bis vier Uhr am Nachmittag Dienst, sodass es zur Gewohnheit geworden war, dass Luise nach der Arbeit zu ihm ging und sie einige Zeit miteinander verbrachten, bis sie schließlich nach Hause musste, um pünktlich im Kreis der Familie und mit ihrem Ehemann das Abendessen einzunehmen.

Kaum war sie einige Minuten in dem möblierten Zimmer, das ihm das Kontor Hansen für die Zeit seiner Lehre in Hamburg überlassen hatte, streiften sie sich gegenseitig die Kleider vom Körper und liebten sich leidenschaftlich. Sie brauchten keine Worte, mussten ihre Gedanken nicht aussprechen. Sie wollten nur die Nähe und den Körper des anderen spüren, einander umschlingen und lieben.

Als sie danach nebeneinanderlagen, brauchten sie eine Weile, bis ihre Atmung sich beruhigt hatte.

»An was denkst du?«, fragte Hamza nach einiger Zeit.

Luise kuschelte sich in seinen Arm. »Ich musste eben an Frederike denken. Sie hat schon so viel Pech gehabt, weißt du? Und nun hat ihre Mutter die Briefe ihres Liebsten abgefangen und Frederike in dem Glauben gelassen, Anton schriebe ihr nicht mehr.«

»Das war nicht richtig von ihrer Mutter«, urteilte Hamza. »Es schmerzt, wenn man glaubt, nicht mehr geliebt zu werden.«

»Ja, so ist es. Wir haben einen Weg gefunden, dass er ihr wieder schreiben kann. Hoffentlich kommt meine Tante uns nicht auf die Schliche.«

»Warum will deine Tante nicht, dass Frederike den Mann liebt? Stimmt etwas nicht mit ihm?«

»Nicht dass ich wüsste. Frederike glaubt, dass ihre Mutter nur nicht will, dass sie womöglich nach Wien zieht, wo dieser Mann lebt.«

»Ich verstehe«, sagte Hamza nachdenklich. Wieder schwiegen sie eine Weile, dann fragte er: »Glaubst du, dass Hamburg dir fehlen wird, wenn wir mit unserem Kind in Kamerun leben?«

Luise musste nicht lange überlegen, zögerte jedoch, ob sie ihrem Geliebten gegenüber völlig ehrlich sein sollte, denn sie wollte ihn nicht erschrecken. »Ja«, sagte sie dann, »Hamburg wird mir fehlen. Die Stadt, das Kontor und vor allem mein Vater.« Sie schmiegte sich noch enger an ihn. »Doch das ist der Preis, den ich zahlen muss, um mit dir leben zu können. Und ich bin bereit dazu, denn du bist mir wichtiger als alles andere auf der Welt.«

Ihre Bedenken hinsichtlich des Kontors und der Arbeit, die sie so liebte, behielt sie für sich. Sie wusste, dass sie in Kamerun ein ganz anderes Leben erwartete. Und leider würde es nicht so sein, wie es damals gewesen war. Sie würde nicht einmal die Möglichkeit haben, sich bei Begemann zu melden und ihm anzubieten, dass sie auf der Farm mitarbeitete. Er würde ihren Vater sofort in Kenntnis setzen, und der würde mit dem nächsten Schiff nach Kamerun kommen und ihr die Hölle heißmachen. Vermutlich würde er von ihr verlangen, dass sie ihr Kind einfach zurückließ, ihr *schwarzes* Kind, das niemals ganz in die eine oder die andere Welt gehören würde. Nein, sie würde sich in den Stamm ihres Mannes einreihen müssen und unentdeckt bleiben. Keiner der Weißen in Kamerun dürfte je davon erfahren, obgleich ihr Vater vermutlich ohnehin eins und eins zusammenzählen und den Versuch machen würde, sie zurückzuholen. Dann müsste sie erneut fliehen, doch das war etwas, woran sie jetzt noch nicht denken wollte.

»Manchmal habe ich schon Angst ... nein, das ist nicht das richtige Wort ... Furcht trifft es wohl besser, wenn ich daran denke, wie es sein wird. Mein Stamm wird nicht verstehen, weshalb ich dich dorthin bringe. Mein Vater wird zu uns halten, doch der Stamm ...« Er hielt inne und atmete tief durch. »Wenn der Stamm es nicht will, werden wir nicht dort leben können. Wir werden uns nur auf uns selbst verlassen können. Doch ich werde für uns sorgen und dich beschützen, dich und unser Kind. Das verspreche ich dir, Luise.«

Luise wurde mulmig zumute, und sie setzte sich auf. »Du hast bisher nie erwähnt, dass dein Stamm uns womöglich nicht aufnehmen wird.«

»Was hätte das geändert? Du bekommst mein Kind, und hier in deiner Heimat können wir nicht leben. Und wir wissen nicht, ob wir in meiner Heimat bei meinem Stamm bleiben können oder ob wir uns zu den englischen Kolonien durchschlagen müssen. Wir werden es sehen.«

»Du machst mir Angst, weißt du das?«

Hamza setzte sich ebenfalls auf. »Ich wollte dir keine Angst machen. Ich dachte, du wüsstest, dass wir gegen die Gesetze der Duala verstoßen haben und es nun in der Hand des Stammesältesten liegt, was mit uns geschieht.«

»Was meinst du damit: *was mit uns geschieht?*« Luise wurde immer unruhiger.

»Ob wir bleiben dürfen oder aus der Gemeinschaft ausgeschlossen werden, so wie ich sagte.«

Luise schwang die Beine aus dem Bett und zog sich an. »Ehrlich gesagt, dachte ich nicht, dass dein Stamm Vorbehalte haben könnte, weil ich eine Weiße bin.«

Hamza sah sie überrascht an. Er stand ebenfalls auf, griff nach seiner Hose und schlüpfte hinein. »Du wirfst das meinem Stamm vor?«

»Nun ja, ich finde, wenn ich mich für ein Leben außerhalb meiner Welt und inmitten deines Stammes entscheide, könnte man mir etwas Freundlichkeit entgegenbringen.« Eilig knöpfte sie ihre Bluse zu.

»So wie es deine Leute hier mit mir machen?« Hamza sah sie mit einem durchdringenden Blick an. »So wie sie mich ansehen, als hätte ich eine Krankheit, mit der ich sie anstecken könnte?«

»Das ist etwas anderes.«

»Warum? Warum ist das etwas anderes?«, fragte Hamza aufgebracht und lauter, als er es beabsichtigt hatte.

»Hier in Hamburg gibt es nicht so viele Schwarze. Wahrscheinlich bist du sogar der einzige. Bei euch jedoch gibt es aufgrund der Kolonien inzwischen viele weiße Menschen. Es ist normaler.«

Hamza überlegte kurz. Einen Moment lang war tatsächlich Wut in ihm aufgestiegen, weil ihn das Gefühl überkam, dass Luise womöglich genauso denken könnte wie so viele andere, die ihn und alle farbigen Menschen für einfacher, ja für dümmer hielten und damit als minderwertig ansahen. Ihre Erklärung mit den Kolonien fand er jedoch einleuchtend.

Er zögerte noch, dann ging er zu ihr hinüber und nahm sie in den Arm. »Lass uns nicht darüber streiten. Das tun die anderen schon genug. Wir lieben uns und werden mit unserem Kind zusammenleben können – das ist doch alles, was für uns von Bedeutung ist!«

Luise sah zu ihm hoch, genoss es, wie er seine muskulösen Arme um sie schlang. »Du hast recht. Solche Streitereien führen zu nichts. Es kam wohl daher, dass ich unsicher wurde. Was werden soll, wenn sie uns nicht aufnehmen und wir unser Kind am Ende nicht versorgen können.«

»Ich habe zwei gesunde Hände, kräftige Arme und schnelle Beine. Ich werde für uns sorgen, Luise. Außerdem könnte ich wichtig für die Weißen dort sein. Immerhin gibt es sonst niemanden, der in einem richtigen Kontor hier im Deutschen Reich lernen durfte.«

»Meinst du damit, für die weißen Deutschen, oder sprichst du von den Engländern, den Franzosen oder Belgiern?«

»Ich spreche von denen, die mich als Arbeiter annehmen und mir Lohn bezahlen, von dem ich unsere Familie ernähren werde.«

Luise senkte den Kopf. »Du hast recht, entschuldige bitte. Es ist nur immer mal wieder die Rede von einem möglichen Krieg zwischen uns und den Engländern. Und wenn es dazu kommen sollte, müssen wir uns entscheiden, wohin wir gehören wollen.« Sie sah ihn wieder an. »Was machen eigentlich die Frauen bei euch, während die Männer arbeiten?«

»Sie arbeiten auch. Sie versorgen die Kinder oder arbeiten auf den Plantagen und Feldern mit.«

»Aber auf unserer Plantage in Kamerun habe ich meist nur Männer arbeiten sehen.«

»Deine Erinnerung trügt dich. Es kommt darauf an, wie viel Arbeit anfällt und ob die Männer allein alles erledigen können. Wenn die Frauen jedoch auf der Plantage gebraucht werden, helfen sie mit und ebenso die Kinder. Dein Vater und vor ihm Herr Meyerdierks haben uns Männern einen guten Lohn gezahlt. Und außerdem müssen einige Frauen immer im Dorf bleiben, um dort für alles zu sorgen.«

»Und was werde ich machen, während du den ganzen Tag weg bist?«

»Du wirst das machen, was auch die anderen Frauen machen. Und wenn wir nicht bei den Duala bleiben können, werden wir sehen, was du tun kannst.« Er streichelte zärtlich ihre Wange. »Es wird fast so sein wie damals, als wir beide dort gelebt haben und du auf eurer Plantage mitgearbeitet hast. Es wird ein einfaches, gutes Leben sein. Wir werden die Pflanzen hegen und pflegen, und sie geben uns zum Dank ihre Früchte.«

»Ja, ein einfaches Leben«, wiederholte Luise nachdenklich, und sie hatte Mühe, bei diesem Gedanken nicht in Tränen auszubrechen. Ihr Vater hatte recht. Sie hatte sich verändert und war nicht mehr das junge, unschuldige und naive Mädchen, das vor fünf Jahren in Kamerun gelebt hatte. Sie war erwachsen geworden, hatte gelernt. Ihre Ansprüche waren andere als damals.

Trotz ihrer jungen Jahre leitete sie gemeinsam mit ihrem Vater ein großes Kontor in Hamburg. Sie war diejenige, die er um Rat fragte und mit der er sich besprach. Der Gedanke, dass all das vorbei sein sollte und sie niemals die Früchte der vielen Arbeit ernten würde, die sie in die Firma gesteckt hatte, machte Luise traurig und in gewisser Weise sogar wütend. Sie wollte den Gedanken nicht zulassen, doch manches Mal hatte sie sich insgeheim gewünscht, nie schwanger geworden zu sein. Mit diesem Kind war all das bedroht, was sie über die Jahre aufgebaut hatte. Und sie konnte sich beim besten Willen nicht vorstellen, ein Leben zu führen, wie Hamza es ihr soeben aufgezeigt hatte.

Ja, sie hatte gewusst, was auf sie zukam. Sie hatte sich ihm hingegeben, wieder und wieder, und leichtfertig die möglichen Folgen ignoriert. Doch auf einmal kam ihr das alles zu unfair vor. Sie hatte Hans in dem festen Glauben geheiratet, Hamza niemals wiederzusehen. Mehr noch. Sie hatte zu diesem Zeitpunkt geglaubt, dass er sie damals sitzen gelassen und einfach kein Interesse mehr an ihr gehabt hatte. Hätte sie auch nur im Mindesten geahnt, wie sich alles entwickeln würde, sie hätte Hans niemals das Jawort gegeben. Nun jedoch fühlte sie sich in dieses Leben hineingezwungen, das sie sich freiwillig niemals ausgesucht hätte, und die Verzweiflung darüber machte sich in ihr breit wie ein loderndes Feuer, das sie zu verbrennen drohte.

Selbst wenn sie nur an Martha, ihre Schwester, dachte, die sich um nichts als ihr Kind und ihren Mann kümmerte und gelegentlich eine Gesellschaft gab, fand sie deren Dasein geradezu unerträglich. Martha hatte, so empfand es zumindest Luise, überhaupt keinen Anspruch an sich selbst und rechtfertigte alles damit, Mutter zu sein. Doch genau genommen kümmerte Martha sich nicht einmal richtig um den kleinen Eduard, sondern vertraute diesen nur allzu gern dem Kindermädchen an, das Martha oft und gern zurechtwies, wenn Eduard womöglich etwas fallen ließ oder gar beschmutzte. Nein, das wäre kein Leben für Luise.

Doch was für ein Leben stand ihr bevor? War das nicht fast noch schlimmer? Sicher, sie würde in dem Land leben, das sie so liebte. Sie würde all die Farben, das Licht, die Gerüche und Geräusche wieder erleben, die ihr ein ganz eigenes, unvergleichliches Gefühl von Freiheit und Heimat gegeben hatten. Doch was würden wirklich ihre Aufgaben sein? Was würde sie bestenfalls zum Stammesleben beitragen können?

»Du schweigst sehr laut«, bemerkte Hamza.

»Entschuldige bitte, ich bin heute tatsächlich sehr in meinen Gedanken gefangen. Ich sollte jetzt gehen.«

Hamza widersprach nicht. Sie küssten sich zärtlich. Dann schob Luise den Schal über ihren Kopf und bedeckte mit einem Ende ihr Gesicht. Keinesfalls durfte sie riskieren, von irgendjemandem erkannt zu werden, wenn sie Hamzas Zimmer verließ.

Als sie aus der Tür und auf den Korridor trat, blickte sie rasch in alle Richtungen. Sie nickte Hamza zu, um ihm zu bedeuten, dass er die Tür schließen könne. Dann zog sie den Schal noch weiter ins Gesicht, huschte eilig die Stufen hinab und verließ das Gebäude. Erst als sie um mehrere Hausecken gebogen war, nahm sie den Schal vom Kopf, legte ihn sich um die Schultern und nahm wieder eine aufrechte Haltung ein, bereit, wieder als die erkannt zu werden, die sie war.

In der Steinstraße bestieg sie eine Kutsche und ließ sich zur Villa fahren. Den ganzen Weg über wollten die trüben Gedanken nicht aus ihrem Kopf weichen. Sie schluckte die Tränen herunter, die immer wieder in ihr aufstiegen. Alles war irgendwie aus dem Ruder gelaufen. Sie fühlte sich schuldig in einer Situation, die sie sich niemals ausgesucht hatte. Was war da bloß geschehen? Oder eher: Was hatte sie geschehen lassen?

Ja, sie wusste, dass sie und niemand sonst dafür verantwortlich war. Sie schämte sich dafür, eine Ehebrecherin zu sein, und konnte den Gedanken kaum ertragen, was ihre Familie auszuhalten haben würde, wenn sie mit einem Schiff der Woermann-Linie Hamburg für immer den Rücken kehrte.

Ein Gedanke, der ihr bisher nie gekommen war, ließ sie bange werden: Wie würde Hans sich verhalten, nachdem sie ihn verlassen hatte? Das Kontor Hansen machte sehr gute Geschäfte mit den Petersens. Mehr noch. Ihr Vater wollte eine weitere Plantage in Südamerika kaufen und Hans und Wilhelm daran beteiligen. Was würde aus diesen Expansionsplänen, sobald ihr Betrug publik würde und sie Hans damit ebenso wie den Rest ihrer Familie der Lächerlichkeit preisgäbe? Sie überlegte fieberhaft, wurde immer unruhiger. Was würde geschehen? Könnte das Kontor so schweren Schaden davontragen, dass es am Ende womöglich pleiteginge? Die Vorstellung war für Luise unerträglich.

Was sollte sie tun? Was sollte sie nur tun? Wie hatte sie so leichtfertig und egoistisch sein können? Sie hatte nur an sich und ihr Vergnügen gedacht und in der Folge, wie ihr Leben weitergehen sollte. Sie selbst hatte das getan, was sie ihrer Mutter so bitter vorwarf. Luise schlug die Hände vors Gesicht und begann bitterlich zu weinen.

Eine Weile gab sie sich den Tränen hin, ignorierte, dass der Kutscher womöglich alles mitbekam. Dann wischte sie sich übers Gesicht und atmete tief ein und aus, wie ihr Großvater es ihr beigebracht hatte, wenn sie bei Prüfungen zu aufgeregt gewesen war, um sich auf die Aufgaben konzentrieren zu können. Oft hatte er zu ihr gesagt, dass Gott ihnen ein wunderbares Geschenk gemacht habe, mit dem es jedem Menschen möglich sei, sich zu fangen und selbst zu beruhigen: die Atmung. Sie müsse nur ein- und wieder ausatmen und sich auf nichts sonst konzentrieren, dann würde sie stets zur Ruhe finden.

Und es stimmte. Luise atmete tief, lauschte auf das Geräusch, das ihr Körper hierbei machte. Nur ein paar Atemzüge, dann wurde sie ruhig und konnte ihre hochgezogenen Schultern sinken lassen. Sie musste nur atmen und in Ruhe über alles nachdenken, dann würde sie die Lösung finden.

Sie schloss ihre Augen, konzentrierte sich auf ihren sich hebenden und senkenden Brustkorb. Die Bilder von Kamerun offenbarten sich vor ihrem inneren Auge in all der Pracht und Schönheit, die sie so lebhaft in Erinnerung hatte. Sie spürte, dass ihre Gedanken wieder klar wurden. Was war also die Lösung für ihr Problem?

Luise überlegte eine Weile, dann plötzlich kam ihr die Erkenntnis: Sie durfte ihren Mann nicht offiziell verlassen.

Ihr ursprünglicher Plan war der gewesen, einen Abschiedsbrief zu hinterlassen, in dem sie allen eingestand, was sie getan hatte und dass sie während der Überfahrt Hamzas Kind zur Welt bringen würde. Sie wollte ihren Vater bitten, nicht nach ihr zu suchen, und ihm mitteilen, dass sie immer weiter fortlaufen und den ganzen Schwarzen Kontinent bereisen würde, sollte es nötig sein, um nur nicht von ihm nach Hamburg zurückgeholt zu werden. So viele Worte waren ihr durch den Kopf gegangen, die sie ihren Lieben schreiben würde, um diese um Verständnis und Verzeihung zu bitten. Dabei wusste sie doch auch so, dass sie weder Verständnis noch Verzeihung erwarten durfte. Von Frederike vielleicht, ja. Doch alle anderen würden sie verachten für ihr Verhalten, dessen war Luise sicher.

Wenn sie aber ganz plötzlich einfach fort wäre und es keine Schiffspassage gäbe, die auf ihren Namen gebucht war, was dann? Gewiss wäre es komplizierter dadurch, dass Hamza und sie mit demselben Schiff nach Kamerun zurückkehren wollten. Der Umstand, dass sie genau dann verschwinden würde, wenn das Schiff ausliefe, auf dem auch Hamza sich befände, wäre schon sehr auffällig. Sie durften also keinesfalls dasselbe Schiff nehmen.

Ja, das war die Lösung. Sie würde auf dem früheren Schiff sein und auf der Überfahrt ihr Kind bekommen. Vorher – am besten nur einen Tag vorher – müsste sie einen Unfall inszenieren, irgendetwas Tragisches, sodass ihre Familie und ganz Hamburg glauben würde, dass sie tot sei. Dann könnte Hamza das nächste Schiff nach Kamerun nehmen, und niemand käme auf die Idee, die beiden Geschehnisse in Zusammenhang zu bringen. Ja, so könnte es funktionieren!

Immer klarer erschien ihr das, was sie da plante. Einzig die Tatsache, dass nur alle vierzehn Tage ein Schiff auslief und sie somit ganze zwei Wochen mit dem Säugling in Kamerun auf sich allein gestellt wäre, beunruhigte sie. Vielleicht wäre es klüger, wenn statt ihr lieber Hamza das frühere Schiff nähme? Andererseits könnte ihr Vater dann einen Zusammenhang sehen. Man musste abwägen. Vor allem aber musste sie das Unglück, bei dem sie vermeintlich ums Leben kommen würde, genau planen. Es musste etwas sein, bei dem es keinen Leichnam gab. Was käme also in Betracht? Möglich wäre ein Unfall mit Ertrinken, bei dem die Leiche nie gefunden würde. Die Vorstellung ließ sie schaudern.

Doch wie sollte sie ihre Familie glauben machen, dass sie ertrunken sei, wenn niemand zugegen wäre, der den Unfallhergang schildern könnte? Es musste jemand da sein, der bezeugen könnte, was angeblich passiert war. Doch wie sollte das gehen? Sie würde Hilfe brauchen, doch sie konnte niemanden in ihr Vorhaben einweihen. Sie überlegte fieberhaft, und immer klarer sah sie ihre Cousine Frederike vor sich. Sie war der einzige Mensch, dem Luise zutraute, ihr bei ihrem Plan zu helfen. Könnte sie Frederike wirklich so weit vertrauen? Würde die Cousine für sich behalten, was sie vorhatte? Oder wäre Frederike womöglich entsetzt und würde ihren Plan sofort ihrem Vater verraten?

Als die Kutsche vor der gelben Villa haltmachte, hatte Luise noch immer keine Entscheidung getroffen. Doch genau das würde geschehen müssen. Und zwar bald.

Sie hatte gar keine andere Wahl.

8. Kapitel

Mit einem mulmigen Gefühl klopfte Therese an die Tür des Hauses, in dem Frieda im Obergeschoss zwei Zimmer bewohnte.

Die Vermieterin, eine grimmig dreinblickende Mittfünfzigerin, öffnete die Tür. »Ja?«

»Grüß Gott. Wir möchten gern zu Frieda Lammert.«

Die Frau beäugte Therese, Karl und Florentinus mit Argwohn.

»Ich bin ihre Chefin im Kaffeehaus«, fügte Therese erklärend hinzu.

»Ach, Sie sind das«, erwiderte die Vermieterin gedehnt. »Ich will Ihnen ja keine Vorhaltungen machen, aber ich würde Sie schon bitten, Ihrer Angestellten den Lohn künftig pünktlich auszuzahlen. Sonst setze ich sie irgendwann auf die Straße.«

»Wie bitte?«

»Ach, vergessen Sie's.« Die Frau winkte ab. »Jetzt habe ich ja mein Geld gekriegt. Aber wenn die Frieda nächstes Mal mehr als zwei Wochen ihre Miete nicht bezahlt, ist es mir einerlei, ob Sie ihr den Lohn gegeben haben oder nicht. Dann werfe ich sie mit allen Sachen raus.«

»Ist gut«, sagte Therese nur und warf ihrem Mann einen vielsagenden Blick zu. Zusammen betraten die drei den Hausflur und gingen rechts die Treppe hinauf zu Friedas Wohnung.

Oben angekommen, klopfte Therese an die Tür. Aus dem Inneren waren zuvor noch Geräusche zu hören gewesen, jetzt war alles still. Therese klopfte abermals, dann rief sie: »Mach auf, Frieda. Ich weiß, dass du da bist.«

Es tat sich nichts.

Therese hämmerte wütend gegen die Tür. »Mach sofort auf, oder ich sage deiner Vermieterin, dass ich Geräusche gehört habe und dir womöglich etwas geschehen ist. Dann wird sie mir aufschließen.«

Daraufhin waren Schritte in der Wohnung zu vernehmen, dann wurde der Schlüssel zweimal herumgedreht und die Tür einen Spalt weit geöffnet. »Was willst du hier?«, fragte Frieda gereizt. »Ich bin krank und kann nicht arbeiten.«

»Auf mich wirkst du sehr gesund. Lässt du uns jetzt rein, damit wir uns unterhalten können, oder willst du wirklich, dass alle hier im Haus mitbekommen, was ich dir zu sagen habe?«

Friedas Blick glitt zu Karl und Florentinus, die hinter Therese standen »Was wollen die beiden hier?«

»Mit dir reden.« Therese drückte gegen die Tür.

»Es passt gerade nicht«, versuchte Frieda noch zu protestieren, doch Therese trat bereits an ihr vorbei und ging in den Wohnraum. Dort lümmelte Jakob Saitenschläger in einem Sessel und grinste sie frech an.

Frieda beeilte sich, hinter ihr herzukommen. Kurz darauf betraten auch Karl und Florentinus den Raum.

»So krank kannst du ja nicht sein«, stellte Therese fest, »wenn er hier ist.«

»Jakob wohnt vorübergehend bei mir.«

»Ach. Und deine Vermieterin weiß davon?«

»Wir werden uns demnächst eine größere Wohnung suchen. Dann kann sie dieses Loch hier an eine andere Dumme vermieten.« Frieda setzte sich neben Jakob auf die Lehne des Sessels, bot ihren unverhofften Gästen aber keinen Platz an.

Therese ließ sich dennoch auf dem Sofa nieder, Karl und Florentinus setzten sich neben sie.

»Ich will gleich zur Sache kommen, Frieda«, sagte Therese. »Wo ist mein Geld?«

»Ich weiß überhaupt nicht, wovon du sprichst.« Frieda verdrehte die Augen und tätschelte Jakobs Nacken, während sie in alle möglichen Richtungen, nur nicht in Thereses Augen sah.

»Das Geld, das du aus den Wechselgeldbörsen und aus der Kassette gestohlen hast.«

»So ein Unsinn! Ich war schon mehrere Tage nicht im Kaffeehaus. Ich hätte also gar keine Gelegenheit dazu gehabt.«

»Es wurde heute Nacht gestohlen, und zwar von jemandem, der einen Schlüssel zur Eingangstür hatte und außerdem wusste, wo sich die Geldkassette befindet und auch der Schlüssel dazu.«

»Was weiß ich, wem du alles davon erzählt hast«, erwiderte Frieda schnippisch.

»Nur du, Karl und ich wissen darüber Bescheid, sonst niemand.«

»Also, Frieda und ich waren die ganze Zeit zusammen. Die ganze Nacht«, erklärte Jakob mit einem schiefen Grinsen. »Und was für eine Nacht!« Er tätschelte Friedas Knie, was diese mit einem hingerissenen Lächeln quittierte.

»Und das würden wir beide beschwören, wenn du die Sicherheitswache holst und Meldung machen willst«, fügte Frieda hinzu.

»Ich erkenne dich überhaupt nicht wieder, Frieda.« Therese schüttelte den Kopf. »In der Geldkassette waren die gesamten Einnahmen, einfach alles, was ich hatte. Willst du, dass ich

Judith, Vroni und Resi nicht mehr bezahlen kann? Wovon soll ich denn Waren für die Bewirtung der Gäste kaufen, wenn ich kein Geld mehr habe? Kannst du mir das sagen?«

»Lass dir doch von deinem Mann Geld geben«, schlug Frieda frech vor. »Von Jakob und mir kriegst du's zumindest nicht. Wir brauchen unser«, sie betonte das letzte Wort, »Geld für uns selbst.«

»Du wurdest gesehen«, log Therese.

»Was?« Frieda warf Jakob einen alarmierten Blick zu.

»Allerdings. Ich habe es gleich heute Morgen erfahren.«

»Wer will uns gesehen haben?«, fragte Jakob.

Therese schaltete sofort. Er war also bei dem Diebstahl dabei gewesen. Sie hätte es sich denken können.

»Emil Loibelsberger«, antwortete Therese. »Er fragte mich heute Morgen, was denn die Frieda zusammen mit einem Mann, den er nicht kannte, zu so später Stunde noch im Kaffeehaus gemacht habe. Zuerst wusste ich nicht, wovon er sprach. Aber als ich den Diebstahl bemerkte, habe ich eins und eins zusammengezählt«, log sie.

Frieda wurde blass und griff nervös nach Jakobs Hand.

»Warum ist dieser Loibelsberger denn nicht direkt zur Sicherheitswache gegangen, wenn er uns gesehen hat?«, fragte nun Jakob.

»Ich weiß nicht«, entgegnete Therese. »Vermutlich weil er Frieda schon viele Jahre kennt und sich nicht vorstellen kann, dass sie so etwas Schändliches wie einen Diebstahl begehen würde.«

»Genug der Spielchen«, schaltete sich nun Karl ein, der genau wie Florentinus bisher geschwiegen hatte. »Willst du die Sache bereinigen, Frieda, oder müssen wir uns an die Behörden wenden? Noch liegt es in deiner Hand.«

»Ich brauche das Geld. Und außerdem steht es mir zu«, begehrte Frieda trotzig auf.

»Wie bitte?« Therese glaubte, sich verhört zu haben. »Was meinst du damit, dass es dir zusteht? Es ist *mein* Kaffeehaus und *mein* Geld. Sogar deiner Vermieterin hast du Lügen erzählt und behauptet, dass ich dich nicht pünktlich bezahle. Dabei wissen wir beide, dass ich dich noch nie einen einzigen Tag zu spät entlohnt habe, auch wenn die Zeiten mal nicht so rosig waren. Wie kannst du nur so sein, Frieda?«

Frieda sprang auf. »Jahrelang habe ich für dich geschuftet und mich aufgerieben. Mein Jakob hat mir erst die Augen geöffnet. Ja, Therese, ich erledige das – ja, Therese, ich mach das schon – ich komme sofort, Therese«, höhnte sie. »Ich war diejenige, die sich um alles gekümmert hat. Ich habe dich vertreten, wenn Franz kränkelte oder Helene spuckte und es der feinen Frau Hansen nicht möglich war, zur Arbeit zu erscheinen. Ich habe mir jahrelang von den Gästen angehört, was für eine bewundernswerte Frau du bist und wie wohl sie sich im Kaffeehaus fühlen, wenngleich ich es doch war, die alles am Laufen gehalten hat. Ich bin gerannt und habe die Böden geschrubbt, ich habe dir bei der Renovierung geholfen und alles getan, damit *dein* Kaffeehaus auch ja das beste in ganz Wien ist. Mir steht das Geld zu. Und Jakob und ich werden uns damit unsere Zukunft gestalten.«

Therese erhob sich. »Ach, Frieda«, sagte sie traurig. »Glaubst du wirklich, dass es das wert ist? Lass mich raten: Du hast deine Mietschulden beglichen, und dann wolltet ihr gemeinsam losgehen, weil der liebe Jakob ja so dringend einige Dinge braucht. Soll ich dir etwas sagen? Das, was du deine Zukunft nennst, ist in wenigen Wochen, womöglich auch schon in ein paar Tagen vorbei. Und dann ist dein Jakob weg und spielt einer anderen die große Liebe vor. Und ihr wird er auch sagen, dass er ganz dringend ein bisschen Geld braucht, und auch sie wird ihm glauben und Dinge tun, die ihr Leben zerstören. Und dann sucht er sich wieder eine Neue und immer so weiter.«

»Du kennst Jakob überhaupt nicht und hast von Anfang an kein gutes Haar an ihm gelassen.«

»Du hast recht, Frieda. Ich mochte ihn nie und werde ihn nie mögen.« Therese sah bei diesen Worten nicht Frieda, sondern Jakob an. »Und das aus gutem Grund. Sag mir nur eines: Liege ich falsch? Hat er dich nicht darum gebeten, es zu tun, und hat er dir nicht gesagt, dass er das Geld dringend brauche? War es nicht so?« Therese seufzte. Nun sah sie wieder zu Frieda. »Ist es das wirklich wert, Frieda? Was denkst du, was geschieht, wenn ich der Sicherheitswache Meldung mache? Glaubst du wirklich, dass er dir beistehen wird? *Du* bist diejenige, die einen Schlüssel für das Kaffeehaus hat, und *du* weißt, wo sich die Geldkassette befindet. Wenn er dich wirklich liebte, würde er dann riskieren, dass du ins Gefängnis musst?«

»Genug«, entschied Florentinus und stand ebenfalls auf. »Es ist alles gesagt. Therese hat dir einen Weg aufgezeigt, Frieda – aus alter Freundschaft und weil sie nicht will, dass du dein gesamtes Leben zerstörst. Doch nun reicht es.« Er sah seine Schwester an. »Karl und ich bleiben hier und sorgen dafür, dass keiner von den beiden«, dabei sah er Jakob warnend an, »das Weite sucht. Und du, Therese, holst die Sicherheitswache.«

Therese wandte sich zum Gehen. »Nun gut. Du hast es so gewollt.«

»Das wirst du nicht tun!«, entfuhr es Frieda. »Das kannst du nicht! Du kannst überhaupt nichts beweisen!«, keifte sie. »Emil Loibelsberger ist ein alter Mann. Wir werden schwören, dass er uns nicht gesehen haben kann und sich geirrt hat.«

»Nun, gewiss werden die Sicherheitswachmänner hier gleich alles durchsuchen und einen Großteil des Geldes finden. Viel Zeit hattet ihr ja nicht, es auszugeben. Und dann müsst ihr erklären, woher ihr so viel Geld habt.« Therese ging zur Tür.

»Warte«, rief Frieda eilig und seufzte. »Jakob, gib ihnen ihr Geld.«

Der Angesprochene zog die Stirn in Falten. »Nichts dergleichen werde ich tun. Ich weiß gar nicht, wovon du sprichst. Das
Geld, das hier in der Wohnung ist, gehört mir.«

»Jakob, begreifst du denn nicht: Man wird uns dafür ins
Zuchthaus bringen!«

»Kommt nicht infrage.« Jakob erhob sich. »Wenn du ihnen
irgendwelches Geld geben willst, bitte sehr. Meins bekommen
sie nicht.« Er ballte die Hände zu Fäusten.

Karl war ebenfalls aufgestanden, und Florentinus und er
tauschten einen kurzen Blick. Jakob und Karl hatten etwa die
gleiche Größe. Karl hatte durch seine Arbeit mit den schweren
Kaffee- und Kakaosäcken kräftige Muskeln. Florentinus war fast
einen Kopf größer, war jedoch nicht so kräftig wie Karl. Die beiden waren sich, ohne ein Wort verlieren zu müssen, darüber einig,
dass dieser Jakob den Raum nicht einfach so verlassen würde.

»Jakob, bitte«, flehte nun Frieda, »mach keinen Unsinn!
Das Geld gehört ihr nun einmal, und wir können von Glück
sagen, wenn sie keine Meldung macht. Wir geben es ihr zurück.
Es war dumm, was wir getan haben, und ich möchte nicht im
Zuchthaus landen.« Sie sah zu Therese. »Wenn wir dir das Geld
wiedergeben, verzichtest du dann auf die Anzeige?«

Therese und Karl tauschten einen Blick, dann nickte
Therese. »Ja, dann verzichte ich darauf. Aber ich verlange sofort
den Schlüssel für mein Kaffeehaus von dir, und ich will dich
dort nie mehr sehen.«

Friedas Augen füllten sich mit Tränen. »Gib ihr das Geld,
Jakob.«

»Du hast sie gehört«, bekräftigte Florentinus und baute sich
vor Jakob auf. »Her damit!«

Jakob reagierte nicht.

»Bitte, Jakob, wir brauchen nicht so viel Geld, um glücklich zu sein. Wir können arbeiten und erst einmal weiter hier
wohnen und …«

»Halt doch dein dummes Maul, du einfältige Kuh«, schnauzte Jakob sie an. »Was glaubst du wohl, warum ich dich die ganzen Wochen bestiegen und deine Liebesschwüre ertragen habe?«

»Was sagst du denn da?«

»Ja, glaubst du wirklich, mir hätte das Spaß gemacht?«

Frieda schlug erschrocken die Hände vors Gesicht. »Das meinst du doch nicht ernst.«

»Und wie ernst ich es meine. Für meine Bemühungen erwarte ich eine Entschädigung. Jetzt. Deshalb werde ich nun das Geld nehmen und gehen. Und versucht lieber nicht, mich aufzuhalten, sonst werdet ihr es bereuen.«

Noch bevor er einen Schritt tun konnte, holte Karl aus und verpasste ihm einen rechten Haken.

Jakob war vollkommen überrascht, taumelte, suchte nach Halt. Ohne Vorwarnung holte Karl nochmals aus und schlug zu. Jakob ging zu Boden.

Frieda gab einen entsetzten Laut von sich.

»Wo ist das Geld, Frieda?«, fragte Therese ruhig.

»In dem Schränkchen dort drüben. Es ist in ein rotes Tuch eingewickelt.«

Florentinus ging hinüber und öffnete die Schranktür. Auf der rechten Seite sah er ein rotes Stoffbündel, das er herausholte und sogleich seiner Schwester übergab.

Therese nahm die Geldscheine heraus und überschlug die Summe.

»Ich war mit der Miete in Verzug, und ich habe uns zum Feiern Perlwein gekauft. Alles andere ist noch da«, sagte Frieda und sah Therese aus rot geweinten Augen an. »Was habe ich nur getan? Es tut mir leid, Therese, es tut mir so leid!« Frieda sank auf die Knie und lehnte sich anThereses Rock. Ihr Körper bebte von heftigem Schluchzen.

»Den Schlüssel fürs Kaffeehaus«, forderte Therese.

»Bitte, Therese, bitte verzeih mir.« Frieda sah zu ihr hoch und umklammerte ihre Beine. »Du hattest von Anfang an recht. Ich bin so dumm gewesen. Bitte lass es mich wieder gutmachen. Ich werde alles tun, was du willst.«

»Den Schlüssel«, wiederholte Therese tonlos und wartete, dann hievte sich Frieda kraftlos und um Halt ringend auf die Beine und wankte in das Zimmer nebenan. Es wirkte, als wäre sie betrunken.

Mit dem Schlüssel in der Hand kam sie zurück und reichte ihn wortlos Therese.

»Was soll ich jetzt mit ihm machen?« Frieda deutete auf Jakob, der sich noch nicht wieder gerührt hatte.

»Bring ihn beim nächsten Mal zusammen mit dem Müll raus«, schlug Therese vor, zuckte mit den Schultern und ging zur Tür.

Florentinus und Karl folgten ihr, während Frieda vollkommen fassungslos über das, was sich soeben ereignet hatte, dastand und auf den bewusstlosen Jakob starrte.

Therese machte noch mal kehrt und ging zu ihr zurück. Als sie sich an Karl vorbeischob, gab sie ihm das Stoffbündel mit dem Geld, das er sofort einsteckte.

Sie trat auf Frieda zu, die am ganzen Körper zitterte. »Ich habe dich geliebt wie eine Schwester, Frieda. Wie konntest du mir das nur antun?« Sie deutete auf Jakob, der langsam wieder zu sich kam. »Für den da?« Sie schluckte. »Wenn du wirklich so unzufrieden warst, hättest du es mir sagen können. Wir hätten über alles sprechen können, genau wie wir es all die Jahre getan haben.«

»Es tut mir so leid«, wimmerte Frieda wieder.

»Wir müssen nun beide damit leben, die andere verloren zu haben. Du wirst mir fehlen, Frieda. Doch ich weiß, dass ich eines Tages meinen Frieden damit machen werde. Und ich wünsche dir trotz allem das Gleiche.«

Sie wartete keine Antwort mehr ab, sondern ging nun endgültig hinaus. Wortlos verließen die drei das Haus.

Draußen angekommen legte Karl den Arm um Therese und zog sie zu sich heran, Florentinus ging an ihrer anderen Seite, sodass sie in der Mitte zwischen den beiden war. Für eine Weile sagte keiner von ihnen ein Wort, dann löste Therese sich aus der Umarmung ihres Mannes und legte einen Arm um Karls Mitte, den anderen um Florentinus.

»Ich danke euch beiden. Wer weiß, wie es ausgegangen wäre, wenn ich allein dorthin gegangen wäre.«

»Du hast einen ziemlich eindrucksvollen rechten Haken«, schmunzelte Florentinus in Karls Richtung.

»Ich hatte einfach keine Lust zu warten, bis er losgerannt wäre und wir hinter ihm hergemusst hätten.«

Therese lächelte. »Ihr seid die einzigen Menschen in meinem Leben, denen ich bedingungslos vertrauen kann. Ihr würdet mich nie enttäuschen, nicht wahr? Denn das würde mich umbringen.« Sie sah erst zu Karl und dann zu Florentinus und sprach einfach weiter: »Ach, bitte, verzeiht die dumme Frage, ich weiß ja genau, dass keiner von euch mich je enttäuschen würde. Und ich euch ebenfalls nicht.«

Weder Karl noch Florentinus sagten etwas darauf. Und Therese bekam den Blick, den die beiden nach ihrer Bemerkung tauschten, nicht mit. Zu sehr war sie in Gedanken noch immer mit Frieda beschäftigt.

Tatsächlich schwiegen sie, bis sie zusammen das Kaffeehaus erreichten, wo Florentinus sich verabschiedete und sagte, dass er nun schon spät dran sei und gleich gehen müsse. Er umarmte seine Schwester, die ihm nochmals für alles dankte. Dann nickte er Karl zum Abschied zu, der ihn mit versteinerter Miene ansah. Beide spürten, dass Thereses Worte sie bis ins Mark getroffen hatten. Florentinus senkte den Blick, dann ging er eilig davon.

Karl sah ihm kurz nach, dann folgte er Therese ins Kaffeehaus hinein. Er hatte keine Gelegenheit, seine Gedanken zu ordnen, weil schon in diesem Moment Franz angelaufen kam und ihn umarmte.

»Dein Vater ist ein Held, weißt du das?«, sagte Therese zu ihrem Sohn und lächelte ihren Mann verliebt an.

Karl erwiderte ihren Blick – und fühlte sich wie der schlimmste Betrüger der Welt.

9. Kapitel

»Es ist weit schlimmer als vorher, als sie gestritten haben«, zischte Frederike ihrer Cousine zu, kaum dass diese das Haus betreten hatte.

»Was ist geschehen?«

»Sie haben sich ausgesprochen und benehmen sich nun, als wollten sie sich nie wieder loslassen.« Frederike rollte die Augen und deutete mit einer Kopfbewegung in Richtung Garten. Durch die geöffneten Terrassentüren konnte Luise ihre Tante Vera und ihren Onkel Georg sitzen sehen, die es sich in der Aprilsonne gemütlich gemacht hatten und sich angeregt miteinander unterhielten.

»Ach, nun lass sie doch. Hauptsache der Zank hört auf.«

»Du hast leicht reden«, entgegnete Frederike. »Du musst die beiden ja auch nicht den ganzen Tag beobachten und, was noch schlimmer ist, den heutigen Abend mit ihnen und Bruno Richter verbringen.«

»Darum beneide ich dich wirklich nicht«, gab Luise zu. »Aber es ist nur ein Abend, und vielleicht sind deine Eltern nun ja in einer gelösteren Stimmung, sodass sie erkennen können, dass Bruno Richter gewiss nicht der Richtige für dich ist.«

»Ich hoffe es«, sagte Frederike missmutig. »Doch ich kenne meine Mutter. Sie hat sich in den Kopf gesetzt, dass ich längst überfällig bin und dringend heiraten muss. Und solange ich sonst niemanden präsentieren kann, wird es am Ende wohl Bruno Richter werden.« Sie sah Luise flehend an. »Ich glaube, ich sterbe, wenn er mich berühren will.«

»Nun wirst du wirklich zu dramatisch.« Luise fasste Frederikes Arm. »Komm mit nach oben. Ich möchte mit dir sprechen.«

»Worüber?«

»Komm einfach.«

Die Cousinen gingen zusammen die Treppe hinauf. Aus der Küche hörten sie, wie Anna die neue Haushaltshilfe Gerda zurechtwies, die offenbar gerade einen Fehler gemacht hatte. Gerda schluchzte verzweifelt und jammerte, dass sich an der Brandstelle bereits ihre Haut ablösen würde. Anna erwiderte barsch etwas, dann erreichten Luise und Frederike den oberen Flur und konnten dem weiteren Verlauf der Unterhaltung nicht mehr folgen.

Luise öffnete die Tür zu ihrem und Hans' Schlafzimmer und wartete, bis auch Frederike eingetreten war. Dann schloss sie die Tür und legte den Finger auf ihre Lippen. »Schön leise. Ich habe manchmal das Gefühl, dass die Wände hier Ohren haben.« Die beiden Frauen setzten sich jede in einen der Sessel, die am Fenster standen und durch ein Holztischchen voneinander getrennt waren.

»Ich habe den Brief beim Postamt aufgegeben«, sagte Luise. »Nun müssen wir einfach abwarten, ob dein Anton sich meldet.«

»Er ist ja nicht *mein* Anton, nur Anton. Leider«, fügte Frederike hinzu.

»Ich denke wirklich, dass du dich so langsam selbst mal fragen musst, was du willst.«

»Willst du jetzt auch noch an mir herummeckern?« Frederike stand auf. »Ich dachte, dass ich wenigstens mit dir reden könnte und du auf meiner Seite bist.«

»Jetzt sei nicht so empfindlich und setz dich wieder hin«, forderte Luise und deutete mit strengem Blick zum Sessel.

Etwas widerwillig nahm Frederike wieder Platz. Sie verzog beleidigt das Gesicht.

»Ganz ehrlich, Frederike, ich bin auf deiner Seite, und das weißt du auch. Aber es gibt einige Sachen, die du wirklich mal einsehen musst.«

»Und das wäre?«

»Du hast lediglich deinen Schulabschluss gemacht und wartest seither darauf, eine Aufgabe zu finden.«

»Du hast leicht reden, du hast ja alles. Du hast einen Mann, erwartest ein Kind, arbeitest in führender Position im Kontor, und dein Vater behandelt dich, als würde ihm wirklich etwas an deiner Meinung liegen. Ich hingegen soll einen Mann heiraten, der vom Alter her mein Vater sein könnte und bestimmt von mir erwartet, dass ich ihm umgehend einen Stammhalter schenke.«

»Dann unternimm doch etwas dagegen!«, riet Luise eindringlich.

»Sehr komisch, was soll ich denn dagegen unternehmen?«

»Na, sag deinen Eltern, dass du in Anton Messinger verliebt bist und dass ihr heiraten wollt.«

»Aber das stimmt doch gar nicht.«

»Na und? Es stimmt vielleicht *noch* nicht, doch du gewinnst dadurch Zeit.«

Frederike überlegte kurz. »Und was soll ich mit dieser gewonnenen Zeit anfangen?«

»Es gibt genügend Gelegenheiten für dich, jemanden kennenzulernen. Und wenn du deine Eltern überzeugen kannst, weil du selbst die Dinge in die Hand nimmst, dann werden sie sich nachsichtig zeigen, da bin ich sicher.«

»Aber ich kann ihnen doch nicht einerseits vorlügen, dass ich so verliebt in Anton Messinger bin, und dann andererseits auf irgendwelchen Gesellschaften Ausschau nach geeigneten Junggesellen halten.«

»Hast du jemals darüber nachgedacht, dass dein Lebensziel auch darin bestehen könnte, nicht nur zu heiraten und Kinder zu kriegen, sondern womöglich einen Beruf zu ergreifen, der dich ausfüllt?«

Frederike starrte die Cousine nur fragend an.

Als Luise diesen Blick sah, winkte sie ab. »Vergiss es. Ich habe es nicht so gemeint.«

»Weißt du was, Luise, du warst wirklich schon immer anders. Manchmal sagst du Sachen, die wie bei einem … nun ja, wie bei einem Mann klingen. Ich meine, du willst doch wohl nicht ernsthaft in Erwägung ziehen, weiter ins Kontor zu gehen, wenn dein Kind da ist, oder doch?«

Luise wiegte den Kopf, als suche sie nach der richtigen Antwort. »Wenn ich die Wahl hätte, würde ich tatsächlich das Kind bekommen und dennoch versuchen, wenigstens für einige Stunden am Tag weiter arbeiten zu gehen.«

»Wenn du die Wahl hättest?«, wunderte Frederike sich. »Machen wir uns doch nichts vor, du wirst es ohnehin so machen, wie du willst. Das hast du doch schon immer getan.« Frederike setzte sich etwas entspannter hin. »Weißt du, früher haben Martha und ich über dich gelacht.« Sie hob mit einer entschuldigenden Geste die Hand. »Glaub mir, ich bin nicht stolz darauf und entschuldige mich dafür. Doch wahrscheinlich sind Martha und ich uns ähnlicher, als mir in gewisser Hinsicht lieb ist.«

»Sie führt das Leben, das du gern gehabt hättest, nicht wahr?«

Frederike nickte.

Luise beugte sich vor, griff nach Frederikes Hand. »Du liebst Ludwig noch immer, oder?«

Tränen traten in Frederikes Augen. »Möglich. Ich weiß es nicht. Ich frage mich immer, was geworden wäre, wenn mein Vater und deine Mutter nur ein Jahr später diesen scheußlichen Fehltritt begangen hätten. Dann wäre ich längst mit Ludwig verheiratet gewesen und hätte das Leben gehabt, das nun Martha gehört.«

»Es tut mir wirklich leid für dich, Frederike.« Luise presste die Lippen zusammen und strich mit den Fingerspitzen über Frederikes Handrücken. »Doch es ist jetzt an der Zeit, loszulassen.«

»Ich weiß.« Frederike konnte die Tränen nicht länger zurückhalten. »Aber ich bin noch immer so furchtbar wütend. Ich hasse deine Mutter und meinen Vater für ihren Betrug, ich hasse die beiden dafür, was sie uns allen damit angetan haben. Ich würde nie, niemals den Mann, dem ich das Eheversprechen gegeben habe, betrügen. Niemals!«

»Was wäre, wenn es nicht dein Vater und meine Mutter gewesen wären? Denken wir uns mal aus, ich würde mir einen Liebhaber nehmen, weil Hans nicht der Mann ist, den ich so lieben kann wie du damals deinen Ludwig. Was dann?«

»Ich würde kein einziges Wort mehr mit dir sprechen«, urteilte Frederike sofort.

»Ich könnte mich dir also nicht anvertrauen … als Cousine, als Freundin … und auf deine Verschwiegenheit bauen?«

»Nein!«, stellte Frederike klar. »Wenn du so etwas in Zukunft vorhaben solltest, komm damit nicht zu mir.« Frederike beugte sich vor. »Aber das würdest du ja auch nie tun. Du bist ein viel zu guter Mensch dafür.«

Luise verzog den Mund zu einem matten Lächeln.

»Wirst du mir helfen, damit ich aus der Sache mit Bruno Richter herauskomme? Du bist so klug und hast immer für alles eine Lösung, Luise. Ich weiß, dass alles gut werden wird, wenn du mir hilfst.«

Luise atmete tief ein und wieder aus. »Aber natürlich helfe ich dir«, stimmte sie zu.

»Frederike«, drang nun Veras Stimme nach oben. »Frederike!«, flötete sie abermals und kam die Stufen herauf. »Es wird Zeit, dass wir ein Kleid für den Abend aussuchen.«

Frederike verdrehte die Augen.

»Geh schon«, sagte Luise. »Und verhalte dich so, dass du deine Eltern nicht verärgerst. Und auf dem Rückweg vertraust du ihnen in der Kutsche an, dass du unsterblich in Anton Messinger verliebt bist und sie dir Zeit geben sollen, dich an den Gedanken zu gewöhnen, dass daraus womöglich nichts werden kann.«

Frederike stand auf, und auch Luise erhob sich, während Vera offenbar den oberen Flur erreicht hatte und nun abermals Frederikes Namen rief.

»Danke, dass du mir immer hilfst.« Frederike umarmte Luise.

»Dafür bin ich doch da«, entgegnete Luise und erwiderte die Umarmung.

Sie sah Frederike nach, wie diese ihr Schlafzimmer verließ und die Tür hinter sich zuzog. Dann hörte sie Vera sagen, wie froh sie sei, Frederike endlich gefunden zu haben, und dass sie gemeinsam das schönste Kleid aussuchen wollten, das Frederike besaß, um einen besonders guten Eindruck zu hinterlassen.

Frederike erwiderte etwas, doch Luise hörte nicht mehr zu. Sie stellte sich ans Fenster und sah nachdenklich in den Garten. In einiger Entfernung konnte sie den Stein sehen, unter dem sie im letzten Jahr auch das letzte von insgesamt vier Kaninchen begraben hatte, die Richard, Frederike, Martha und sie vor Jahren von ihrem Großvater geschenkt bekommen hatten. Wie gebannt starrte sie auf den Stein, den sie zusammen mit Hugo, dem Kutscher der Familie, dort platziert hatte. In der ersten Zeit hatte sie noch regelmäßig Blumen zum Grab der Tiere gebracht. Nun jedoch war sie schon lange nicht mehr da gewesen. Sie fragte sich, wie viel noch von dem jungen Mädchen übrig war, das voller Tatendrang und Zuversicht in die Welt hinausgegangen war. Es stimmte schon, sie war immer die gewesen, die sich um alles gekümmert hatte, auch um die weniger schönen Dinge, wie eben das Begraben von Haustieren. Richard hätte sich nie dazu herabgelassen, Martha und Frederike hatten sich nicht genug interessiert. Fast wurde sie wütend bei dem Gedanken, dass immer, solange sie sich erinnern konnte, alles an ihr hängen geblieben war.

Die Menschen um sie herum erwarteten stets mit aller Selbstverständlichkeit, dass Luise sich um jedwede Probleme kümmerte, seien es nun fremde oder die eigenen. Aber wer, fragte Luise sich in diesem Moment, war für *sie* da, wenn sie jemanden brauchte?

Dass sie Frederike keinesfalls über ihre Situation ins Vertrauen ziehen konnte, war ihr nach diesem Gespräch sonnenklar. Luise war froh, dass sie nicht gleich mit der Tür ins Haus gefallen war, sondern sich zuerst mit Frederike unterhalten hatte. Nicht auszudenken, was geschehen wäre, wenn sie der Cousine die Liebschaft mit Hamza gestanden hätte und dass das Kind, das sie unter ihrem Herzen trug, von ihm war. Bestenfalls hätte Frederike nicht mehr mit ihr gesprochen. Schlimmstenfalls wäre sie mit ihrem Wissen auf direktem Wege zu ihrer Mutter gerannt, die Robert die ganze Wahrheit brühwarm weitererzählt hätte. Luise seufzte. Sie hätte so gern einen Menschen, dem sie bedingungslos vertrauen könnte und der ihr beistünde in dieser schwierigen Zeit.

Luise öffnete das Fenster und setzte sich auf die Fensterbank, wie sie es als Kind immer gemacht hatte. Wie oft hatte ihre Mutter mit ihr geschimpft, wenn sie das von unten gesehen hatte, und ihr gesagt, dass ein Mädchen aus gutem Hause sich so nicht benehmen würde.

Luise lehnte sich an den Fensterrahmen und zog ihre Beine zu sich heran, sodass sie nun ganz auf der Fensterbank saß. Ihr Blick fiel in den Garten und auf die gefliesste Terrasse, die sich direkt unter ihr befand. Sie musste aufpassen, nicht das Gleichgewicht zu verlieren. Plötzlich war da ein eigenartiges, ein ihr unbekanntes Gefühl. Wieder sah sie nach unten und beugte sich etwas weiter aus dem Fenster hinaus. Sehr hoch war es nicht. Sie würde wahrscheinlich nicht sterben, wenn sie hier hinunterfiele. Vielleicht erlitte sie einen Beinbruch oder verstauchte sich den Knöchel. Das Ungeborene in ihrem Bauch jedoch …

Wäre das vielleicht die Lösung für ihre Probleme? Sie könnte ihr Leben weiterführen, wie sie es kannte und mochte. Niemand würde von der Liebschaft mit Hamza erfahren. Sie müsste nicht alles aufgeben und in Kamerun bei Hamzas Stamm leben. Wenn man sie überhaupt aufnehmen würde. Hamza könnte seine Lehre im Kontor fortsetzen und einen Berufsabschluss machen. Wäre das nicht tatsächlich die Lösung all ihrer Probleme?

Sie beugte sich noch weiter vor, schloss die Augen. Sie musste sich nur fallen lassen, einfach fallen lassen, und alles würde gut.

Ein kalter Schauer lief ihr über den Rücken, als sie kurz davor war, aus dem Fenster zu kippen. Sie riss die Augen auf und richtete sich mit einem Ruck wieder auf, fasste mit der Rechten unter die Fensterbank, um sicheren Halt zu finden. Sie atmete keuchend und musste gegen eine aufsteigende Übelkeit ankämpfen.

Eilig drehte sie sich zum Inneren des Raums und setzte ihre Füße wieder auf den Fußboden. Sie zitterte am ganzen Körper.

Nur mit Mühe kam sie auf die Beine, wankte zum Bett hinüber und ließ sich hineinfallen. Sie schluchzte auf, griff sich ihr Kopfkissen und weinte hinein, bis sie vollkommen erschöpft einschlief.

»Luise?« Hans näherte sich dem Bett mit vorsichtigen Schritten.

Benommen schlug sie die Augen auf. »Entschuldige, ich muss eingeschlafen sein.«

»Es ist Zeit zum Abendessen.«

»Was? Wie spät ist es denn?«

»Fast schon halb acht.«

»Oh«, machte Luise und richtete sich auf. »Sind Vera, Georg und Frederike schon weg?«

»Ja, schon eine ganze Weile.«

Hans setzte sich auf die Bettkante. »Geht es dir nicht gut?« Er wirkte ehrlich besorgt.

»Es ist nichts weiter«, beschwichtigte sie ihn. »Ich war einfach nur erschöpft.«

»Nun, da du es selbst ansprichst«, sagte Hans und nahm ihre Hand. »Ich fände es besser, wenn du nicht mehr so viel arbeiten würdest.«

»Wie meinst du das?« Luise runzelte die Stirn, als erwarte sie, sich gleich einer Auseinandersetzung stellen zu müssen.

»Ich fürchte, dass du dir zu viel zumutest.«

»Nein«, stellte sie entschieden fest. »Ich kenne mich selbst sehr gut und weiß, dass es nicht zu viel ist.«

»Ich hatte nicht vor, dich anzugreifen, Luise. Du weißt, dass ich stets respektiert habe, was für eine Art Frau du bist.«

Sie setzte sich noch gerader hin. »Was für eine Art Frau bin ich denn bitte?«, fragte sie etwas gereizt.

Hans lächelte. »Na, zumindest bist du nicht die, die ich damals erwartet hatte.« Er sah kurz zu Boden, dann blickte er ihr wieder in die Augen. »Wir haben nie darüber gesprochen, doch ich war alles andere als begeistert, als mein Onkel mir nahelegte, dich zu heiraten.«

»Wie bitte?«, empörte sich Luise.

»Ach, hör schon auf. Dir ging es doch nicht anders«, stellte er ganz selbstverständlich fest. »Es ist ja auch nichts Ungewöhnliches«, fuhr er geradezu unbekümmert fort. »Vermutlich hatte mein Onkel das Gefühl, er müsste sich darum kümmern, was die Aufgabe meiner Eltern gewesen wäre, wenn sie noch gelebt hätten. So hat er es schon immer gemacht, seit die beiden gestorben sind.«

Luise lehnte sich an, ihre Haltung entspannte sich. »Du hast mir nie davon erzählt, was mit deinen Eltern geschehen ist.«

»Du hast mich nicht gefragt.«

»Ich wollte dir nicht wehtun.«

Wieder lächelte Hans. »Schon merkwürdig, wie wir umeinander schleichen und uns nicht trauen, Dinge anzusprechen, obwohl wir verheiratet sind, nicht wahr?«

»Da hast du wohl recht.«

»Ich war gerade erst sechs Jahre alt, als sie starben«, begann Hans sich zu erinnern.

»War es ein Unfall?«

»Nein. Meine Mutter wurde krank, es zog sich über fast ein Jahr hin. Mein Vater hat sich bis zuletzt um sie gekümmert. Ich sehe ihn noch heute vor mir, wie er zusammen mit den anderen Männern in den schwarzen Anzügen ihren Sarg getragen hat. Es war ein furchtbarer Tag. Ich glaube, er ist daran zerbrochen.«

»Was ist mit ihm geschehen?«

»Es war ganz eigenartig. Er war noch nicht einmal dreißig Jahre alt, also so alt wie ich jetzt. Es passierte, nur eine Woche nachdem meine Mutter gestorben war. Ich war allein mit ihm zu Hause. Ich weiß noch, dass ich den Schlafanzug trug, den meine Mutter für mich genäht hatte. Es war am Morgen, also ganz ruhig im Haus. Die Haushälterin hatte ihren freien Tag. Ich habe überall nachgesehen, doch ich fand meinen Vater nirgendwo. Nicht in der Küche oder im Frühstückszimmer, wo er normalerweise war, wenn ich aufwachte. Nun ja, also bin ich in das Schlafzimmer meiner Eltern gegangen, und da sah ich ihn.«

Luise presste die Lippen zusammen.

»Es war kein schlimmer Anblick«, fuhr Hans fort. »Er lag da, als schliefe er. In seinen Armen hielt er ein Kleid meiner Mutter. Ich habe versucht, ihn zu wecken, doch er schlug die Augen einfach nicht auf. Also habe ich mich dazugelegt, weil ich nicht wusste, was ich sonst tun sollte. Irgendwann – ich weiß nicht, wie lange ich dort gelegen hatte – hörte ich die Stimme meines Onkels. Er rief nach uns. Mein Vater und er haben zusammengearbeitet, und meinem Onkel war es eigenartig vorgekommen, dass mein Vater nicht zur Arbeit gekommen war. Das war nicht seine Art. Ich weiß noch, wie mein Onkel mich angesehen hat, als er das Schlafzimmer betrat. Er sah sofort, was los war.« Hans stieß den Atem aus. »Seine eigene Tochter, meine Cousine, war ein Jahr zuvor an der Schwindsucht gestorben. Von diesem Tag an lebte ich dann also bei meiner Tante und meinem Onkel. Ich hatte sonst niemanden mehr. Als ein halbes Jahr später auch meine Tante starb, waren nur noch mein Onkel und ich übrig.« Er lächelte Luise an. »Das ist die ganze Geschichte.«

»Das tut mir sehr leid«, sagte Luise.

»Ja, mir auch. Aber mich haben die Ereignisse gelehrt, das Leben hoch zu schätzen. Und genau deshalb sehe ich mit einer gewissen Sorge, dass du dich übernehmen könntest.«

Luise lag die Bemerkung auf den Lippen, dass es immerhin ihre Entscheidung war, wie sie mit sich und ihrem Körper umging. Doch sie schluckte sie hinunter. Es war das erste Mal, dass Hans sich ihr geöffnet hatte.

Sie erinnerte sich an den Beginn ihres Gesprächs. »Du sagtest vorhin, dass ich nicht die Frau sei, die du damals erwartet hättest.«

»Ganz recht.«

»Nun, du bist mir die Antwort schuldig geblieben, was du denn statt meiner erwartet hast.«

»Kann ich ganz offen sprechen?«

»Ich bitte darum.«

»Ich habe auf irgendeiner Gesellschaft mal Martha, deine Schwester, kennengelernt. Sie war gerade erst mit Ludwig verheiratet und wurde nicht müde, von ihm und ihrem wundervollen Leben zu schwärmen. Vor allem schien ihr überaus wichtig, welche kostspieligen Geschenke ihr frischgebackener Ehemann ihr dauernd machte.«

Luise grinste breit. »Ja, das klingt ganz nach Martha.«

»Tja, und ich dachte, als ich deinen Namen hörte, dass du genauso bist.«

»Ach herrje«, amüsierte sich Luise. »Und du bist dennoch zu dem Essen gekommen? Mein Kompliment.«

Die beiden lachten, und Luise spürte, wie schön sie es fand, so ungezwungen mit Hans sprechen zu können. So war es im Grunde all die Monate, die sie nun schon verheiratet waren, nie gewesen.

»In den letzten Monaten habe ich nun erleben dürfen, was für ein Mensch du wirklich bist. Und ich möchte dir meine Bewunderung aussprechen.« Wieder sah er kurz zu Boden und schmunzelte. »Zugegeben, nicht gerade der übliche Weg, eine Frau erst zu heiraten und dann festzustellen, was für ein wunderbarer Mensch sie ist.«

Luise sah ihn an. »Etwas so Nettes hast du mir noch nie gesagt.«

»Wahrscheinlich habe ich mich bisher nicht getraut«, räumte er ein. »Aber ich denke, da du mein Kind unter deinem Herzen trägst, dürfte es wohl an der Zeit sein, die Scheu abzulegen.«

»Ja«, stimmte Luise gelöst zu. »Das denke ich eigentlich auch.«

Hans beugte sich vor, streichelte zärtlich über Luises Wange. »Ich habe mich doch tatsächlich in dich verliebt, Luise Petersen.«

Luise schlug die Augen nieder. Sie war mit ihm verheiratet und teilte das Bett mit ihm, gab sich ihm sogar gelegentlich hin, weil sie meinte, dass es ihre Pflicht wäre. Doch nun entdeckte sie zu ihrer Überraschung, dass da ein Mann vor ihr saß, den sie tatsächlich mochte. Auch in körperlicher Hinsicht ... Bisher war ihr nie so richtig aufgefallen, dass Hans im Lauf ihrer Ehe eine männlichere Erscheinung gewonnen hatte. Er ging bei fast jedem Wetter zum Segeln oder spielte Tennis in seinem Klub, was ihm zu einer recht ansehnlichen Muskulatur an Beinen und Armen und zu einer strafferen Haltung verholfen hatte. Auch seine Haut war nicht mehr so blass, sondern vom Aufenthalt in Wind und Sonne leicht getönt. Ihr wurde bewusst, dass sie schon länger nicht mehr zurückschreckte, wenn er sie aus nächster Nähe direkt ansprach. Offenbar hatte er ein Mittel gegen den schlimmen Mundgeruch gefunden.

Die Erkenntnis traf Luise wie ein Blitz aus heiterem Himmel: Ihr Ehemann hatte ohne Zweifel hart daran gearbeitet, seiner jungen Frau zu gefallen. Und sie musste zugeben, dass sie sich geschmeichelt fühlte.

Ihre Blicke trafen sich, und er gab ihr einen langen, zärtlichen Kuss. Einen Kuss, den Luise leidenschaftlich erwiderte. Es dauerte, bis ihre Lippen sich wieder voneinander lösten.

»Komm jetzt. Die anderen warten bestimmt schon auf uns.« Hans erhob sich vom Bett und half Luise auf. »Ich würde künftig gern ein bisschen mehr Zeit mit dir verbringen, Luise, damit wir uns besser kennenlernen. Wäre dir das recht?«

»Äh, ja. Natürlich«, sagte sie überrascht. »Das wäre sehr schön.«

Er gab ihr noch einen Kuss, diesmal nur einen raschen, doch das tat er sonst nie einfach so.

»Geh schon vor«, bat sie. »Ich komme gleich. Ich will mich nur kurz etwas herrichten.«

»Ist gut.« Er lächelte sie an. »Ich freue mich nun tatsächlich auf die kommende Zeit.«

Luise erwiderte das Lächeln, sagte nichts, blickte jedoch noch auf die Tür, als er sie bereits von außen geschlossen hatte.

War sie etwa dabei, sich in ihren Mann zu verlieben? Das hatte ihr gerade noch gefehlt.

10. Kapitel

Therese hatte wirklich keine hohen Erwartungen an dieses Gespräch. Vermutlich würde es verlaufen wie die vielen anderen Gespräche in den letzten Wochen, in denen junge oder auch ältere Frauen zu ihr gekommen waren, um sich auf die Stelle des Kindermädchens zu bewerben. Nicht eine war dabei gewesen, der sie Franz und Helene auch nur eine halbe Stunde überlassen hätte.

Auch wenn sie sich nicht für einen Menschen hielt, der leichtfertig über andere urteilte, war sie doch innerlich dazu übergegangen, die Bewerberinnen nach den ersten paar Sätzen in zwei Kategorien aufzuteilen. In der einen waren die Frauen, die ausschließlich über das Geld, das sie verlangten, sprachen, die Arbeitszeiten bis auf die Minute genau geregelt haben wollten und sich überdies unnachgiebig zeigten, wenn es darum ging, die freien Tage festzulegen. Außerdem wies jede dieser Frauen, ausnahmslos *jede* darauf hin, dass sie keinesfalls im Haushalt Hand anlegen würde und auch nicht bereit sei, hinter den Kindern herzuräumen. Und dann gab es die anderen Frauen, meist ältere, die Therese mit erhobenem Zeigefinger mahnten, nur nicht zu nachgiebig mit den Kindern zu sein, da eine gewisse Strenge und der eine oder andere Klaps – oder auch mehr, sollte es nötig sein – gewiss nicht schaden könnten.

Doch um die Kinder, deren Bedürfnisse oder was sie gern machten, war es keiner der Frauen gegangen. Keiner einzigen.

»Bitte setzen Sie sich«, bat sie die junge Frau, die sich heute vorstellte. »Kann ich Ihnen etwas anbieten? Vielleicht einen Kaffee oder eine Schokolade?«

»Ich habe gerade erst gefrühstückt. Vielen Dank«, lehnte die junge Frau ab und sah sich suchend um.

Therese bemerkte es, ging aber nicht darauf ein. »Gut.« Sie sah auf das Blatt Papier, auf dem die Daten der jungen Frau standen. »Fräulein Striebel, Sie standen also drei Jahre lang im Dienst der Familie Hammersbach hier in Wien?«

»Ja, das ist richtig. Ich habe mich um ihre Buben Maximilian und Constantin gekümmert. Zwei reizende Burschen. Sie werden mir sehr fehlen.«

»Weshalb sind Sie nicht mehr bei der Familie?«

»Herr Hammersbach, der Vater der beiden, steht im Dienst der Regierung. Er wurde ins Ausland versetzt, und so musste die Familie umziehen.« Sie lächelte. »Frau Hammersbach hat mir versprochen, regelmäßig zu schreiben, wie Maximilian und Constantin sich machen. Der Max hat es nicht so mit dem Rechnen, doch er war auf einem guten Weg. Ich hoffe nur, dass er in Kamerun einen guten Lehrer bekommt.«

»In Kamerun?«

»Ja.«

»Na, das ist ja ein Zufall. Die Familie meines Mannes hat eine Kakaoplantage in Kamerun.«

»Ach, tatsächlich?«, erwiderte die junge Frau erstaunt. »Womöglich lernen Ihre Verwandten dann die Hammersbachs kennen. Es sind wirklich sehr freundliche, angenehme Menschen.«

»Sie scheinen sehr an der Familie zu hängen.«

»Ich müsste lügen, wenn ich es abstritte«, bestätigte das Kindermädchen. »Die Hammersbachs sind vor drei Jahren aus dem Deutschen Reich hierhergekommen. Herr Hammersbach hat hier im Auftrag der Regierung eine Niederlassung geführt, und seiner Familie hat es in Wien sehr gut gefallen. Wie ich schon sagte, war ich von Anfang an ihr Kindermädchen. Ich habe die Burschen mit fünf und drei Jahren kennengelernt, jetzt sind sie acht und sechs. In dieser Zeit haben sie sich unglaublich entwickelt.« Sie seufzte. »Sie werden mir schrecklich fehlen, und ich denke, ich ihnen auch.«

»Hätten Sie nicht die Möglichkeit gehabt, nach Kamerun mitzugehen?«

»Doch, hätte ich. Die Hammersbachs haben mich gefragt. Aber wissen Sie, ich bin verlobt. Wir wollen im August heiraten, und ich musste mich eben zwischen meinem zukünftigen Mann und den Hammersbachs entscheiden. Es ist mir nicht leichtgefallen.«

»Das verstehe ich sehr gut.«

Wieder blickte die junge Frau in Richtung Tür.

»Ist etwas?«

»Nun ja, ich frage mich, wo die Kinder sind.«

»Eine Angestellte von mir ist mit ihnen im nahe gelegenen Park. Ich dachte, so könnten wir in Ruhe sprechen, ohne unterbrochen zu werden.«

Das Kindermädchen nickte. »Natürlich.« Fast schien es, als sei sie enttäuscht.

Therese musterte sie. »Wäre es Ihnen lieber gewesen, wenn die beiden hier wären?«

»Nun, ich möchte Ihnen nicht zu nahe treten, Frau Hansen. Sie sind die Mutter und können Ihre Kinder als Einzige richtig einschätzen. Und es ist ja auch so, dass ich gleich nach meiner Hauswirtschaftslehre die Stelle bei der Familie Hammersbach angetreten habe. Deshalb habe ich keine weiteren Erfahrungen.

Doch ich glaube, dass es im Grunde nichts nützt, ob wir beide uns einig werden, wenn Ihre Kinder und ich uns noch nicht kennenlernen konnten.« Sie sah Therese aus ihren großen braunen Augen an. »Ich hoffe, das klang jetzt nicht unverschämt.«

»Aber nein«, sagte Therese erfreut, »es klang für mich herrlich ehrlich und interessiert.«

»Gut. Dann bin ich beruhigt. Aber es ist doch so: Selbst wenn ich Sie überzeugen kann und Sie mir die Stelle geben, sind es doch die Kinder, um die es geht. Und wenn die mich womöglich nicht leiden können, hätte ich keine Freude an meiner Anstellung, und für die Kinder wäre es ein Graus, wenn Sie sie mir überließen. Damit wäre keinem geholfen.«

»Ich mag Ihre Einstellung sehr«, lobte Therese. »Was halten Sie davon, wenn wir zusammen in den Park gehen und nach ihnen Ausschau halten? Wenn Sie die Kinder kennenlernen und mögen und diese Sie ebenfalls, sprechen wir über die Formalitäten.«

»Sehr gern.« Das Kindermädchen erhob sich, und auch Therese stand auf. Therese nahm ihren Schlüssel, und die beiden verließen das Haus.

Sie gingen die Stufen hinunter, wandten sich nach links und überquerten kurz darauf die kleine Brücke, die über die Wien und in den Park führte. Therese wusste, dass die Kinder am liebsten auf der großen Wiese unter den mächtigen Eichenbäumen spielten. Dorthin gingen sie zuerst, und schon von Weitem sahen sie Judith, Franz und Helene. Die Kleine saß auf einer Decke mit einem Berg Kissen im Rücken und hielt etwas in den Händen, das sie auch immer wieder in den Mund steckte. Beim Näherkommen erkannte Therese, dass es die Stoffpuppe war, die Helene stets bei sich haben wollte und ohne die sie am Abend nicht einschlafen konnte.

Judith und Franz spielten mit einem Ball, und als Therese und das Kindermädchen noch ein Stückchen näher kamen, entdeckte Franz seine Mutter. Sofort ließ er den Ball fallen und lief auf sie zu.

Therese breitete die Arme aus und fing ihren Sohn auf, der aus vollem Lauf hochsprang. Sie wirbelte ihn einmal herum und stellte ihn dann wieder auf die Füße. »Franz, schau, das ist Fräulein Striebel.«

Franz stellte sich aufrecht hin, wie er es gelernt hatte, und nahm die ihm gereichte Hand. »Guten Tag«, sagte er höflich.

»Guten Tag, Franz. Ich heiße Sophia und freue mich, dich kennenzulernen.« Sie lächelte ihn herzlich an.

Therese machte Judith und das Kindermädchen miteinander bekannt, dann kniete Fräulein Striebel sich neben Helene. »Und du musst dann die Helene sein.«

Die Kleine guckte erst ein wenig abwartend, dann interessiert, dann streckte sie die Ärmchen aus.

»Magst du auf den Arm? Ja?« Sophia hob Helene aus den Kissen und richtete sich mit ihr auf. Sie hielt die Hand der Kleinen in ihrer. »Ja, guten Tag. Du hast aber eine hübsche Puppe.«

Helene gluckste fröhlich, streckte dann die Arme nach Therese aus.

»Du möchtest zu deiner Mutter, ja?« Sophia ging zu Therese und reichte ihr die Kleine. Dann wendete sie sich wieder zu Franz.

»Darf ich mitmachen beim Ballspielen?«, fragte sie, was Franz sofort jubelnd bejahte. Also stellten sich Judith, Sophia und Franz im Dreieck auf und spielten sich fröhlich den Ball zu.

Therese setzte sich mit Helene auf die Decke und sah ihnen zu. Sie lachten, amüsierten sich, wenn der Ball an ihnen vorbeirollte und sie sich beeilen mussten, ihn zurückzuholen. Es wirkte so harmonisch auf Therese, und sie empfand die Art, wie Sophia mit Franz umging, als geradezu liebevoll, obwohl die beiden sich gerade erst kennengelernt hatten.

Nachdem sie eine Weile gespielt hatte, fragte Judith an Therese gewandt, ob sie nun lieber wieder ins Kaffeehaus gehen sollte, was diese bejahte. Dann blieben Therese und Sophia mit Franz und Helene noch etwa eine Stunde im Park, bis sie sich auf den Rückweg zum Haus der Hansens machten.

»Ich bin beeindruckt, wie gut Sie mit den Kindern umgehen können«, sagte Therese zu Sophia, als sie nebeneinander hergingen und Franz immer einige Meter vorauslief, während Therese den Kinderwagen mit Helene schob.

»Das ist ja wahrlich nicht schwer bei so reizenden Kindern«, gab Sophia zurück. »Ich gebe zu, dass ich vorhin nicht ganz ehrlich zu Ihnen war.«

»Inwiefern?«

»Nun, ich sagte, dass es mir wichtig ist, dass die Kinder mich mögen. Das stimmt auch, doch das ist nur die halbe Wahrheit. Ich möchte keinesfalls für jemanden arbeiten, dessen Kinder ich nicht leiden kann. Das wäre für niemanden gut.« Sie sah zu Therese hinüber. »Ich hoffe, Sie nehmen mir die Ehrlichkeit nicht übel.«

»Überhaupt nicht«, stellte Therese fest. »Ganz im Gegenteil, ich bin vollkommen Ihrer Meinung.«

»Gut«, sagte Sophia erleichtert. »Denn ich mag Ihre Kinder, und wenn Sie es genauso sehen, würde ich sehr gern für Sie arbeiten.«

»Ja«, entschied Therese, ohne noch weiter darüber nachdenken zu müssen. »Ich würde Sie mit Vergnügen als Kindermädchen einstellen.«

»Danke schön, Frau Hansen. Ich freue mich.«

»Bitte sagen Sie Therese zu mir. Oder noch besser: Duzen Sie mich bitte. Immerhin kümmern wir uns zusammen um das Wichtigste, was ich auf der Welt habe.«

»Oh«, sagte Sophia, »sehr gern. Das freut mich aber. Also: Therese.«

»Franz!«, rief Therese. »Kommst du einmal her, bitte?«

Der Kleine drehte sich um und folgte der Aufforderung seiner Mutter. »Ja?«, fragte er mit großen Augen, als er sie erreichte.

»Sophia möchte sich gern in Zukunft um euch kümmern, während ich im Kaffeehaus bin. Würde dir das gefallen?«

Der Kleine überlegte kurz. »Werden wir dann auch Ball spielen?«

»Ball und auch andere Spiele, sicher«, antwortete Sophia.

»Aber könnte ich dann trotzdem auch mal im Kaffeehaus die Geschichten von Herrn Loibelsberger hören?«

Sophia sah Therese fragend an.

»Ein Gast, der früher zur See gefahren ist und nun seine mit viel Seemannsgarn gesponnenen Geschichten erzählt.«

»Ich verstehe«, sagte Sophia schmunzelnd.

»Aber natürlich. Nur nicht jeden Tag«, sagte Therese nun zu ihrem Sohn.

»Dann bin ich einverstanden«, stellte er mit wichtiger Miene fest.

»Gut.« Sophia streckte ihm die Hand entgegen. »Dann vielen Dank, Franz.«

Der Kleine grinste schief, und Therese schmunzelte. Ihr gefiel die Art sehr, wie Sophia mit den Kindern umging. Sie brachte ihnen liebevollen Respekt entgegen, was viele Erwachsene bedauerlicherweise bei Kindern nicht taten. Sie selbst hatte es immer als selbstverständlich empfunden, den Kindern zwar Grenzen aufzuzeigen, dabei aber nicht so zu tun, als wären sie zu dumm oder weniger wert als Erwachsene. Und sie hatte das Gefühl, dass sich das auszahlte, erlebte sie doch oft genug, dass Eltern entnervt das Kaffeehaus verließen, weil es ihnen nicht gelang, ihre Kinder ruhig und mit freundlichen Worten zu angemessenem Verhalten bewegen zu können. Therese konnte nur vermuten, dass diese Eltern sich womöglich nicht die Zeit oder die Ruhe nahmen, auf die Bedürfnisse ihrer Kinder einzugehen. Oder aber dass diese sie schlicht nicht interessierten.

Sie selbst hatte es als Kind gehasst, wenn ihre Mutter Sätze über sie geäußert hatte wie: »Sie ist noch ein bisschen dumm.« Natürlich hätte Therese nie aufzubegehren gewagt, doch tatsächlich fand sie diese und ähnliche Bemerkungen ihrer Mutter anderen Leuten gegenüber verletzend und demütigend. Ja, sie kam sich in Gegenwart ihrer Mutter stets klein vor und hatte es nur ihrem großen Bruder zu verdanken, trotz allem selbstbewusst und stark geworden zu sein. Immer wieder hatte er ihr gesagt, dass es nur auf sie selbst ankomme, darauf, für sich zu entscheiden, welchen Weg man im Leben einschlagen wolle. Und dabei, so hatte er stets betont, dürfe man sich nicht von dem beeinflussen lassen, was andere sagten oder taten.

Therese wusste nicht, ob er sich selbst immer daran gehalten hatte, denn Florentinus war, wie seine Eltern es geplant hatten, in die schon seit Generationen bestehende Firma der Loisings eingestiegen und tat somit genau das, was alle von ihm erwarteten. Und er arbeitete sogar so viel, dass er mit seinen fünfunddreißig Jahren noch keine Frau gefunden hatte, was Therese ihm von Herzen wünschte. Für sie jedoch waren seine Worte Gold wert gewesen, und seit sie sich in den Kopf gesetzt hatte, ein Kaffeehaus zu eröffnen, hatte sie sich durch nichts und niemanden beirren lassen und stets ihr Ziel verfolgt, auch wenn es nicht immer leicht gewesen war. Und nun hatte sie das Gefühl, mit ihrem Mann, ihren Kindern und dem Kaffeehaus endgültig angekommen zu sein bei sich und in ihrem eigenen Leben. Das verdankte sie nicht zuletzt den Worten ihres Bruders, der ihr immer den Rücken gestärkt hatte.

Sie selbst wollte für ihre Kinder genau das sein, was Florentinus für sie gewesen war: eine Vertrauensperson, von der sie sich verstanden fühlten und der sie vertrauten. Vor allem aber jemand, der ihnen Selbstvertrauen schenkte und ihnen vermittelte, dass sie gut waren, so wie sie waren, und es nicht nötig hatten, sich zu verstellen. Ja, so wollte Therese für ihre Kinder sein. Sie sollten träumen und Luftschlösser bauen und diese dann Wirklichkeit werden lassen. Und deshalb brauchte sie ein Kindermädchen, das ebenso dachte wie sie selbst.

Hoffentlich würde sich ihr erster Eindruck von Sophia bestätigen. Denn die Enttäuschung über Frieda saß ihr noch immer tief in den Knochen, und es würde wohl eine gehörige Zeit brauchen, bis sie das, was die vermeintliche Freundin ihr angetan hatte, und die bittere Enttäuschung vergessen konnte.

»Was meint ihr beiden«, fragte Therese, als Franz und Sophia sich die Hände gereicht hatten und die Zusammenarbeit beschlossene Sache war, »besiegeln wir den Bund mit einer Tasse Schokolade?«

»Ja«, rief Franz begeistert und stürmte voraus.

»Nicht so schnell!«, rief Therese ihm nach, doch er wartete erst, als er die kleine Brücke erreicht hatte, die über den Fluss führte. Über die, das hatte Therese ihm wieder und wieder eingeschärft, durfte er stets nur an der Hand eines Erwachsenen gehen, und zwar ohne Wenn und Aber. Und daran hielt er sich.

Bereitwillig ergriff er Sophias Hand, als sie hinübergingen, ließ diese aber sofort wieder los, als sie auf der anderen Seite anlangten, und beeilte sich dann, um als Erster die Stufen zum Haus hinaufzulaufen.

Therese und Sophia folgten ihm mit dem Kinderwagen in ruhigerem Tempo und plauderten dabei fröhlich miteinander. Therese hatte das Gefühl, dass hier etwas Gutes am Entstehen war.

»Ist alles da?«, fragte Karl seinen Angestellten Felix, der soeben mit den Lieferlisten in der Hand aus dem Lager nach vorn in den Verkaufsraum kam.

»Ja, alles. Ich habe eben auch noch mal die Bestände geprüft. So viel wie in letzter Zeit haben wir noch nie verkauft, und die Bestellungen reißen nicht ab. Ich denke, wir sollten beim Hamburger Kontor nochmals nachordern.«

»Das habe ich gestern bereits erledigt«, sagte Karl. »Aber ich finde es gut, wie aufmerksam du bist. Du lässt mir keine andere Wahl, als deinen Lohn ab kommender Woche zu erhöhen.«

Felix sah seinen Chef überrascht an. »Wirklich?«, fragte er erfreut.

»Aber ja. Du bist mit den Jahren immer besser geworden. Und deine anfängliche Scheu den Kunden gegenüber hast du auch gänzlich abgelegt. Ich gebe zu, dass ich manchmal Zweifel hatte, ob es dir je gelingen würde, den Menschen in die Augen zu schauen, statt schüchtern zu Boden zu starren, wenn du ihnen die Waren über den Tresen schiebst.« Er nickte anerkennend. »Doch inzwischen hast du dich neben deiner Arbeit im Lager zu einem wirklich guten Verkäufer entwickelt, Felix. Ich weiß das zu schätzen und möchte es dir mit einem höheren Lohn vergelten.«

»Danke, Herr Hansen. Ich weiß gar nicht, was ich sagen soll.«

»Du hast es doch gerade getan.« Karl lächelte gutmütig.

Er drehte sich um, als das Glöckchen über der Tür bimmelte und die Ankunft eines Kunden verriet. Er wusste nicht, ob er sich freuen sollte, als er sah, dass Florentinus das Kontor betreten hatte.

»Einen wunderbaren Tag wünsche ich den Herren«, grüßte Florentinus und sah Karl und Felix an.

»Guten Tag, Herr Loising«, erwiderte Felix, und auch Karl begrüßte den Schwager.

»Ich war eben im Kaffeehaus, doch meine Schwester war nicht da. Weißt du, wo ich sie finden kann? Zu Hause war sie auch nicht.«

»Zu Hause war sie nicht?«, fragte Karl nach. »Das ist eigenartig, denn heute sollte sich ein Kindermädchen vorstellen. Schon wieder eines«, fügte er mit einem Augenrollen hinzu. »Daher müsste Therese eigentlich zu Hause sein.«

»Hm«, machte Florentinus und zuckte mit den Schultern, »bis vor einer halben Stunde war sie es jedenfalls nicht.«

»Gibt es denn etwas Dringendes, das du mit ihr zu besprechen hast?«

»Nein, es eilt nicht. Unsere Mutter bat mich, einen Termin für ein gemeinsames Abendessen zu finden. Vater und sie wollen ihre Angelegenheiten klären. Vater ist seit seinem Schlaganfall im letzten Jahr recht nachdenklich geworden und möchte wohl sicherstellen, dass alles geregelt ist, sollte ihnen einmal etwas zustoßen.«

»Ich verstehe.«

»Ich würde dann hinten weitermachen, oder brauchen Sie mich hier, Herr Hansen?«, fragte Felix.

»Nein, nein, geh nur.«

»Dann noch einen guten Tag, Herr Loising.«

»Danke, Felix, dir auch.«

Der Angestellte ging nach hinten ins Lager, und Karl und Florentinus schwiegen noch einen kurzen Moment.

»Können wir uns nachher sehen?«, fragte Florentinus. »Ich muss mit dir sprechen.«

Karl nickte. »Ich denke, ich weiß, worum es geht.«

Florentinus atmete einmal tief durch. »Ja«, sagte er. »Doch nicht hier.«

Karl nickte. »In der Wohnung, so gegen sechs? Früher kann ich hier nicht weg. Wir haben neue Ware bekommen, die ausgeliefert werden muss.«

»In Ordnung.«

»Ich werde Therese Bescheid geben, dass es später wird.« Er sah Florentinus fest in die Augen. »Ein letztes Mal.«

»Ja«, bekräftigte Florentinus. »Ein letztes Mal.«

Die beiden sahen sich einen Moment lang an, und die Trauer über die Entscheidung, die beide bereits kannten, obwohl sie noch keiner von ihnen ausgesprochen hatte, legte sich wie ein bleierner Umhang um ihre Brust.

Florentinus räusperte sich. »Dann bis später«, sagte er schließlich traurig, drehte sich rasch um und verließ das Kontor.

»Bis später«, flüsterte Karl, als Florentinus die Tür bereits hinter sich geschlossen hatte. Er stieß den Atem aus und atmete dann mehrmals tief durch. Keinesfalls wollte er, dass die Trauer über den ihm bevorstehenden Verlust die Oberhand gewann.

Florentinus hatte offenbar die Entscheidung getroffen, die schon längst hätte getroffen werden müssen. Und eigentlich hätte Karl derjenige sein müssen, doch er hatte es nicht über sich gebracht. Er liebte seine Frau von ganzem Herzen. Doch ebenso liebte er Florentinus, ihren Bruder.

Er konnte nichts dafür. Wie sehr er auch versucht hatte, sich dagegen zu wehren – und das hatte er bei Gott! –, es hatte nichts genützt. Dabei wusste er ja, dass es falsch war. So furchtbar falsch. Jeder wusste es. Er hatte viel darüber gelesen, wenn er sicher sein konnte, dass niemand es mitbekam, über die Homosexualität, wie es seit einiger Zeit genannt wurde. Die Versuche von ein paar Ärzten, diese zu einer Krankheit zu erklären, um damit die Möglichkeit zu schaffen, einer Bestrafung zu entgehen, waren bislang gescheitert.

Gerade schlugen die polizeilichen Ermittlungen gegen den Schriftsteller Oscar Wilde hohe Wellen, der wegen Homophilie und grob unsittlichen Verhaltens angeklagt werden sollte oder bereits angeklagt worden war. So genau wusste Karl das nicht, da nicht alle Meldungen aus dem viktorianischen England Wien zeitnah erreichten.

Karl hatte den Fall Wilde seit den ersten Gerüchten um den Schriftsteller mit großem Interesse verfolgt. Es schien, dass es der

Öffentlichkeit und den Anklägern sogar weniger um die Sache selbst ging als um Wildes allzu offensichtliches Zurschaustellen eines befremdlichen Verhaltens. Es waren offenbar der Autor selbst und seine Weigerung, sich zu mäßigen, gewesen, die die Öffentlichkeit erzürnten, wodurch die Behörden sich zum Handeln gezwungen sahen.

Karl bezweifelte, dass Wilde einer Verurteilung entgehen würde, sollte es wirklich zum Prozess kommen. Denn viele Leute, die sich zuvor nur allzu gern mit Wilde gezeigt hatten, hatten sich bereits von ihm abgewandt. Welches Ende das Ganze nehmen würde, stand zum jetzigen Zeitpunkt noch in den Sternen.

Für sich selbst hatte Karl die Hoffnung, dass Therese und die Kinder nach außen hin Beweis genug dafür waren, wie es sich mit ihm und seiner Sexualität verhielt. Als Jugendlicher, daran erinnerte Karl sich noch gut, hatte er sich gefragt, ob man es ihm womöglich ansehen könnte. So viele Jahre hatte er sich dafür gehasst, wie er empfand.

Er war fast erleichtert gewesen, als Ärzte die Homosexualität als Krankheit deklarieren wollten, denn das hätte bedeutet, dass er selbst nichts dafür konnte, wie er veranlagt war. Doch im Grunde hatte er sich niemals mit sich selbst abfinden können, hatte geschwankt zwischen Selbsthass und Ekel, hatte verzweifelt Gott angefleht. Doch es hatte alles nichts genützt.

Nicht eine einzige Frau hatte er wirklich begehrt, bis er Therese kennenlernte. Durch sie war die Hoffnung in ihm aufgekeimt, endlich zur Normalität zu finden. Und anfangs war es auch so gewesen. Doch dann hatte er sich in ihren Bruder verliebt.

Karl musste sich zusammenreißen, als eine Kundin den Laden betrat und ihn freundlich begrüßte. Fast wünschte er, es wäre schon morgen und das Gespräch mit Florentinus und der schwere Moment des Abschieds, der unweigerlich folgen musste, wären bereits Vergangenheit.

11. Kapitel

Seit ihrem Gespräch im Schlafzimmer kam Hans Luise ganz verwandelt vor, fast wie ein anderer Mann. Es war eigenartig, doch indem er sich ihr so geöffnet hatte, schien etwas von ihm abgefallen zu sein, und sie fragte sich, ob sie das erste Mal in ihrer nun ein Dreivierteljahr währenden Ehe den Menschen Hans Petersen erlebte, der er im Grunde war.

Auch wenn es ihr selbst undankbar vorkam, wusste sie nicht, ob es sie freuen sollte, denn es machte ihre Situation nicht gerade leichter. Sie war verheiratet mit einem Mann, den sie von Tag zu Tag mehr zu schätzen wusste, ja sogar lustig und charmant und ansehnlich fand und mit dem sie immer mehr und immer lieber ihre Zeit verbrachte. Und das, während sie von einem anderen, einem schwarzen Mann schwanger war. Erschwerend kam hinzu, dass die Stimmung zwischen Hamza und ihr immer angespannter wurde, manchmal fast schon gereizt.

Gestern war es zum ersten Mal geschehen, dass sie sich getroffen und nicht miteinander geschlafen hatten. Sie hatten sich gestritten, wieder einmal, und diesmal hatte Luise Hamzas Zimmer wutentbrannt verlassen und war erleichtert darüber gewesen, dass er ihr keinesfalls folgen konnte, ohne dass die beiden Gefahr gelaufen wären, auf den Straßen Hamburgs für Aufsehen zu sorgen.

Heute Morgen war Hamza bei Fräulein Schreiber vorstellig geworden und hatte unter dem Vorwand, Luise zu einem Lagerbestand befragen zu wollen, um ein Gespräch gebeten. Sie hatte sich schlecht gefühlt, als sie ausrichten ließ, gerade keine Zeit zu haben und ihn später im Lager aufsuchen zu wollen.

Nun saß sie in ihrem Büro und drehte den Füller in den Händen, unfähig, sich auf die Korrespondenz zu konzentrieren, die zu erledigen war. Was sollte sie nur tun? Die Streitthemen mit Hamza waren immer wieder die gleichen: Es ging um ihre unterschiedlichen Kulturen und die mangelnde gegenseitige Akzeptanz der jeweiligen Völker. Jedoch nicht ausschließlich.

Luise machte die Vorstellung ihres künftigen gemeinsamen Zusammenlebens schlicht Angst. Was sollte aus ihnen werden, wenn es Hamza nicht gelänge, den Stamm von ihrer Verbindung zu überzeugen? Und wollte sie das überhaupt? Immer deutlicher zeichnete sich für sie ab, dass sie es nicht mehr als eine Entscheidung der Duala, sondern vielmehr als ihre eigene ansah, wie Hamzas und ihr Leben künftig verlaufen sollte. Sie hatte sich lange Gedanken darum gemacht, und gestern hatte sie Hamza gebeten, dass sie nicht versuchen sollten, innerhalb des Stammes leben zu dürfen. Luise war klar geworden, dass sie dafür nicht gemacht war und dass die kulturellen Unterschiede doch zu groß waren.

Es ging ihr dabei nicht nur um sich selbst, sondern auch um die Zukunft des Kindes, das sie unter ihrem Herzen trug. Was sollte aus ihm werden? Immerhin war es doch auch in Hamzas Interesse, dass das gemeinsame Kind eine gute Zukunft haben sollte, dass ihm Möglichkeiten offenstanden, dass es leben könnte, wie es ihm selbst richtig erschien.

Das hatte Hamza als Angriff gegen sich aufgefasst, und er hatte Luise sehr gereizt gefragt, ob sie damit andeuten wolle, dass ein Leben im Stamme der Duala für das gemeinsame Kind also nicht gut genug sei.

Luise hatte sich noch zusammennehmen wollen, ihn dann aber damit konfrontiert, dass er selbst vor Jahren gesagt hatte, dem Stamm, ja sogar seinem Land entfliehen und ein anderes Leben führen zu wollen, und eine Lehre im Deutschen Reich anstrebe, um so bessere Chancen zu haben.

Schon nach kurzer Zeit hatte sich ihre Streiterei im Kreis gedreht, und es endete damit, dass Luise wütend aus Hamzas Zimmer gestürmt war. Seither hatten sie kein Wort mehr miteinander gesprochen. Und wenn es nach Luise ginge, dürfte das gern einige Zeit so bleiben.

Sie wusste nicht recht, was geschehen war, doch sie fand, dass Hamza und sie nicht mehr so miteinander harmonierten wie früher. In Kamerun war alles anders, viel leichter gewesen. Damals war es das einfache Leben gewesen, das Luise so fasziniert hatte. Sie hatte sich frei gefühlt und versuchte sich nun, da sie hier am Schreibtisch ihres großräumigen Büros in Hamburg saß und nervös den Füller zwischen ihren Fingern wandern ließ, zu erinnern, was dieses Gefühl der Freiheit ausgemacht hatte.

Jetzt, mit der Vorstellung davon, welches Leben ihr mit dem Kind und Hamza bevorstand, fühlt sie sich wie eine Gefangene, die auf die Überstellung ins Zuchthaus wartete. Was war nur geschehen? Warum war plötzlich alles, was vorher gut gewesen war und für das sie eine solche Leidenschaft empfunden hatte, schlecht geworden? Lag es an ihr? War sie am Ende doch das verwöhnte weiße Mädchen, über das sie früher, als sie Martha in Kamerun erlebt hatte, nur gespottet hatte? Oder schlimmer noch: War es am Ende wahr, was Hamza ihr vorgeworfen hatte? Respektierte sie womöglich die Duala und ihre Sitten und Gebräuche, ja ihr ganzes Dasein nicht als gleichgestellt, sondern sah sie wie die anderen Weißen auf sie herab?

Bei diesem Gedanken schüttelte sie heftig den Kopf. Nein! Das war es sicher nicht. Sie sah die Duala als wunderbare, stolze Menschen, die füreinander einstanden und sich als große Familie verstanden, die zusammenhielt. Niemand, mit Ausnahme des Häuptlings, war besser oder schlechter als der andere. Jeder wurde von der Gemeinschaft als wertvolles Mitglied angenommen, ohne Vorbehalte. Genau das war es ja auch gewesen, was Luise damals so begeistert hatte: Die Tatsache, dass die Duala über niemanden urteilten, sondern die Menschen nahmen, wie sie eben waren. Und nun? War sie wirklich eine von denen geworden, über die sie früher den Kopf geschüttelt hatte? Das mochte sie von sich selbst nicht glauben.

Entschlossen legte sie den Füller beiseite, erhob sich von dem Stuhl und verließ ihr Büro. Sie ging ins Kontor und fragte sich dort bei den Arbeitern durch, wo sie Hamza finden könnte. Er füllte gerade Kakaobohnen in kleinere Gebinde ab, um sie danach in verschiedenen Größen ausliefern zu können.

Luise trat hinter ihn und sprach ihn an: »Hamza, du wolltest mich sprechen?«

Er drehte sich zu ihr um, kurz nur, und sah sie wütend an. Dann arbeitete er weiter. »Es hat sich erledigt«, sagte er. »Du hättest dir nicht die Mühe machen müssen, hierherzukommen.«

Luise trat noch näher an ihn heran, damit sie niemand sonst hören konnte. »Ich hatte Besuch in meinem Büro. Da konnte ich ja schlecht mit dir sprechen«, log sie.

Er ließ den Sack mit den Kakaobohnen sinken. Seine Miene entspannte sich etwas. »Das wusste ich nicht. Die Sekretärin hat mir nur ausgerichtet, dass du jetzt keine Zeit hättest.«

»Weil ich Besuch hatte.«

Er legte den Kopf schief. »Entschuldige bitte. Dann ist es etwas anderes.« Er beugte sich weiter vor. »Können wir nachher noch sprechen?«, flüsterte er ihr ins Ohr. »Ich möchte nicht, dass wir streiten.«

»Ich möchte auch nicht, dass wir streiten«, gab sie ebenfalls im Flüsterton zurück. »Ich kann aber nachher leider nicht. Es gibt ein Essen mit der Familie, und ich muss früher da sein, weil Martha noch mit mir sprechen möchte.« Es war die zweite Lüge. In Wahrheit hatte Hans eine kleine Bootstour auf der Alster vorgeschlagen, und Luise hatte sich über die Einladung sehr gefreut. Doch das konnte sie ihrem Geliebten nun wirklich nicht sagen.

»Und morgen?«, fragte Hamza leise.

»Ja, unbedingt«, versicherte sie. »Und bitte verzeih mir. Ich hätte nicht einfach so weglaufen dürfen.«

»Und ich darf nicht von dir verlangen, alles aufzugeben und keine eigenen Wünsche mehr zu haben. Dafür ist das Leben, das du hier führst, zu verschieden von dem der Frauen in meiner Heimat.«

»Wirklich?«

»Ja, das ist mir jetzt klar geworden. Wenn du es nicht willst, werden wir nicht zu meinem Stamm zurückgehen, sondern ich werde versuchen, in den englischen Kolonien Arbeit zu finden. Und wenn unser Kind herangewachsen ist, versuchst auch du dort eine Stelle zu bekommen. Eine weiße Frau mit Bildung wird dort gewiss etwas finden.«

Am liebsten wäre Luise ihm um den Hals gefallen, doch sie riss sich zusammen. »Ich würde dich jetzt sehr gern küssen«, flüsterte sie und berührte kurz mit dem Mund sein Ohr.

»Ich dich auch«, hauchte er, richtete sich aber dann gleich wieder auf.

»Morgen«, formte sie mit dem Mund und sagte dann laut. »Es ist in Ordnung so. Die kleineren Gebinde einfach dort hinüber. Ich gebe dann eine Liste herunter, an wen diese ausgeliefert werden sollen.«

»Danke«, nahm Hamza die Anweisung laut entgegen, während Luise schmunzelte und sich auf den Rückweg in ihr Büro machte. Ja, das war der Hamza, den sie kannte und liebte. Und so würde es immer sein.

Eilig ging sie wieder in ihr Büro und legte die Korrespondenz, die nun unbearbeitet blieb, in die oberste Schublade ihres Schreibtischs. Morgen würde sie etwas früher anfangen müssen, um alles zu schaffen.

Kurz erschrak sie bei dem Gedanken, wie sehr sie sich darauf freute, gleich ihren Ehemann zu treffen und die kommenden Stunden mit ihm zu verbringen. Natürlich wollte sie keinesfalls riskieren, sich am Ende tatsächlich in ihn zu verlieben. Schließlich war es Hamza, mit dem sie ihr Leben in Zukunft teilen wollte.

Andererseits, fand sie, waren schließlich ihre letzten fünf Monate in Hamburg angebrochen, und sie hatte sich bisher viel zu wenig Zeit genommen, die schönen Ecken dieser Stadt ausgiebig zu genießen. Schon bald würde sie fort sein und nie mehr hierher zurückkönnen. Dann wollte sie wenigstens in der Erinnerung und ihrem Herzen all das einschließen, was diese Stadt so besonders machte. Sie fand, dass es das Mindeste war, was sie sich gönnen sollte.

»Es ist wundervoll«, seufzte sie schwärmerisch, als sie, den Rücken an Hans' Brust gelehnt, ihr Gesicht der Aprilsonne entgegenstreckte und den Fahrtwind genoss. »Ich wusste ja gar nicht, dass du ein Segelboot so gut steuern kannst.«

»Mir blieb in den letzten Jahren immer viel zu wenig Muße dafür«, sagte er und zog die Leine ein Stück zu sich heran, um den Kurs zu korrigieren. »Die Geschäfte haben immer mehr Zeit in Anspruch genommen.«

»Bist du während unserer Ehe überhaupt schon mal gesegelt?«

»Ein paarmal, ja.«

»Und du hast mir nichts davon erzählt?«, empörte sie sich.

»Haben wir uns denn überhaupt etwas erzählt?«, hielt er dagegen und schmunzelte. »Es ist das erste Mal seit Jahren, dass ich jemanden mitnehme«, fuhr er fort. »Sonst bin ich am liebsten allein auf dem Boot, um in Ruhe meine Gedanken zu sortieren.«

»Was meinst du damit – *das erste Mal seit Jahren?* Du hast also schon öfter mal eine Frau mitgenommen?«

»Eifersüchtig?«, erwiderte er amüsiert.

»Ja.« Sie bohrte ihm spielerisch den Ellbogen in die Rippen.

»Aua«, jammerte er. »Ich muss Sie auffordern, den Steuermann nicht anzugreifen, sonst bleibt ihm nichts anderes übrig, als Sie über Bord zu werfen, Frau Petersen.«

»Ich bin eine hervorragende Schwimmerin, Herr Petersen, und wenn ich Sie dann an Land zwischen die Finger bekäme, könnten Sie sich auf was gefasst machen!«

»O je, das will ich lieber nicht riskieren«, scherzte er.

Sie schmiegte sich wieder an ihn, und er umfasste sie enger und gab ihr einen zärtlichen Kuss auf den Hals.

»Es ist schön mit dir, weißt du das?«, sagte Hans.

»Mit dir auch.«

»Ich bin froh, dass uns das jetzt aufgefallen ist und nicht erst in ein paar Jahren.«

»Wie meinst du das?«

»Ach, womöglich kommt es durch das, was meinen Eltern zugestoßen ist. Ich bin froh und glücklich über alles, was ich hier und jetzt erleben kann. Wer weiß schon, wie lange uns eine gemeinsame Zeit vergönnt ist.«

»Da hast du wohl recht«, pflichtete ihm Luise nachdenklich bei.

Eine Weile schwiegen sie, dann fragte Luise: »Hat eigentlich mein Vater mit dir gesprochen?«

»Was meinst du – über die Plantage in Südamerika?«

»Ja, genau.«

»Das hat er. Und ich habe mich mit meinem Onkel darüber ausgetauscht. Anfangs habe ich gezögert, doch wir sind zu dem Entschluss gekommen, dass wir in die Plantage investieren wollen.«

»Darf ich fragen, weshalb du gezögert hast?«

»Deinetwegen«, gab er sofort zur Antwort.

»Meinetwegen?« Sie rutschte ein Stück nach vorn, um sich zu ihm umdrehen und ihn ansehen zu können. »Weshalb denn meinetwegen?«

»Nun ja, ich wollte mich aus dem Hansen'schen Kontor heraushalten«, erklärte er. »Ich fand es gut, dass du unabhängig sein wolltest und darauf bestandest, deine Arbeit im Kontor fortzuführen.«

Luise sah ihn nachdenklich an, dann entspannte sie sich wieder und lehnte sich erneut mit dem Rücken an seine Brust.

»Genau genommen war es das Einzige, was mir wirklich an dir gefiel, bevor ich dich besser kannte.« Seine Stimme klang ganz ruhig, und Luise spürte das leichte Vibrieren in ihrem Rücken, wenn er sprach. Ein schönes Gefühl, das sie genoss.

»Nicht gerade sehr schmeichelhaft«, schmunzelte Luise.

»Ich habe es nicht böse gemeint.«

»Das weiß ich doch. Und ich schätze diese Ehrlichkeit an dir.« Sie schmiegte sich noch enger an ihn, genoss die Sonne auf dem Gesicht und schloss die Augen.

»Und was hat dich nun in Bezug auf das Kontor zum Umdenken bewegt?«

»Ich möchte mehr mit dir zusammen sein, denke ich.« Er steuerte das Boot ein wenig nach links, um dem Ufer nicht zu nahe zu kommen. »Ich weiß jetzt, dass ich keine Grenze überschreite, wenn ich mich einbringe, und ich kann mir gut vorstellen, mit dir und deinem Vater und natürlich meinem Onkel noch Größeres aufzubauen.«

»Was heißt denn *noch Größeres?*«

»Warum nur Kaffee und Kakao, warum nur Kaffeehäuser? Es gibt doch so viel mehr als das, mit dem wir Handel treiben können. Und viele andere Gegenden auf der Welt. Warum nur, wie jetzt bei euch, Kamerun und bald Südamerika? Warum nicht Handel treiben mit hochwertigem Olivenöl aus Südeuropa, mit edlem Rosenöl aus Persien, mit Tee aus China, Seidenstoffen aus Siam oder kostbarem Kunstgewerbe aus Ägypten? Ich könnte mir vorstellen, ein Handelshaus aufzubauen, das auch Waren jeder Art aus dem hintersten Winkel der Welt importiert. Wäre das nicht aufregend?«

Luise bekam eine Gänsehaut. »Ich habe noch nie darüber nachgedacht. Doch der Gedanke ist verlockend.«

»Petersen & Hansen – Waren aus aller Welt«, deklamierte Hans und tat, als schreibe er es auf ein großes Schild.

»Hansen & Petersen klingt besser für mich.«

Hans schmunzelte. »Vergiss nicht, dass du jetzt auch eine Petersen bist.«

»Mit dem Herz einer Hansen«, stellte sie klar.

»Hansen & Petersen – Welthandelshaus«, sagte Hans nun. »Ja, das gefällt mir sehr gut.«

Luise lehnte ihren Kopf an seine Brust, und er korrigierte abermals den Kurs des Segelboots. Sie genoss den Moment und wollte nicht darüber nachdenken, dass dieses Handelshaus niemals existieren würde.

12. Kapitel

Elisabeth Hansen, geborene Staufen, war nie eine Frau gewesen, die sich durch Gefühle blenden ließ. Vor allem aber war sie keine Frau, die sich mit Gewissensbissen plagte, wenn sie etwas tat, das gegen die Regeln ihrer Mitmenschen verstieß oder diese sogar verletzte. Nein, mit ihrem Gewissen hatte sie nie zu kämpfen gehabt. Doch sie ärgerte sich über ihre Fehleinschätzung, was die Familie Hansen anging, in die sie eingeheiratet hatte.

Schon damals, als sie Georg und Robert kennengelernt hatte, war sie der Auffassung gewesen, dass Georg als der Ältere die bessere Partie von beiden wäre. Dummerweise war er zu diesem Zeitpunkt bereits mit Vera verlobt gewesen und hatte diese nur kurze Zeit später geheiratet, ohne dass Elisabeth noch Gelegenheit gehabt hätte, dazwischenzugehen. So hatte sie sich mit Robert begnügt, dem sie seinerzeit nicht allzu viel zugetraut hatte, der aber immerhin eines Tages das Kontor seines Vaters zum Teil erben würde und insoweit immer noch besser war als alle anderen Männer, die sie bis dato als mögliche Ehemänner ins Auge gefasst hatte.

Als dann Robert nach dem Tod seines Vaters diese vollkommen dumme, aberwitzige Idee mit der Plantage in Kamerun gehabt hatte, war für Elisabeth vollkommen klar gewesen, dass der Zeitpunkt gekommen war, sich um Georg zu bemühen. Und es war ja auch nicht besonders schwer gewesen, Vera, diese etwas plumpe und vor allem einfältige Person, auszustechen. Nie hätte sie vermutet, dass es Robert gelingen würde, die Plantage in Kamerun so erfolgreich zu machen und dadurch das Kontor der Hansens zu einer derartigen Blüte zu führen. Ja, ihr eigener Ehemann hatte sie tatsächlich überrascht. Allerdings war zu diesem Zeitpunkt ihr Plan, Georg zu umgarnen und ihn für sich zu gewinnen, schon zu weit fortgeschritten gewesen, als dass sie noch hätte kehrtmachen können.

Wie hätte sie denn auch ahnen sollen, dass er sich am Ende als der schwächere der Brüder entpuppen und sie selbst gezwungen sein würde, sich erneut auf die Suche nach einem geeigneten Versorger zu machen. Nein, das war nicht vorhersehbar gewesen, wenngleich es sie mahnte, künftig noch mehr Bedacht auf die Auswahl ihrer Männer zu legen.

Noch während sie mit Georg in dieser schäbigen kleinen Wohnung lebte – nachdem Robert und Karl sie zuvor aus der Hansen'schen Villa hinausgeworfen hatten –, sah sie sich schon nach einem Ersatz um, den sie dann im letzten Jahr in August Frederiksen gefunden hatte. Dieser hatte definitiv genug Geld, um ihr den gewünschten Lebensstil zu ermöglichen. Jedoch hatte Frederiksen zwei Nachteile: Er genoss in der Hamburger Gesellschaft – trotz seines Vermögens – kein gutes Ansehen, was sich Elisabeth nicht so ganz erklären konnte. Sie hatte immer wieder einmal Gerüchte gehört, dass es da eine schon Jahrzehnte zurückliegende Geschichte mit einer jungen Frau gab, die er geschwängert und sitzen lassen hatte. Genaues hatte sie jedoch nie erfahren. Der zweite Nachteil war sein Alter. Er ging bereits auf die siebzig zu und hätte ihr Vater sein können, was die Affäre für Elisabeth anstrengender machte, als ihr lieb war. Sein körperliches Verlangen war zwar heftig, doch sie musste viel

Einsatz bringen, um ihn so zu stimulieren, dass er am Ende noch standhaft genug war, um zum Höhepunkt zu kommen. Doch das war nur eine Seite der Medaille, die sie als lästig, aber hinnehmbar empfand. Vor allem aber spürte sie, dass er von Woche zu Woche unleidlicher wurde, was sie in erster Linie seinem Problem mit dem Älterwerden zuschrieb. Sein fortgeschrittenes Alter, so hatte sie sich überlegt, könnte ihr jedoch ebenso gut zum Vorteil gereichen, zumindest dann, wenn sie seine Ehefrau werden und er in nicht allzu ferner Zukunft das Zeitliche segnen würde.

Bisher hatte sie sich nicht viele Gedanken darum gemacht, denn es stand für sie außer Frage, dass sie noch immer eine verheiratete Frau war und der Name Hansen ihr trotz der schwierigen familiären Verhältnisse so manchen Vorteil eingebracht hatte. Sie wollte sich einfach nicht scheiden lassen. Allein der Gedanke daran machte sie wütend. Und dass Robert nun genau das von ihr verlangte, fand sie eine Unverschämtheit.

Andererseits, so musste sie sich eingestehen, war sie seit ihrem Auszug aus der Villa vor inzwischen über vier Jahren in ihrem Leben nicht mehr vorangekommen. Eine Weile hatte sie gehofft, sich wieder bei Robert einschmeicheln zu können, sobald etwas Gras über die Sache mit Georg gewachsen wäre. Dass ihr Ehemann seinem Bruder, nicht jedoch ihr verziehen hatte, empfand sie als Affront. Was bildete dieser Kerl sich eigentlich ein? Roberts Reaktion auf ihren letzten Annäherungsversuch hatte ihr aber deutlich gezeigt, dass er unnachgiebig blieb. Er würde die Scheidung durchsetzen, und sie hatte nicht die geringste Möglichkeit, etwas dagegen zu unternehmen. Jeder Richter in Hamburg kannte ihre Geschichte. Sich als Opfer darzustellen, würde sich nur als Blamage erweisen. Und davon hatte Elisabeth in den letzten Jahren mehr als genug gehabt.

Damit sollte nun endgültig Schluss sein, und sie würde alles tun, um August Frederiksen davon zu überzeugen, sie zu heiraten – und dass sie daher bereit wäre, die Scheidung von Robert Hansen zu fordern. Keinesfalls wollte sie riskieren, dass der Mann, den sie als ihren zukünftigen Ehemann auserkoren hatte, womöglich vorher erführe, dass es Robert war, der die Scheidung eingereicht hatte.

Im Grunde konnte Frederiksen froh sein, wenn sie, eine im Vergleich zu ihm junge und vor allem noch immer sehr schöne Frau, mit ihm die Ehe einginge. Noch war ihre fruchtbare Zeit nicht vorüber, und sie könnte ihm sogar vorspielen, ihm ein Kind schenken zu wollen, sodass er einen Stammhalter hätte, der ihn eines Tages beerben könnte.

Natürlich würde Elisabeth das zu verhindern wissen. Keinesfalls würde sie riskieren, noch einmal schwanger zu werden. Bisher hatte sich die Verhütung mit Essigessenz, und wenn sie noch so schmerzhaft war, als recht zuverlässig erwiesen. Und falls dieses Hausmittel doch einmal versagen sollte, kannte Elisabeth eine ehemalige Krankenschwester, die sich des Problems einer unerwünschten Schwangerschaft annehmen würde. Viermal war das bereits der Fall gewesen, und womöglich war beim letzten Mal etwas schiefgegangen, denn seitdem war Elisabeth nicht mehr schwanger geworden, und der Eingriff lag immerhin schon drei Jahre zurück. Ihr war es einerlei. Es ersparte ihr Geld und die Mühe, die Krankenschwester aufsuchen zu müssen, auch wenn sie noch immer nach jedem Akt die Essigessenz zum Spülen verwendete.

An diesem Abend nun hatte sie von der Köchin ein Rebhuhn braten lassen und selbst in der Küche noch Hand angelegt, dann hatte sie einige Kerzenhalter zusammengesucht, die zu einer intimen, behaglichen Stimmung beitragen sollten. Als August Frederiksen aus seiner Firma kam, warf er einen kurzen Blick in das Esszimmer.

»Haben wir etwas zu feiern?«, fragte er, als er seine Geliebte begrüßte.

»Ich denke schon«, kündigte sie an und half ihm aus dem Mantel, den er trotz der wärmer werdenden Tage trug. Er war eben nicht mehr der Jüngste und fror rasch, was Elisabeth bisher nie kommentiert hatte. »Geh du dich frisch machen, ich werde inzwischen selbst das Essen auftragen.«

»Du?«

»Aber ja, ich. Ich möchte es besonders schön haben heute.«

»Wie du willst.« Frederiksen ging nach oben, langsam und mit einer gewissen Achtsamkeit. Elisabeth sah ihm nach. Ja, er war ein alter Mann geworden. Es war an der Zeit, dass sie ihre Pläne in die Tat umsetzte.

Als sie sich eine Weile später am Tisch gegenübersaßen – Elisabeth in einem eng anliegenden Kleid und fest geschnürten Korsett, das ihre Brüste besonders betonte –, sah August sie erwartungsvoll an. »Du siehst wirklich besonders reizvoll aus heute Abend, und ich muss sagen, dass ich mich freue, wie viel Mühe du dir mit dem Essen gegeben hast.« Natürlich wusste Frederiksen, dass Elisabeths einzige Mühe darin bestanden hatte, Gerda, die Köchin, noch mehr anzutreiben als sonst. Aber er wusste auch, mit welcher Art Frau er zusammenlebte und dass sie für wirkliche Arbeit einfach nicht gemacht war.

»Und? Was ist der Anlass?«, fragte er.

»Ich habe mir Gedanken um uns beide gemacht, weißt du, und ich wüsste gern deine Meinung dazu.«

»Gewiss.« Er sah sie interessiert an.

»August, ich möchte mich scheiden lassen und ganz zu dir gehören. Ich würde diesem etwas anrüchigen Lebensstil, den wir pflegen, gern ein Ende setzen.«

Er ließ das Besteck sinken. »Du willst heiraten?«

»Ganz genau.«

»Nun, ich gebe zu, das überrascht mich.«

»Aber es freut dich doch, hoffe ich.«

Er sah sie skeptisch an. »Warum willst du denn heiraten?«

Sie zuckte mit den Achseln, senkte den Blick. »Ich habe in den letzten Wochen viel nachgedacht«, begann sie. »Und ich finde, dass es an der Zeit ist, mich endgültig und offiziell von Robert zu lösen und zu dir zu bekennen. Und offen gesagt, ich fühle mich jetzt gerade ein wenig zurückgewiesen, denn ich hatte durchaus mit etwas mehr Freude von deiner Seite gerechnet.«

Frederiksen sah sie noch immer an, musterte sie regelrecht. »Aha. Und was ist nun der wahre Grund? Keine Sorge, Elisabeth, sollte ich das Zeitliche segnen – du bist längst in meinem Testament bedacht. Du wirst nicht leer ausgehen.«

»Du denkst, dass es mir darum geht?« Sie funkelte ihn wütend an. »Das ist abscheulich von dir, August. Du solltest dich schämen!«

Er zog die Augenbrauen hoch. »Es ist doch wohl so, dass wir uns in der Zeit, in der wir nun schon mit einer gewissen Regelmäßigkeit das Bett teilen, auch recht gut kennengelernt haben«, gab er sachlich zurück. »Und deine kleinen Intermezzi mit anderen Männern sollten wir auch nicht unerwähnt lassen, nicht wahr?«

»Ich war gelegentlich eine verirrte Seele, das gebe ich zu. Keiner von uns ist frei von Schuld.«

»Wie meinst du das?«

»Es gibt Gerüchte über dich, und das weißt du sehr genau. Und doch habe ich mich auf dich eingelassen.«

»Ach, diese alte Geschichte. Diejenigen, die sich überhaupt eine Meinung bilden könnten über das, was geschah, sind selbst schon tot«, wehrte er ab.

»Was ist denn damals passiert?«, bohrte Elisabeth nach. »Oder möchtest du nicht darüber sprechen? Dann akzeptiere ich das. Ich habe es immer als eine angenehme Besonderheit unserer Verbindung angesehen, dass wir uns nicht irgendwelchen gesellschaftlichen Zwängen zur vollständigen Offenlegung unseres Vorlebens unterwerfen mussten. Deshalb habe ich dich auch nie nach dieser alten Geschichte gefragt.«

August Frederiksen überlegte kurz, ob er auf ihre Frage eingehen sollte. In den Augen einiger war er ein Vergewaltiger, der eine junge Frau geschwängert und sie dann sitzen lassen hatte. Sicher, er war damals betrunken gewesen, und womöglich hatte er ihre Gegenwehr als Spielerei abgetan. Er hätte nicht einmal am nächsten Tag genau sagen können, was wirklich geschehen war. Doch die Darstellung, dass er die junge Frau schwanger im Stich gelassen hatte, stimmte so nicht. Er wäre sogar dazu bereit gewesen, sich um sie und das Balg zu kümmern. Doch wer konnte denn wissen, ob sie wirklich noch Jungfrau gewesen war? Er hatte davon jedenfalls nichts mitbekommen, und immerhin hatte es da einen gegeben, an dessen Namen er sich nicht mehr erinnerte. Dieser Unbekannte hatte die Kleine wahrscheinlich schon vor ihm gehabt. Wer wusste das schon so genau?

»Ich gebe dir recht.« Er beschloss, den damaligen Skandal vor Elisabeth nicht weiter auszubreiten. »Wir waren immer sehr großzügig miteinander, wenn es darum ging, die Schwächen des anderen zu ignorieren.«

»So sehe ich das auch«, stimmte sie zu, wenngleich sie gern gefragt hätte, was ihm soeben durch den Kopf gegangen war. »Und ich gebe zu, dass es noch einen weiteren Grund gibt, warum ich dir gern das Eheversprechen geben möchte.«

»Und der wäre?«

Sie schob ihre Hand über den Tisch. »Noch bin ich nicht zu alt, um dir einen Sohn zu schenken.«

Frederiksen sah sie verblüfft an, dann lachte er lauthals los, was sie dazu brachte, seine Hand grob wegzustoßen. »Dein Verhalten ist völlig unmöglich, August, und es kränkt mich sehr«, stieß sie verärgert hervor.

Er lachte noch einen Moment, dann beruhigte er sich und sah sie an. »Verzeih, Elisabeth, aber du musst doch zugeben, dass die Vorstellung von einem Kind gar zu lächerlich ist. Ein Greis und eine …«, er unterbrach sich, um seine Worte bewusster zu wählen, »ein Greis und eine Frau«, setzte er erneut an, »die bereits zwei Kindern das Leben geschenkt hat, die wiederum selbst schon Kinder haben.«

»Nur eine hat ein Kind, und das ist noch sehr klein.«

»Und die andere hat ebenfalls bald ein Kind«, stellte er klar.

»Was sagst du da? Luise ist in anderen Umständen?«

»Aber ja. Das weiß doch bereits ganz Hamburg.«

Elisabeth sah auf ihren Teller. Es machte den Anschein, als verletze sie die Tatsache, dass sie als Luises Mutter offenbar die Letzte war, die davon erfuhr.

»Verzeih bitte«, sagte August, »ich wollte dir nicht wehtun. Ich dachte, du wüsstest das.«

Elisabeth schüttelte den Kopf. »Nein, tatsächlich hatte ich keine Ahnung.« Sie sah ihn an. »Ich weiß, dass ich viele Fehler gemacht habe. Alle Fehler, die man nur machen kann. Und doch bin ich ihre Mutter.«

Frederiksen beugte sich über den Tisch und griff nach Elisabeths Hand. »Ich denke, du hast recht. Wir sollten heiraten«, sagte er.

Elisabeths Miene hellte sich auf. Ob er es nur gesagt hatte, um sie zu trösten, oder sich auch aus freien Stücken zu diesem Schritt entschlossen hatte, wusste sie nicht. Sie wusste nur, dass sie wieder einmal erreicht hatte, was sie wollte. Und das war für sie das Wichtigste.

Sie stand auf, ging um den Tisch und setzte sich auf seinen Schoß. »Ich freue mich sehr, August. Und auch wenn du es nicht von mir forderst, das weiß ich, so verspreche ich doch, dir treu zu sein. Wie nanntest du es vorhin … Intermezzi, nicht wahr? Keine Intermezzi mehr, keine anderen Männer. Ich werde dich glücklich machen, solange unsere gemeinsame Zeit dauert.«

Sie küsste ihn, und er erwiderte ihren Kuss. An diesem Abend gelang es ihr noch besser als sonst, dass er seine Erektion bis zum Ende des Liebesaktes behielt.

Elisabeth war zufrieden mit sich. Ja, sie würde mit dieser Ehe ins Leben zurückkehren. Und zwar sehr bald. Die Hansens würden schon sehen, ob es wirklich klug gewesen war, sich mit ihr anzulegen.

Schon am nächsten Tag informierte Elisabeth das gesamte Personal, dass sie die zukünftige Frau Frederiksen sei und uneingeschränkten Gehorsam fordere. Den hatte sie zuvor zwar auch schon verlangt, aber sie hatte immer gespürt, dass einige vom Hauspersonal, vor allem Uwe, der persönliche Diener ihres zukünftigen Ehemanns, sie nicht wirklich als Dame des Hauses akzeptierten. Das würde sich nun ändern, dafür würde sie sorgen. Und wenn die Bediensteten nicht parierten, müssten sie sich eben nach neuen Anstellungen umsehen. Personal zu finden, war mit den ihr nun zur Verfügung stehenden Mitteln wahrlich kein Problem.

Als August am Abend nach Hause kam, bat seine zukünftige Ehefrau ihn, den Brief zu lesen, den sie an Robert Hansen geschrieben hatte.

Frederiksen nahm den Briefbogen zur Hand und las.

Lieber Robert,
es ist lange her, dass wir uns zuletzt gesprochen haben. Und was auch immer zwischen uns vorgefallen ist, ich möchte damit abschließen und ein neues Leben beginnen.

Wie Dir bekannt sein dürfte, ist seit einiger Zeit August Frederiksen der Mann an meiner Seite, den ich bewundere und dem ich danke, dass er mir – einer Frau, deren Verfehlungen beträchtlich waren – die Liebe und Achtung entgegenbringt, die ich gar nicht verdient habe.

Meine Gefühle für August sind tief und aufrichtig, und ich möchte Dich daher um die Scheidung bitten, um für ihn frei zu sein.

Ich weiß, dass auch Du kein böses Blut mehr zwischen uns haben möchtest, sodass ich Dich ersuche, von Deinem Anwalt alles vorbereiten zu lassen, um möglichst rasch eine Scheidung unserer Ehe herbeizuführen.

Ich erkenne uneingeschränkt an, die Schuldige am Scheitern unserer Ehe zu sein. Nun möchte ich sie mit dem nötigen Respekt vor Dir und den Jahren, die wir gemeinsam hatten, abschließen. Und nicht zuletzt hege ich die Hoffnung, dass unsere Töchter mir eines Tages vergeben können und wir wieder miteinander sprechen und ich vielleicht meine Enkelkinder einmal sehen darf. Ich würde mich so sehr darüber freuen.

Du warst mir immer ein guter Ehemann, daher wünsche ich Dir nur das Beste und bitte Dich ein letztes Mal um Verzeihung. Es tut gut, die Vergangenheit hinter sich zu lassen und damit abzuschließen – und genau das wünsche ich auch Dir.

Es grüßt Dich
Elisabeth

August ließ den Brief sinken. »Das beweist Größe, Elisabeth. Ich gebe zu, dass ich dir Respekt zolle für diese Zeilen.«

»Jedes Wort ist wahr. Vor allem das, was ich über dich geschrieben habe. Ich hoffe, es ist dir recht.«

Er nahm den Brief nochmals auf und las laut, was Elisabeth über ihn geschrieben hatte: »… den ich bewundere und dem ich danke.« Er legte das Schreiben wieder hin. »Ich meine, ich hätte schlechter wegkommen können, was?«

»Es ist ernst gemeint, August. Ich bin dir von Herzen dankbar für alles, was du für mich getan hast.«

Er lächelte sie an. »Lass es gut sein, Elisabeth. Du bist keine Frau, die sich krumm machen sollte für das, was sie haben will.«

»Du kennst mich wirklich sehr genau, nicht wahr?«
Elisabeth trat näher an ihn heran.

»Ich habe mir im Laufe der Jahre eine gute Menschen-
kenntnis angeeignet«, stellte er fest. »Was denkst du? Wird dein
Mann in die Scheidung einwilligen?«

»Da ich die gesamte Schuld auf mich nehme, ja.« Sie überlegte kurz. »Wie lange wird es wohl nach seinem Einverständnis
noch dauern? Ich möchte dich schließlich so schnell wie möglich heiraten.«

»Nicht lange. Es ist im Grunde nur eine Formalität.«

»Gut«, sagte Elisabeth erfreut. »Also kann ich schon damit
beginnen, eine Liste der Hochzeitsgäste aufzustellen?«

»Du kannst es ja wirklich kaum mehr erwarten, was?«

»Nein, das kann ich tatsächlich nicht.«

»Nun gut, wenn es dir Freude macht. Aber bevor du die
Einladungen schreibst, solltest du den«, er deutete auf den
Brief, »erst einmal deinem Noch-Ehemann zukommen lassen.«

»Das werde ich. Noch heute.«

»Noch heute?«

»Aber ja. Weshalb warten?«

Elisabeth gab ihm einen zärtlichen Kuss, nahm den Brief,
steckte ihn in ein Kuvert und rief nach unten, dass der Kutscher
anspannen solle.

»Du willst ihn Hansen also selbst überbringen?«

»Ja, allerdings. Ich wurde mit Schimpf und Schande aus
dem Haus gejagt, nun möchte ich alles richtig machen und
mich Robert stellen. Auge in Auge.«

»Ich kann dich begleiten«, bot August an.

»Nein«, wehrte sie ab. »Das ist etwas, das ich allein tun
muss.«

»Gut. Das verstehe ich. Bleib nicht zu lange fort.«

»Bestimmt nicht.« Elisabeth griff ihren Mantel, den sie
bereitgelegt hatte, und den Brief. Sie küsste nochmals ihren

zukünftigen Ehemann und ging. Vor der Tür musste sie eine kleine Weile warten, bis der Kutscher so weit war. Dieser hatte nicht damit gerechnet, das Pferd heute noch einmal anspannen zu müssen.

Sie hielt den Mantel eng an sich gedrückt, in den sie die Scheidungspapiere gelegt hatte, die Robert ihr erneut hatte zustellen lassen. Sie waren von ihr vollständig ausgefüllt und unterschrieben worden, ganz so, wie es seinem Wunsch entsprach. Den Brief, den sie August gezeigt hatte, würde Robert niemals zu Gesicht bekommen.

Als der Kutscher vorfuhr, schimpfte Elisabeth ihn aus, weil er sie ihrer Meinung nach zu lange hatte warten lassen. Dann stieg sie ein und sagte ihm, dass er sie zur Villa Hansen fahren solle. Gleich darauf trieb er das Pferd an.

Elisabeth hatte den Moment, in dem sie wieder die Villa betrat, in der sie viele Jahre ihres Lebens verbracht und ihre Kinder aufgezogen hatte, wieder und wieder in Gedanken durchgespielt. Was sollte sie sagen? Würde man sie hereinbitten? Und, was weit schlimmer wäre, wie sollte sie sich verhalten, wenn man ihr nicht einmal diese grundlegende Höflichkeit entgegenbringen würde?

Die Fahrt zur Villa kam ihr schier endlos vor, wenngleich sie nicht einmal zwanzig Minuten dauerte.

Elisabeth atmete tief durch, als der Kutscher das Pferd zügelte, den Schlag öffnete und ihr beim Aussteigen half. Sie sah zu dem Gebäude hinauf. Wie sehr hatte sie dieses Haus immer gemocht! Die sonnengelbe Farbe, die weißen Fensterrahmen, die Büsche, die das Haus umgaben, und nicht zuletzt den an die Terrasse angrenzenden kleinen Park, der sich ebenfalls im Familienbesitz befand. Sie hatte nicht damit gerechnet, dass ein Gefühl der Melancholie sie überkommen würde, doch in diesem Moment konnte sie sich dieses Gefühls nicht erwehren. Erst jetzt, wo sie als Besucherin, ja als Fremde vor der Villa stand, wurde ihr bewusst, dass es das einzige Zuhause gewesen war, das sie jemals als solches empfunden hatte.

Sie umklammerte den Umschlag, den sie aus ihrem Mantel hervorgezogen hatte, atmete einmal tief durch und stieg dann die Stufen hinauf. Noch einmal hielt sie kurz inne, um ihre Gefühle in den Griff zu bekommen, dann umfasste sie den Messingring an der Tür und klopfte.

»Einen Moment bitte«, hörte sie eine wohlbekannte Stimme rufen, und gleich darauf öffnete Anna, die Haushälterin, die schon zu Elisabeths Zeiten hier tätig gewesen war, die Tür. Sie war sichtlich überrascht, machte sogar einen Schritt rückwärts.

»Guten Abend, Anna«, sagte Elisabeth höflich. »Könnte ich bitte meinen ... könnte ich bitte Robert Hansen sprechen?«

Die Haushälterin schien unsicher, ob sie die Besucherin, wie es die Höflichkeit verlangt hätte, hereinbitten sollte. Elisabeth konnte ihre Gedanken lesen.

»Ich werde so lange hier vor der Tür warten«, entschied sie nun, und der Haushälterin war die Erleichterung darüber deutlich anzusehen.

Anna nickte. »Ich hole ihn sofort. Einen Augenblick bitte.«

Die Haushälterin verschwand, ließ die Tür aber offen stehen, wofür Elisabeth ihr fast ein wenig dankbar war. Immerhin konnte der Kutscher alles sehen und auch hören.

Es dauerte nicht lange, bis Robert aus dem Esszimmer trat und zur Tür kam.

»Guten Abend, Robert«, sagte Elisabeth. »Ich sehe, ich störe beim Essen, bitte entschuldige.«

»Elisabeth.« Er nickte ihr zu.

»Das hier ist für dich«, sagte Elisabeth so laut und deutlich, dass Augusts Kutscher, der unten vor der Treppe wartete und seinem Arbeitgeber sicher Bericht erstatten würde, garantiert alles verstand.

»Ich möchte keinen Streit und auch keinen Unfrieden mehr. Die Schuld liegt einzig und allein bei mir, und das habe ich in dem Schreiben bestätigt.«

Robert sah sie einen Moment lang an, zweifelnd, ob Elisabeth das wirklich ernst meinte.

»Komm doch bitte herein«, lud Robert sie ein. »Wir sollten das nicht an der Tür besprechen.«

»Gern. Ich danke dir.«

Elisabeth wurde von Robert ins Wohnzimmer geführt. Aus dem Esszimmer drangen Stimmen, und Elisabeth meinte, Luises herauszuhören. Sie unterdrückte den Impuls, hinüberzugehen und den Anwesenden einen guten Abend zu wünschen. Nein, sie wollte tatsächlich keinen Ärger. Das würde sie sich für einen späteren Zeitpunkt aufsparen.

Robert schloss die Wohnzimmertür, als sie beide eingetreten waren. »Bitte, setz dich doch.«

»Danke schön.« Sie nahm auf dem Ledersofa Platz, auf dem sie seinerzeit ihren Schwager Georg das erste Mal verführt hatte. Sie sah sich um. »Hier hat sich wirklich nichts verändert. Diesen Raum habe ich immer besonders gemocht.«

»Kann ich dir etwas zu trinken anbieten?«

»Nein, danke. Bitte sieh die Unterlagen durch und sag mir, ob du sonst noch etwas benötigst.«

Robert setzte sich ihr gegenüber in den Sessel und tat, worum sie ihn gebeten hatte. Er prüfte alles sorgfältig und ließ die Papiere dann sinken. »Warum hast du es dir anders überlegt?«

Elisabeth seufzte. »Weil du recht hast, das ist mir jetzt klar geworden. Wir sollten tatsächlich mit allem abschließen. Ich weiß, was du von mir hältst, Robert. Und ich habe keinen Grund mehr, dich anzulügen. Ich wollte nicht wahrhaben, dass ich dich wirklich und wahrhaftig für immer verloren habe. Wenn du jetzt sagen würdest, du willst mich zurück, dann würde ich bleiben. Doch wir wissen beide, dass das nicht geschehen wird. Und wir wissen ebenfalls, dass es richtig so ist. Schließen wir in Würde mit dem ab, was wir hatten. Das ist mein Wunsch.«

Robert sah sie an, noch immer zweifelnd und auch ein wenig misstrauisch. »Ist das dein Ernst?«

»Mein voller Ernst.« Sie lächelte schwach. »Du musst mir nicht glauben, Robert. Es ist unerheblich. Du hältst die Papiere ja in der Hand. Und ich bitte dich, sie bei Gericht einzureichen. Ja, ich bestehe sogar darauf.« Sie sah zu Boden. »Es sei denn, du ziehst in Erwägung …« Sie schüttelte den Kopf und stand auf. »Nein.«

Auch Robert erhob sich. »Ich werde die Papiere gleich morgen weiterleiten«, versprach er.

»Ich danke dir.« Sie streckte ihm die Hand entgegen, und er nahm sie. »Leb wohl, Robert. Ich wünsche dir und deiner Familie nur das Beste. Und tatsächlich wünsche ich dir sogar, dass du als geschiedener Mann für Aufregung in der Hamburger Damenwelt sorgst und die Richtige findest, die dich glücklich macht.«

»Also, Elisabeth, du verblüffst mich wirklich. Ich hätte mir nicht vorstellen können, das jemals zu denken, geschweige denn dir zu sagen.« Er schüttelte ihre Hand. »Auch für dich nur das Beste. Ich hoffe, dass du glücklich wirst.«

Sie lächelte, und dabei traten Tränen in ihre Augen. Dann wandte sie sich abrupt um und ging zur Tür.

»Warte«, sagte Robert eilig. »Luise sitzt drüben im Esszimmer. Möchtest du, dass ich sie frage, ob sie dich sehen will?«

Elisabeth drehte sich zu ihm um und legte sich die flache Hand auf die Brust. »Das ist mehr, als ich mir zu wünschen gewagt hätte. Aber bitte dringe nicht in sie. Ich werde hier warten. Wenn sie es nicht möchte, werde ich augenblicklich gehen, ohne dass sie mich zu Gesicht bekommt.«

»Ja, warte hier. Ich werde sie aus dem Esszimmer holen und auf dem Flur mit ihr sprechen.« Er seufzte. »Ihr vor Georg und Vera zu sagen, dass du im Haus bist, halte ich für keine gute Idee.«

Elisabeth schüttelte mit einem Schmunzeln den Kopf. »Nein, das ist es vermutlich nicht«, pflichtete sie ihm bei. Dann ging Robert hinaus.

Elisabeth war tatsächlich angespannt, während sie wartete. Sie trat an die Terrassentür und öffnete sie, um etwas Luft hereinzulassen. Hastig schloss sie sie jedoch gleich wieder, aus Angst, dass im nebenan liegenden Esszimmer ebenfalls jemand die Terrassentür öffnen und hinaustreten könnte.

Etwas zögernd wurde die Wohnzimmertür geöffnet, und Elisabeth drehte sich um. Ein warmes Gefühl durchströmte sie, als sie Luise hereinkommen sah.

»Guten Abend«, sagte Elisabeth förmlich und machte einen Schritt auf ihre Tochter zu, die, gefolgt von Robert, eingetreten war. Robert schloss die Tür.

»Guten Abend, Mutter.«

»Ich danke dir, dass du bereit warst, mich zu sehen.«

Luise nickte. »Vater sagt, dass du hier bist, um die Scheidungspapiere abzugeben?«

»Das ist richtig. Dein Vater und ich wollen nach all dem Hässlichen, das ich dieser Familie angetan habe, unseren Frieden schließen.«

»Ich bin überrascht über diese Erkenntnis«, sagte Luise und sah ihr fest in die Augen.

»Luise, bitte«, mahnte ihr Vater. »Elisabeth ist nicht hier, um mit uns zu streiten.«

»Robert, sie hat ja recht. Es ist so viel geschehen, und wenn überhaupt, kann nur die Zeit die Wunden heilen. Das vermögen weder schöne Worte noch Gesten. Ich sollte jetzt auch wieder gehen.« Sie lächelte Luise an. »Dennoch möchte ich dir sagen, dass ich mich freue, dich kurz gesehen zu haben. Ich wünsche dir und dem Kind alles Gute. Und natürlich auch deinem Ehemann«, beeilte sie sich hinzuzufügen.

»Du weißt von meiner Schwangerschaft?«, fragte Luise überrascht.

»Nur weil ich viele Fehler gemacht habe, heißt das nicht, dass ich dich oder Martha je hätte vergessen können. Ihr seid meine Töchter, und so gut es mir möglich ist, halte ich mich über euer Leben auf dem Laufenden. Aber keine Sorge, ich werde euch nicht belästigen.«

Luise war überrascht. »Ich hatte nicht damit gerechnet, dass du dich dafür interessierst.«

»Das kann ich dir nicht verdenken«, sagte Elisabeth und machte noch einen Schritt auf Luise zu. Einen Moment war sie in Versuchung, die Hände ihrer Tochter zu nehmen, doch die Geste schien ihr zu vertraulich. »Wann immer ich dir irgendwie helfen kann, werde ich für dich da sein. Und auch wenn ich weiß, dass du nie kommen wirst, so tut es doch gut, dass ich dir das sagen durfte. Leb wohl, Luise.«

»Leb wohl.« Luise stand das Misstrauen ins Gesicht geschrieben, doch Elisabeth ging nicht darauf ein.

»Warte kurz«, bat Robert und öffnete die Tür. »Ich sehe nach, ob jemand auf dem Flur ist.« Dann gab er Elisabeth ein Zeichen, die sich beeilte, vom Wohnzimmer aus den Flur zu überqueren und zur Haustür zu gelangen.

Robert folgte ihr, ging an ihr vorbei und öffnete die Haustür. Elisabeth verließ sofort die Villa, drehte sich aber draußen noch einmal zu Robert um. »Vielen Dank, dass du mir diese Begegnung ermöglicht hast.«

»Leb wohl, Elisabeth. Ich wünsche dir, dass du dein Glück findest.«

»Das Gleiche wünsche ich auch dir.« Sie ging die Stufen hinunter und ließ sich von dem Kutscher beim Einsteigen helfen. Gleich darauf setzte er sich auf den Kutschbock und trieb das Pferd an. Ohne zu wissen, weshalb, liefen Elisabeth die Tränen über die Wangen. In diesem Moment war sie überzeugt, dass sie jedes ihrer Worte wirklich so gemeint hatte.

Aber wollte sie die Hansens denn nicht dafür büßen lassen, dass sie sich ihr gegenüber so unnachgiebig gezeigt hatten? Sie wusste es selbst nicht mehr. Nur dass sie das erste Mal seit vielen Jahren so etwas wie Liebe gefühlt hatte, wurde ihr in diesem Moment schmerzlich bewusst.

Die Rückfahrt zur Villa Frederiksen kam ihr schrecklich kurz vor. Sie hatte sich noch nicht wieder vollständig gesammelt, als sie dort eintraf und August von dem Gespräch mit Robert und Luise erzählte. Und wieder liefen ihr dabei die Tränen über die Wangen.

Doch dieses Mal hielt August sie tröstend in seinen Armen. Ein Gefühl, das sie genoss.

13. Kapitel

Erwin Weber – oder Jakob Saitenschläger, wie er sich seit einiger Zeit nannte – hielt sich für keinen schlechten Menschen. Gut, er war nicht gerade ein Vorzeigebürger, aber das war es auch nicht, was er anstrebte. Er wusste, dass er vor allem eines für sein Glück benötigte: Geld. Und ja, er brauchte viel davon. Schließlich hatte er sich an einen gewissen Lebensstil gewöhnt, und er war keinesfalls gewillt, den wieder aufzugeben.

Sein Vater war ein einfacher Schuster gewesen, der den Leuten meistens zu wenig für seine Arbeit abgenommen hatte. Erwins Mutter hatte oft mit ihrem Mann geschimpft, weil sie nicht genügend Geld hatten, um ihre Söhne – es waren sieben an der Zahl – ausreichend ernähren zu können.

Erwin war das fünfte Kind, und wie es schien, war er weder ein Wunschkind gewesen, noch hatte man etwas gegen ihn gehabt. Ihm kam es so vor, als sei es einfach allen egal, ob er da war oder nicht.

Das einzige Vergnügen in Erwins Kinderzeit bestand darin, dass sein Vater stets einmal im Jahr, und zwar immer am 2. Jänner, die Schuhe, die im Lauf des vergangenen Jahres nicht abgeholt worden waren, aussortierte und seine Jungen sich dann ein Paar, manchmal sogar zwei aussuchen durften. Im Alter von elf Jahren wählte Erwin ein Paar schwarze Herrenschuhe aus, die ihm damals noch viel zu groß waren. Doch er hatte von dem Tag an, als er sie mit Papier ausstopfte und voller Stolz trug, nur noch ein einziges Ziel in seinem Leben gekannt: Er würde es sich eines Tages leisten können, sich genau so ein Paar, ach was … *Hunderte* solcher Paare zuzulegen. Und er würde dazu die feinsten Anzüge tragen, und niemand würde über ihn lachen, denn sie würden ihm weder zu groß sein noch zu altmodisch.

Er sah keinen Sinn darin, in die Schule zu gehen, sondern schlich sich stets davon, um in den Gassen von Steyr, wo er damals mit seiner Familie lebte, zu Geld zu kommen. Mit dem Putzzeug, das er aus der Werkstatt seines Vaters ausgeliehen hatte, verdiente er als Schuhputzer ein paar Münzen und wenn er den Frauen auf dem Wochenmarkt half, ihre Stände aufzubauen. Ja, Erwin hatte sich immer irgendetwas einfallen lassen, um zu Geld zu kommen, doch erst als er zu kleineren Diebstählen übergegangen war, hatte er das Gefühl, dass es sich für ihn lohnte.

So war sein Weg im Grunde vorgezeichnet gewesen, aber er sah sich keinesfalls als Opfer widriger Umstände. Er tat, was er für richtig hielt, und freute sich, wenn jemand dumm genug war, auf ihn hereinzufallen.

Er war gerade mal fünfzehn Jahre alt, als er seinen Heimatort verließ und sich nach Wien durchschlug. Dort war das Stehlen viel leichter als zu Hause, vor allem weil die Wachleute sein Gesicht noch nicht kannten, während er in Steyr bereits bekannt gewesen war wie ein bunter Hund. Überhaupt hatte er den Eindruck, dass die Sicherheitswache in Wien nicht so sehr daran interessiert war, kleinere Delikte zu verfolgen, wie Erwin sie beging. Deshalb hatte er die Wache bisher nur ein paarmal von innen gesehen, und es war auch nur zweimal Anklage gegen ihn erhoben worden, die mit einer geringen Geldstrafe abgewendet werden konnte. Allerdings, und das wusste Erwin aus Erfahrung, wurden die Leute achtsamer, wenn der Name schon mehr als einmal notiert worden war. Und deshalb war aus Erwin Weber schließlich Jakob Saitenschläger geworden. Dieser Name gefiel ihm, weil er sich früher immer gewünscht hatte, Gitarre spielen zu können.

Nachdem er, was die Diebstähle anging, vorsichtiger werden musste, hatte er sich überlegt, wie er sonst an Geld kommen könnte. Durch das, was er sich inzwischen zusammengestohlen hatte, war es ihm möglich, sich stets sehr gut und überaus modisch zu kleiden. Ein Umstand, der ihm dann die nächsten Möglichkeiten zur Mehrung seines Vermögens bieten sollte.

Als er etwa zwanzig Jahre alt war, saß er in einem noblen Kaffeehaus in Wien, trank dort wie die anderen fein betuchten Menschen einen Kaffee und hielt sich eine Zeitung vors Gesicht, während er ausbaldowerte, welcher der anwesenden Gäste ein leichtes Opfer wäre, um ihm die gut gefüllte Brieftasche zu stehlen und kurz darauf das Kaffeehaus zu verlassen.

Es war an jenem Tag übervoll dort gewesen, und er bekam fast zu spät mit, dass eine Frau, sie mochte um die vierzig sein, mitten im Kaffeehaus stand und nach einem freien Platz Ausschau hielt. Sie sah gepflegt aus, ihr Schmuck verriet einen mehr als nur bescheidenen Wohlstand, und so bot Jakob ihr, gerade als sie schon wieder gehen wollte, einen Platz an seinem Tisch an. Die Dame, sie hieß Meta Knoll, entpuppte sich als die reiche Witwe des Salzhändlers Luitpold Knoll, der im vergangenen Jahr dahingeschieden war.

Jakob kam mit ihr ins Gespräch, und sie schien dankbar für die Unterhaltung, denn sie hatte seit dem Tod ihres Mannes keinen Menschen mehr, der sich die Zeit nahm, mit ihr zu plaudern. Sie erzählte von einem Sohn, der bereits erwachsen war und etwa in Jakobs Alter sein mochte. Jakob ließ seinen Charme spielen, sagte ihr, dass es unmöglich sein könne, dass eine Frau wie sie, so jung und in der Blüte ihrer Jahre, bereits einen erwachsenen Sohn habe. Sie blieben etwa zwei Stunden sitzen und plauderten. Als sie sich voneinander verabschiedeten, sagte Jakob, dass er am nächsten Tag wieder zur gleichen Zeit im Kaffeehaus sein und sich freuen würde, wenn auch sie den Weg dorthin fände. Natürlich kam sie. So ging es dann fünf Tage lang, bis sie ihn schließlich zu sich nach Hause einlud.

Zwar wusste Jakob zu diesem Zeitpunkt noch nicht genau, was er sich von dieser neuen Bekanntschaft versprechen konnte, doch er hatte das Gefühl, dass es sein Schaden nicht sein würde, wenn er sich Meta Knoll warmhielte. Etwa eine Woche später blieb er das erste Mal über Nacht, und rund zwei Monate später verabschiedete er sich am Morgen von ihr. Das Versprechen, am Abend wiederzukommen, hielt er nicht ein, und er sah sie nie wieder. Von dem Geld, das er Meta Knoll abgeschwatzt hatte, konnte er fast ein Jahr lang sorgenfrei leben.

Danach war Jakob nicht mehr derselbe. Er hatte das süße Leben gekostet und war nun nicht mehr bereit, auf irgend-etwas, das er begehrte, zu verzichten. Er ließ seine Anzüge nur von den besten Schneidern fertigen, an seine Haare durfte nur ein einziger Coiffeur in Wien, und vor Kurzem hatte er ent-deckt, dass die Gemischtwarenhandlung Nägele & Strubell als einziges ihm bekanntes Geschäft neben Parfümerie- und Drogeriewaren für die Damenwelt auch einen Herrenduft in einem Kristallflakon anbot, den Jakob begeistert kaufte. Und dann natürlich seine Schuhe. Ja, seine Schuhe waren noch um einiges schicker als alle, die er je bei seinem Vater in der Werkstatt gesehen hatte, und fast ärgerte es Jakob, dass er nicht wenigstens einmal so bei seinen Eltern aufkreuzen konnte, damit sie sahen, was aus ihm geworden war. Aber um der Eitelkeit willen den Weg nach Steyr auf sich zu nehmen, war Jakob dann doch nicht wichtig genug.

Jakobs Leben hatte sich also genauso entwickelt, wie er es gewollt hatte. Und die Damenwelt glücklich zu machen, fand er auch jenseits des finanziellen Aspekts überaus angenehm. Nie hätte er etwas mit einer gar zu reifen Frau angefangen oder einer, die ihm nicht gefiel. Nein, da war Jakob wählerisch. Es gab genug Frauen, die früh Witwe geworden waren oder durch ihren Ehemann reichlich Geld zur Verfügung hatten und nach Schmeicheleien, Anerkennung und ein bisschen Vergnügen lechzten. Jakob war nur allzu gern bereit, ihnen das alles zu geben und sich dafür fürstlich entlohnen zu lassen.

Seine letzte Liebschaft, die erst vor Kurzem zu Ende gegangen war, war jedoch ein Fehler gewesen, der auf seine Nachlässigkeit zurückzuführen war. Als Jakob das Kaffeehaus Loising, wie es noch immer draußen auf dem Schild stand, betrat und die Frau sah, die souverän die Serviererinnen anwies und alles im Griff zu haben schien, war er sicher gewesen, dass es sich um die Inhaberin handeln musste, von der er schon einiges gehört hatte. Jeden Tag war er fortan hingegangen, hatte mit ihr geplaudert und ihr schöne Augen gemacht. Es hatte nicht viel gebraucht, sie herumzubekommen. Doch als sie ihn zu sich nach Hause einlud, erkannte er, dass er einem Irrtum erlegen war. Keine Frau, die ein gut gehendes Kaffeehaus ihr Eigen nannte, würde in derart bescheidenen Verhältnissen leben.

So war Jakob eigentlich schon nach kurzer Zeit entschlossen, wieder aufzubrechen, doch dann sagte Frieda etwas, das ihn hellhörig werden ließ. Womöglich lag es an dem Wein, den er mitgebracht hatte und den sie, wie sie selbst sagte, nicht vertrug, da sie sonst nie Alkohol trank.

Zumindest löste der Wein ihre Zunge, und sie erzählte ihm, wie sie damals als erste Angestellte bei Therese Loising zu arbeiten begonnen hatte und wie sie gemeinsam das Kaffeehaus nach und nach zum besten in ganz Wien gemacht hatten. Und dass sie sich inzwischen auf die doppelte Fläche vergrößert hatten, da Therese vor einigen Jahren das Geschäft nebenan erworben und mehrere Wände durchgebrochen hatte, um noch mehr Gäste bewirten zu können.

Jakob hatte sie reden lassen, und je mehr Wein sie trank, desto klarer erkannte er, dass sie zutiefst unzufrieden damit war, stets nur in der zweiten Reihe zu stehen. Wie gut er sie verstehen konnte! Frieda wollte mehr als das, was sie hatte, und war einfach nicht länger bereit, sich mit dieser Situation abzufinden. Jakob fragte immer wieder nach, vorsichtig und sanft, und hörte aufmerksam zu. Er heuchelte Verständnis für sie, aber auch für Therese, denn schließlich würde diese, so sagte Jakob, mit dem Kaffeehaus bestimmt keine Reichtümer anhäufen. Doch an dieser Stelle widersprach Frieda heftig, womit Jakob die Information bekam, die er sich erhofft hatte.

Frieda erzählte von einer Kassette, in der genug Geld war, um mindestens ein halbes Jahr lang die Löhne aller Angestellten bezahlen und auch noch reichlich Waren kaufen zu können. Und jeden Tag kam etwas mehr hinzu.

In diesem Moment hatte Jakob den Plan gefasst, dass er genau diese Geldkassette in die Finger bekommen wollte. Und Frieda würde er dazu benutzen, unbemerkt in dieses Kaffeehaus hinein- und auch wieder hinauszukommen.

Die nächsten Wochen verbrachten sie jeden Tag miteinander, und oft besuchte Jakob sie auch noch an ihrem Arbeitsplatz. Er schürte ihre Unzufriedenheit und bisher unterdrückte Verbitterung, um sie ganz und gar gefügig zu machen. Immer eindringlicher beschwor er sie, dass sie die eigentliche Seele des Kaffeehauses sei und ihr wesentlich mehr zustehe als nur der mickrige Lohn, den sie wöchentlich bekam. In jedem Moment, den sie teilten, spürte er, wie ihr Verdruss größer wurde und das Gefühl, benachteiligt zu werden. Dann endlich glaubte er, ein Stück weitergehen zu können, und schlug Frieda vor, die Geldkassette zu holen, deren

Inhalt ihr eher zustehen würde als Therese Hansen. Und sein Plan ging auf.

Dass dann plötzlich alles schiefgelaufen und man ihnen so schnell auf die Schliche gekommen war, war einfach Pech gewesen. Jakob war nicht davon ausgegangen, dass außer dem Ehepaar Hansen nur Frieda von dem Versteck wusste und die Zahl der Verdächtigen somit verschwindend gering war. Wenn er wieder eine solche Sache durchziehen würde, würde ihm dieser Fehler nicht noch einmal unterlaufen, und er würde auch solche Kleinigkeiten, die ihm am Ende zum Verhängnis werden konnten, genau hinterfragen.

Aber das war für Jakob noch lange kein Grund, das Geld endgültig verloren zu geben. Vor allem hatte er jetzt mit dem Mann dieser Kaffeehausbesitzerin, diesem Karl Hansen, eine Rechnung offen. Egal, welche Gaunerei er bisher begangen hatte, nie zuvor war er tätlich angegriffen worden. Dieser Kerl hatte ihn zu Boden geschlagen, und Jakob fand es nur gerecht, dass der dafür bezahlen sollte.

Er hatte in den letzten Tagen das Kontor von diesem Kerl beobachtet und sich mit den Abläufen vertraut gemacht. Es gab nur einen Angestellten, einen jungen Kerl, der den Laufburschen gab und sich für diesen Hansen krumm machte. Zwei Tage war er Karl Hansen auf Schritt und Tritt gefolgt, ohne dass dieser ihn bemerkt hätte. Dazu hatte Jakob sich eigens eine alte Hose, ein unauffälliges Sakko und Schuhe besorgt, die er unter normalen Umständen niemals getragen hätte. Einen weiteren Tag hatte er sich an die Fersen des Laufburschen geheftet, als dieser mit dem Handwagen loszog und diverse Anschriften ansteuerte, um Säcke mit Kaffee- oder Kakaobohnen auszuliefern. Geld hatte er nie kassiert, was bedeutete, dass die Kunden vermutlich direkt im Kontor bezahlten.

Als Karl Hansen sich gestern vor Ladenschluss auf den Heimweg gemacht hatte, war Jakob ihm wieder nachgegangen.

Kurz bevor sie das Haus der Hansens erreicht hatten, das er inzwischen auch von allen Seiten kannte, war Jakob im Eilschritt zum Kontor zurückgelaufen und hatte dort Interesse am Kauf von Kaffee- und Kakaobohnen gezeigt. Der Angestellte von diesem Hansen hatte ihn ausführlich beraten und ihm die Besonderheiten der verschiedenen Bohnen erläutert. Ihn schien nicht zu stören, wie Jakob aussah und dass er womöglich gar nicht genug Geld hatte, um irgendetwas zu kaufen.

Am Ende nahm Jakob tatsächlich die kleinste Menge Kakaobohnen, die dort zu erwerben war, sodass er genau beobachten konnte, wie der Angestellte die Kasse öffnete und das ihm überreichte Geld hineinlegte. Ein geübter Blick genügte Jakob, um zu sehen, dass es sich durchaus lohnen würde, hier zuzugreifen.

Doch er wollte nicht nur dieses Geld haben, sondern die gesamten Einnahmen, von denen er bisher nicht wusste, ob dieser Hansen sie mit nach Hause nahm, im Kontor versteckte oder ganz woanders aufbewahrte. Aber er würde diesen Kerl keinesfalls vom Haken lassen, dafür war seine Wut auf ihn noch immer viel zu groß.

Heute stand er wieder auf seinem Beobachtungsposten gegenüber dem Kontor und wartete. Als er Hansen vor die Tür treten sah, überlegte er kurz, ob er ihm folgen oder doch lieber den Angestellten im Blick behalten sollte. Es schien Jakob, als hätte Hansen sich für heute von seinem Mitarbeiter verabschiedet. Vermutlich würde er also nicht noch mal zurückkommen und hatte heute früher als sonst seine Arbeit beendet. Es war nicht zu erkennen, ob er Geld bei sich trug. Andererseits konnte er es, wenn es sortiert und verpackt war, ebenso gut in seinem Jackett bei sich tragen, ohne dass Jakob es von hier aus sehen konnte. Dennoch entschloss er sich, ihm zu folgen. Vielleicht würde Hansen ihn ja auf direktem Weg dorthin führen, wo er sein Geld aufbewahrte. Jakob musste einfach Geduld haben und Hansen weiter im Auge behalten. Dann würde er in den nächsten Tagen schon dahinterkommen.

Karl verließ das Kontor und atmete noch einmal tief durch. Ihm stand ein schwerer Gang bevor, und die nächsten Stunden, dessen war er sich sicher, würden ihm alles abverlangen.

Die Zeit, die er mit Florentinus verbrachte, erfüllte ihn wie kaum etwas in seinem Leben, und auch wenn er wusste, dass es falsch, ja ganz schrecklich falsch war, mochte er sich nicht vorstellen, dass diese Zeit nun ein Ende finden sollte.

Auf dem Weg zu der Wohnung dachte er noch einmal über alles nach. Womöglich wollte Florentinus ihr Verhältnis auch gar nicht beenden, vielleicht würden sie ja irgendwie einen gemeinsamen Weg finden. Doch wie könnte dieser aussehen? Es würde immer verboten sein, niemals wäre es ihnen möglich, ihr Versteckspiel aufzugeben. Und das nicht nur, weil Homophilie und Sodomie, die von den Gesetzgebern zusammengewürfelt worden waren, strafbar waren. Nein. Sein Geliebter war der Bruder seiner Frau, seiner über alles geliebten Therese, und der Onkel seiner Kinder. Es würde niemals einen gemeinsamen Weg geben, und sie beide wussten das.

Deshalb war es nur vernünftig, dass sie heute einen Schlussstrich zogen. Es war der einzig richtige Weg.

Fast wäre er an dem Haus vorbeigegangen, so sehr war er in seinen Gedanken gefangen. Einen Moment blieb er davor stehen, dann betrat er das Gebäude mit den vier Wohnparteien, für das Florentinus und er einen Schlüssel besaßen.

Er schleppte sich die Stufen hinauf zu der Wohnung im Obergeschoss, schloss auf und trat ein. »Florentinus?«, fragte er.

»Im Wohnzimmer«, hörte er die Stimme seines Geliebten.

Mit einem Seufzen legte er den Schlüssel auf das kleine Schränkchen im Flur, zog sein Jackett aus, hängte es an die Garderobe und ging ins Wohnzimmer.

Florentinus blickte auf, als Karl eintrat. Ihm war anzusehen, dass er geweint hatte.

Karl nahm auf dem Sessel neben dem Sofa Platz. »Wie geht es dir?«

Florentinus sah ihn an. »Ich denke, wir wissen wohl beide, dass das heute unser letzter gemeinsamer Abend ist, nicht wahr?«

»Ja«, sagte Karl tonlos.

»Thereses Bemerkung, dass sie sterben würde, sollte einer von uns sie hintergehen, geht mir nicht mehr aus dem Kopf.«

»Mir auch nicht«, stimmte Karl zu. »Einen Moment lang fürchtete ich sogar, sie wüsste, was uns verbindet.«

»Aber das denkst du doch nicht wirklich, oder?«, sagte Florentinus erschrocken. »Ich meine, sie kann doch nichts davon wissen!«

»Nein, nein«, versuchte Karl ihn sogleich zu beruhigen. »Es war nur ein Gefühl, das dem schlechten Gewissen entsprang.«

»Und wie, meinst du, soll es uns künftig möglich sein, miteinander umzugehen?«

»Das ist es, was auch mir die größte Sorge bereitet«, sagte Karl. »Wenn ich dich nicht sehe, halte ich es aus. Die viele Arbeit, Therese, die Kinder, all das lenkt mich auf wunderbare Weise ab. Doch wenn du vor mir stehst oder ich dich sehe, sei es bei einem Familientreffen oder einem anderen Anlass, dann weiß ich sofort, dass ich nicht ohne dich leben kann.«

»Und dennoch können wir so nicht weitermachen«, konstatierte Florentinus.

»Du hast recht, das können wir nicht«, stimmte Karl zu. Kurz zögerte er. »Nur eines möchte ich wissen: Gibt es einen anderen Mann?«

Florentinus sah ihn geradezu entsetzt an. »Du kennst die Antwort auf diese Frage, Karl. Es käme einer Beleidigung gleich, solltest du das wirklich ernst meinen.«

»Entschuldige bitte«, sagte Karl. »Natürlich war die Bemerkung unsinnig.« Er atmete tief durch. »Vor allem wäre ich der Letzte, der dir Vorhaltungen machen dürfte. Ich bin schließlich mit deiner Schwester verheiratet.«

Florentinus war anzusehen, dass ihm eine Frage auf den Lippen lag, und Karl glaubte zu wissen, welche es war. Es trieb ihn um, ob Karl und Therese nachts beieinanderlagen. Doch Florentinus schwieg.

»Ich denke, ich werde jetzt gehen«, sagte Karl und stand auf.

»Nein, noch nicht.« Florentinus schoss in die Höhe. »Ich meine, es ist das letzte Mal, dass wir uns hier sehen. Es ist das letzte Mal, dass ich dich für mich haben kann. So darf es nie wieder sein!«

Karl zögerte, dann beugte er sich zu Florentinus und küsste ihn. Zärtlich und sanft, ohne jede Forderung. Florentinus erwiderte den Kuss, legte seinen Arm um Karls Schultern und zog ihn näher zu sich heran. Sie küssten sich noch mal, diesmal etwas leidenschaftlicher. Schließlich löste Karl sich aus der Umarmung und sah den Geliebten an. »Es wird mir das Herz brechen, wenn ich gehen muss.«

»Und mir, dass ich dich ziehen lassen muss.«

Karl holte tief Luft, dann nahm er Florentinus bei der Hand und ging mit ihm ins Schlafzimmer.

»Lass mich dich noch ein letztes Mal spüren«, bat Karl und begann Florentinus das Hemd aufzuknöpfen. Ganz zärtlich und ohne Hast entkleideten sie einander, so als wollten sie den Moment hinauszögern, da ihr Stelldichein enden musste. Karl zündete die Kerzen an, die auf dem Nachttisch standen. Dann ließen sie sich auf das Bett niedersinken und spürten nichts als den Körper des anderen und das unsagbare Verlangen, diesen nie wieder loszulassen.

Jakob hatte beobachtet, wie Karl Hansen einen Schlüssel hervorgezogen hatte und in das Haus hineingegangen war. Als er glaubte, sicher sein zu können, dass dieser nicht nur etwas dort abholte, sondern offenbar länger verweilen würde, ging er hinüber und sah auf die Namensschilder. Der Name Loising fiel ihm sofort ins Auge.

Er traf sich also mit seinem Schwager, diesem großen Kerl, der dabei gewesen war, als sie in Friedas Wohnung gekommen waren, um ihm das Geld wieder wegzunehmen, für das er so lange an Frieda herumgemacht hatte.

Jakob war somit gewarnt, diesen Hansen, selbst wenn er mit einem ganzen Sack voll Geld herauskommen würde, keinesfalls hier zu überfallen. Ein Schrei genügte, damit der andere ihm zu Hilfe eilen würde.

Unschlüssig, was er nun tun sollte, blieb er noch einen Moment stehen. Es war inzwischen dämmrig geworden. Das Namensschild Loising war oben angebracht, was darauf hindeutete, dass sich die Wohnung im Obergeschoss befand. Oder war die Anordnung willkürlich? Jakob machte ein paar Schritte rückwärts. Hm. Soweit er es erkennen konnte, war in den Wohnungen im Obergeschoss kaum Licht zu sehen. Die eine war vollkommen dunkel, in der anderen schien von Zeit zu Zeit etwas wie eine Kerze zu flackern. Die unteren Wohnungen hingegen waren hell erleuchtet.

Jakob schlich ein Stück am Haus entlang und richtete sich dann vorsichtig unter dem ersten Fenster auf. Er sah einen Mann und eine Frau, die beim Abendessen im Wohnzimmer saßen. Er schlich weiter und konnte den nächsten Raum als Schlafzimmer ausmachen, doch dieses war unbeleuchtet. Die Wohnung daneben war genauso geschnitten. Hier saß eine Mutter mit ihrem Sohn auf dem Sofa und brachte ihm offenbar das Lesen bei, denn er fuhr konzentriert mit dem Zeigefinger die Zeilen des Buches entlang, das er in der Hand hielt, während die Mutter zusammen mit ihm die Lippen bewegte, als sprächen sie gemeinsam den Text.

Jakob trat ein paar Schritte zurück, um in den oben gelegenen Wohnungen etwas erspähen zu können. Das war jedoch nicht möglich. Abgesehen davon wollte er nicht ganz ungeschützt auf der Rasenfläche herumstehen, da er sonst von Hansen sofort entdeckt werden würde, wenn dieser das Haus verließe. Er suchte Schutz unter dem Baum vor dem Haus, der im Sommer gewiss einen guten Schattenplatz bot. Eine Weile stand er dort, dann sah er am Stamm hoch. Er hatte alte Sachen an, bei denen ein Riss oder Dreck nicht viel ausmachte. Er musste nur den untersten Ast erreichen, dann könnte er von dort aus weiter nach oben klettern.

Als er das erste Mal absprang, verfehlte er den Ast. Beim zweiten Mal jedoch konnte er ihn ergreifen, sich hochschwingen und darauf zum Sitzen kommen. Einen Moment verharrte er, dann rutschte er auf dem Hosenboden näher an den Stamm heran und stellte sich schließlich hin. Erst jetzt erkannte er, dass einige starke Äste bis nah an die Balkone der oberen Wohnungen ragten, sodass man, stellte man sich nicht gar zu ungeschickt an, von da aus hinüberklettern und dann vom Balkon in das Wohn- und Schlafzimmer blicken konnte.

In der linken Wohnung war noch immer alles dunkel, in der rechten sah man das schwache Flackern von Kerzen. Jakob entschied sich also für den rechten Balkon. Vorsichtig tastete er sich Schritt für Schritt voran, stets abwartend, ob der Ast sein Gewicht auch trug. Anfangs bewegte der Ast sich so gut wie gar nicht. Aber je weiter er balancierte, desto wackeliger wurde die Angelegenheit, und Jakob hatte Mühe, das Gleichgewicht nicht zu verlieren. Als er so weit gekommen war, dass er nur noch einen großen Schritt machen musste, um den Balkon zu erreichen, gab dieser ein verräterisches Knacken von sich. Einem ersten Impuls folgend, wollte Jakob sich eilig zurückziehen, dann jedoch fasste er sich ein Herz und sprang ab. Sicher wie eine Katze landete er auf dem äußeren Rand des Balkons, sodass er nur noch über die Brüstung klettern musste, um besten Einblick in die Zimmer zu haben. Sofort ging er in die Hocke und verharrte einen Moment reglos. Als sich nichts tat, wagte er sich erneut vor.

Er spähte durch das Fenster und konnte ein typisches Wohnzimmer erkennen, das im Schnitt genau denen in den beiden unteren Wohnungen glich. Es stand jedoch kein Esstisch im Raum, sondern lediglich eine Couchgarnitur mit zwei Sesseln. Ansonsten wirkte die Einrichtung unauffällig und schlicht. Wenn hier jemand wohnte, der Geld hatte, so gab er es jedenfalls nicht für die Wohnungseinrichtung aus.

Jakob blieb in der Hocke und schlich ein Stück weiter den Balkon entlang. Ganz leise, um nur ja kein Geräusch zu machen. Er erreichte das Fenster, hinter dem Kerzenschein flackerte. Hier war also damit zu rechnen, dass sich jemand im Raum befand. Jakob sah durch die Scheibe. Anfangs konnte er nicht allzu viel erkennen, weil die Gardine am Fenster aus einem dickeren Stoff war und den Einblick erschwerte. Er nahm Bewegungen wahr, dann wieder das Flackern von Kerzen. Er brauchte eine Weile, um zu erkennen, vor allem aber um zu begreifen, was er da sah. Tatsächlich war er einen kurzen Moment lang schockiert. Karl Hansen, der ihn geschlagen hatte, kauerte auf dem Bett, hinter ihm, an ihn gepresst, der andere, sein Schwager, der sich rhythmisch bewegte und genussvoll den Kopf in den Nacken warf.

Jakob hielt sich für einen mit allen Wassern gewaschenen Kerl, dem nichts fremd war. Doch als er die beiden Männer miteinander sah, kam ihm das so widerlich, so ganz und gar verkehrt vor. Er konnte es kaum glauben.

Er wusste nicht, wie lange er den beiden zugesehen hatte, bis er sich angewidert abwandte und für einen Moment auf den nassen Steinboden des Balkons setzte, um wieder zu Atem zu kommen und ganz zu erfassen, was er gerade beobachtet hatte. Doch sein Schock währte nicht lange. Immer klarer wurde das Bild vor seinem geistigen Auge, was er da gesehen hatte: seine Zukunft. Seine Zukunft in Form eines nicht endenden Geldflusses, wollten die beiden Hengste dort drin nicht riskieren, dass irgendjemand von ihrem schmutzigen Geheimnis erfuhr.

So leise er konnte, kletterte er über die Brüstung und stieß sich kräftig genug ab, um den Ast zu erreichen und sich an den Zweigen darüber festzuhalten. Wieder knarrte der Ast bedenklich, doch diesmal eilte Jakob sofort in Richtung Stamm und kletterte hinunter. Er zerriss sich das Sakko, doch das war ihm egal. Unten angekommen, klopfte er sich den gröbsten Schmutz von der Hose und ging davon.

An der nächsten Hausecke begann er gut gelaunt ein Liedchen zu pfeifen. Jakob Saitenschläger würde nie wieder zu wenig Geld haben. Er fühlte sich einfach herrlich.

14. Kapitel

Frederike verspürte wahrlich keine große Lust, schon wieder mit Bruno Richter und ihren Eltern zu Abend zu essen, aber sie hatte keine Wahl.

Sie trug eines ihrer besten Kleider, das blaue mit dem weißen Bluseneinsatz, und steckte sich gerade widerwillig die Haare auf, als es laut an ihre Zimmertür klopfte und ihre Mutter hereinstürmte, natürlich ohne eine Anstandssekunde abzuwarten.

»Frederike, du musst sofort kommen!«

»Was ist denn um Himmels willen los?«

»Ludwig hat soeben angerufen. Martha ist die Treppe hinuntergestürzt und hat sich am Bein verletzt ... oder am Arm – ach, ich weiß es nicht so genau«, erklärte sie aufgeregt. »Das Personal hat seinen freien Abend, nur der Kutscher ist da. Ludwig muss Martha dringend ins Spital bringen, aber er würde Eduard lieber zu Hause lassen. Ein Krankenhaus ist nun mal kein Ort für ein Kind. Ich weiß, es ist eine Zumutung – vor allem weil du dich gewiss auf den Abend mit Bruno gefreut hast –, doch könntest du dir vorstellen, auf den kleinen Eduard aufzupassen, damit Ludwig mit Martha ins Spital fahren kann? Luise ist noch nicht zu Hause, sonst hätte ich sie gebeten.«

»Aber ja. Selbstverständlich.« Frederike wollte sich die Begeisterung darüber, dass sie nicht nur dem Abend mit Bruno Richter entgehen würde, sondern darüber hinaus, und sei es nur kurz, Ludwig sehen würde, nicht allzu sehr anmerken lassen.

Ein letzter Blick in den Spiegel: Für einen Abend, an dem sie lediglich Eduard hüten sollte, war sie eigentlich zu fein angezogen. Aber jetzt war nicht mehr die Zeit, sich umzukleiden. Und wenn sie ehrlich war, freute sie sich sogar, besonders hübsch auszusehen, wenn sie Ludwig unter die Augen trat. Wie unsinnig dieser Gedanke doch war! Ludwig war in Sorge um seine Ehefrau, und ganz abgesehen davon interessierte er sich seit Jahren nicht mehr für Frederike.

»Was ist denn nun?«, fragte Vera ungeduldig. »Ich habe die Kutsche bereits anspannen lassen.«

»Ich komme ja schon.« Frederike griff nach dem Schal, den sie für den Abend bereitgelegt hatte, und eilte hinter ihrer Mutter her.

»Gib acht auf der Treppe, dass du nicht auch noch stolperst«, mahnte Vera.

Unten wartete Georg, dem ebenfalls anzusehen war, dass er sich sorgte. »Ich habe versucht, Robert im Kontor zu erreichen. Doch weder er noch Luise sind dort. Entweder sind sie bereits auf dem Weg nach Hause, oder sie haben noch einen Termin.«

»Wenn du dich mehr in die Firma einbringen würdest, wüsstest du davon«, giftete Vera, doch sofort verzog sie das Gesicht. »Entschuldige bitte, das hätte ich nicht sagen sollen. Die Aufregung …«

»Schon gut«, sagte Georg, aber die Zweifel, ob seine Ehefrau ihr Versprechen, künftig respektvoll mit ihm umzugehen, tatsächlich halten würde, standen ihm ins Gesicht geschrieben. Sie tauschten noch einen Blick, dann sah Georg zu seiner Tochter. »Es ist ein Jammer, dass Bruno dich so nicht zu Gesicht bekommt. Du bist wirklich wunderschön.«

Frederike lächelte etwas verlegen. In diesem Moment wurde die Tür geöffnet, und Hugo trat herein. »Die Kutsche steht bereit, gnädige Herrschaften«, vermeldete er. Und sofort eilte Frederike ihm entgegen.

Vera wollte ihr folgen, wurde aber von Georg zurückgehalten. »Es bringt nur noch mehr Unruhe, wenn wir alle mitfahren. Lass Frederike das erledigen.«

Vera öffnete den Mund, um etwas zu erwidern, doch dann nickte sie. »Du hast sicher recht. Bitte, Frederike, gib uns Bescheid, sobald ihr Näheres wisst.«

»Das werde ich. Grüßt Bruno von mir und sagt ihm, wie leid es mir tut, heute Abend nicht dabei sein zu können.«

Fast hätte Georg aufgelacht. »Den Unterton habe ich gehört, junge Dame.«

Frederike hob nur den Arm und verabschiedete sich, ohne sich noch einmal umzudrehen. Sie konnte sich ein Schmunzeln nicht verkneifen und wollte nicht, dass ihre Eltern es sehen konnten. Ihre Mutter schien tatsächlich zu glauben, dass Frederike sich auf den Abend gefreut hatte. Doch ihr Vater war nicht so einfältig.

»Und komm gleich zurück, Hugo«, rief Vera dem Kutscher zu.

»Jawohl, gnädige Frau«, erwiderte dieser, schloss die Tür und beeilte sich, um noch vor Frederike die Kutsche zu erreichen, damit er ihr den Schlag aufhalten konnte.

Nachdem Frederike eingestiegen war, schwang er sich auf den Kutschbock und trieb das Pferd an.

»Guten Abend, Ludwig«, sagte Frederike, als der Mann ihrer Cousine ihr die Hand reichte, um ihr aus der Kutsche zu helfen, als diese vor der Villa der Familie Ahrendsen vorgefahren war. Auf dem anderen Arm hielt er Eduard. Die Aufregung über seine verletzte Ehefrau war ihm deutlich anzusehen.

»Ich bin dir wirklich sehr dankbar, dass du gekommen bist«, begrüßte er die Frau, die er hatte heiraten wollen, bevor der Skandal um ihren Vater so hohe Wellen geschlagen hatte.

»Das ist doch selbstverständlich.« Sie nahm Eduards Händchen. »Guten Abend, kleiner Mann«, sagte sie liebevoll und lächelte ihn an.

Der Zweijährige lehnte etwas verschämt den Kopf an die Brust seines Vaters. Er kannte Frederike natürlich, doch sie sahen sich nicht sehr häufig, weswegen er anfangs stets ein bisschen fremdelte.

»Nein, es ist keine Selbstverständlichkeit«, gab Ludwig zurück und hielt noch immer ihre Hand.

Frederike entzog sie ihm und trat dann von der Kutsche weg. »Du kannst jetzt fahren, Hugo«, sagte sie zu dem Kutscher, der kurz nickte und das Pferd wieder antrieb.

»Wie geht es Martha?«, fragte sie dann Ludwig.

»Sie weint vor Schmerzen und kann weder ihren Arm bewegen noch auftreten.«

Frederike nickte, doch sie wusste, dass Martha schon immer zum Übertreiben geneigt hatte. Bei jedem Fangspiel, das sie als Kind zu verlieren drohte, konnte man mit schöner Regelmäßigkeit davon ausgehen, dass sie kurz darauf falsch auftrat und sofort zu jammern begann. Frederike wollte keinesfalls herzlos oder ungerecht erscheinen, aber Martha und sie waren zusammen aufgewachsen, sodass sie ihrer Cousine mit einer gewissen Skepsis gegenüberstand.

Frederike und Ludwig mit Eduard auf dem Arm gingen auf die Villa der Ahrendsens zu. Just in diesem Moment kam deren Kutscher von hinten um das Haus herumgefahren und hielt an. Sie stiegen die Stufen hinauf und betraten die Villa, in der Martha im geräumigen Flur weinend auf einem Stuhl saß.

»Guten Abend, Martha.« Frederike ging zu ihr und kniete sich vor sie hin. »Was ist denn überhaupt geschehen?«

»Ich bin die Treppe hinuntergestürzt«, erklärte Martha unter Tränen. »Den Hals hätte ich mir brechen können!«

»Das tut mir sehr leid«, sagte Frederike. Sie sah zu Ludwig auf. »Ich kümmere mich um Eduard. Fahrt ihr nur gleich ins Hospital.« Sie richtete sich wieder auf und ließ sich von Ludwig den Zweijährigen geben, der sogleich protestierte. Vorsichtig stellte Frederike ihn ab und nahm seine Hand. »Komm, Eduard, wir gehen spielen.«

Der Kleine schien nicht überzeugt. Er streckte die Arme nach seiner Mutter aus, die ihn jedoch recht grob zu Frederike schob. »Geh schon, Eduard.« Martha schluchzte auf. »Dass es aber auch immer nur um dieses Kind geht.«

Frederike sah sie entsetzt an und nahm den Kleinen an die Hand. »Komm mit mir, Eduard.«

»Gegessen hat er schon. Es ist bald Zeit fürs Bett«, sagte Martha. »Bring ihn einfach nach oben und mach ihn bettfein.«

»Ja, Martha.« Frederike beugte sich zu Eduard hinab und hob ihn auf den Arm. Der Kleine begann zu weinen, was ihr fast das Herz zerriss. Doch noch unerträglicher fand sie, wie lieblos Martha mit ihrem Sohn umging.

»Ihr könnt fahren. Ich kümmere mich um ihn«, sagte Frederike noch einmal. Sie brachte keine Genesungswünsche für Martha über die Lippen, sondern ging sofort mit Eduard die Stufen hinauf und bog zu dessen Zimmer ab.

»Komm, ich helfe dir hoch«, hörte sie Ludwig unten sagen. »Ich wünschte, du wärst nicht immer so streng mit Eduard.«

»Ich habe Schmerzen, Ludwig, da ist mir nun einmal nicht danach, auf jede seiner Befindlichkeiten einzugehen«, keifte Martha zurück.

Frederike schloss die Tür des Kinderzimmers hinter sich. Sie wollte Marthas geifernde Stimme nicht mehr hören.

»Sieh mal, Eduard, da ist ja dein Stoffhase«, sagte sie betont fröhlich und ging mit dem Zweijährigen zu dessen Bett hinüber. Sie bückte sich und nahm den Hasen. Dann setzte sie Eduard auf dem Boden ab und ließ den Hasen mit lustigen Geräuschen vor ihm tanzen, Saltos drehen und ihn auch auf Eduards Arm oder Bein springen. Sofort war der Kleine abgelenkt und jauchzte vor Vergnügen.

Frederike entspannte sich ein wenig. Immer wieder holte sie ein paar von Eduards Spielsachen und verstand es, ihn damit zu begeistern. Nachdem sie etwa eine halbe Stunde mit ihm gespielt hatte, begann sie, Eduard bettfein zu machen, was er bereitwillig geschehen ließ. Dann ging sie mit ihm auf dem Arm zum Schaukelstuhl, der in der Ecke vor dem Fenster stand, nahm eines der Bücher aus dem Regal daneben, legte eine Decke um Eduard und sich und las ihm aus dem Buch *Struwwelpeter der Jüngere* von Johannes Trojan vor. Sie zeigte ihm die Illustrationen, verstellte ihre Stimme und freute sich an der Begeisterung des Kleinen, bis sie spürte, dass er immer ruhiger wurde und die Spannung aus seinen Gliedern wich, sodass er auf ihrem Schoß schwerer und schwerer zu werden schien.

Vorsichtig legte sie das Buch beiseite, griff unter die Decke und umfasste seinen Körper. Sie hatte Mühe, mit ihm auf die Beine zu kommen, ohne ihn zu wecken. Ganz sanft legte sie Eduard in sein Bettchen und betrachtete ihn einen Moment lang. Wie friedlich er dalag! Sie fand es unvorstellbar, bei diesem Anblick etwas anderes als Liebe zu empfinden und das Gefühl, ihn schützen und behüten zu wollen.

Wie Martha, die diesem kleinen unschuldigen Kind das Leben geschenkt hatte, mit ihm umging, fand sie unerträglich. Es schnürte ihr die Brust zu, wie lieblos seine Mutter war und dass diese offenbar nicht einmal im Ansatz das empfand, was sie selbst für den Kleinen fühlte, obwohl sie ihn nur selten zu Gesicht bekam.

Ganz leise verließ Frederike das Kinderzimmer, ließ die Tür aber einen Spalt offen, damit sie Eduard hören konnte, sollte er wach werden und womöglich weinen. Auf Zehenspitzen schlich sie die Treppe hinunter und ging ins Wohnzimmer.

Sie sah sich kurz um. Ja, der Einrichtungsstil ähnelte dem der Hansen-Villa: die Schränke und Bücherregale aus dunkler Eiche, die Terrassentüren weiß gerahmt und die schwere Couch nebst opulenten Sesseln aus dunklem Leder. Lediglich die Tapete an den Wänden war hier in einem dunklen Grün gehalten, während die in der Hansen-Villa mit dem Gelb der Außenfassade korrespondierte.

Frederike ging zu dem hohen Regal und sah sich die Bücher an, die dort eingeordnet waren. Sie schmunzelte, als sie die Theodor-Storm-Novelle *Immensee* entdeckte, das Lieblingsbuch ihrer Cousine Luise, wie sie wusste. Sie war sicher, dass diese Bibliothek, die noch etwa zwanzig weitere Novellen Storms umfasste, eher Ludwigs als Marthas Geschmack entsprach. Frederike glaubte ohnehin nicht, dass Martha gern las, und *überlegte*, ob sie die Cousine je beim Lesen oder bei einer Handarbeit gesehen hatte. Was tat Martha eigentlich sonst? Frederike wusste es beim besten Willen nicht zu sagen.

Sie griff nach Storms *Die Söhne des Senators* und setzte sich mit dem Büchlein in den bequemen Ledersessel, der gegenüber der Couch stand. Direkt daneben gab es eine Lampe, die Frederike anschaltete. Deren Schein zauberte zusammen mit dem Licht, das noch durch die großen Terrassentüren nach innen drang, eine angenehme Atmosphäre. Sie konnte sich an die Zeit erinnern, als es in der Hansen-Villa noch kein elektrisches Licht gegeben hatte. Diese Villa, die erst anlässlich der Heirat von Martha und Ludwig gebaut worden war, hatte von Anfang an über elektrischen Strom verfügt.

Sie schlug das Büchlein auf und begann zu lesen. Irgendwann hatte sie schon einmal von dieser Novelle gehört. Sie handelte von den Söhnen eines Senators, die sich im Erbstreit miteinander befanden. Frederike konnte sich nicht mehr erinnern, worum genau es ging, und freute sich darauf, das nun gleich zu erfahren.

Frederike wusste nicht, wie lange sie schon so dagesessen hatte, als sie hörte, dass eine Kutsche vorfuhr und das Pferd auf dem Kies vor der Villa zum Stehen kam. Kurz darauf wurde die Haustür geöffnet und wieder geschlossen. Niemand sprach etwas.

Sie ließ das Buch sinken und sah auf. Einen Moment später trat Ludwig ins Wohnzimmer und blieb ein Stück vor ihrem Sessel stehen. »Ich habe das Licht gesehen«, sagte er.

»Wie geht es Martha? Wo ist sie?«

»Sie ist im Krankenhaus geblieben«, antwortete Ludwig. Er wirkte erschöpft. Dann hob er den Zeigefinger und deutete nach oben. »War Eduard lieb?«

Frederike lächelte. »Er ist ein echter Schatz, euer Kleiner. Wir haben gespielt, und ich habe ihm vor dem Schlafengehen noch etwas vorgelesen. Er ist auf meinem Schoß eingeschlafen, dann habe ich ihn in sein Bettchen gelegt. Seither hat er sich nicht mehr gerührt. Er ist wirklich süß!«

»Du wirst bestimmt einmal eine gute Mutter werden«, meinte Ludwig und setzte sich in den Sessel neben ihrem.

Frederike sah zu Boden. »Wer weiß, vielleicht irgendwann einmal.« Es war ihr unangenehm, ausgerechnet mit ihm darüber zu sprechen.

»Du liest eine Storm-Novelle, wie ich sehe.«

»Ja, ich habe mal hineingelesen«, erklärte sie, klappte das Buch nun zu und legte es auf den Tisch.

»Du kannst es dir ausleihen, wenn du möchtest«, bot er an.

»Nein, nein, lass nur. Sag mir einfach, ob die Brüder sich am Ende doch noch einigen.«

»Ja«, antwortete Ludwig. »Am Ende versöhnen sie sich.«

»Das ist schön. Ich mag Geschichten, die gut ausgehen.« Sie stand auf. »Ich werde jetzt dann auch nach Hause fahren.«

»Bleib doch noch«, bat Ludwig.

»Nein«, entgegnete Frederike. »Euer Kutscher soll nicht länger warten müssen als unbedingt nötig.«

»Ich könnte dich später nach Hause bringen«, bot Ludwig an.

»Und wenn Eduard dann gerade wach wird und weint?«

»Dann hört man ihn auch in den Kammern der Bediensteten«, beruhigte Ludwig sie.

»Und du glaubst, euer Kutscher würde sich die Mühe machen, wegen eines kleinen Kindes, das weint, aufzustehen?«

»Es ist ja kein weiter Weg bis zu eurer Villa. Ich wäre ja bald zurück. Was sagst du?«

Frederike überlegte kurz. Nur zu gern würde sie noch etwas Zeit mit Ludwig verbringen. Doch sofort waren da auch die Zweifel, wohin das führen sollte. War er nur einsam und sehnte sich nach ein bisschen Gesellschaft?

»Nun gut, aber nicht lange.« Sie setzte sich wieder. »Du brauchst deinem Kutscher nicht Bescheid zu sagen. Ich bleibe nicht lange, und ich wäre unruhig, wenn ich wüsste, dass Eduard allein gelassen wird.«

»Was möchtest du trinken?«, fragte Ludwig. »Einen Wein oder etwas anderes?«

»Nichts, danke.«

»Gar nichts?«

»Nein«, sie schüttelte den Kopf, »wirklich nichts.« Sie erinnerte sich an den Grund, weshalb sie eigentlich hierhergekommen war. »Weshalb muss Martha überhaupt im Hospital bleiben? Sind ihre Verletzungen so schwer?«

»Ach was.« Ludwig winkte ab. »Im Grunde geht es ihr gut.«

»Ludwig«, sagte Frederike streng, »das ist wirklich nicht sehr nett von dir. Sie ist immerhin eine Treppe hinuntergefallen.«

»Ach ja? Ist sie das?«

»Wie meinst du das?«

»Es hat kurz gepoltert, das stimmt. Aber nach einem wirklichen Sturz klang es für mich nicht. Und als ich dann auf den Flur lief, um nachzusehen, saß sie auf der zweiten Stufe, jammerte und sagte, dass sie gestürzt sei.«

»Aber ich bitte dich, Ludwig, das würde sie doch nicht erfinden.«

»Ach nein? Nun, es wäre nicht das erste Mal.«

»Wie meinst du das?«

Er hob in einer hilflosen Geste die Hände. »Mal ist es ein stechender Kopfschmerz, wegen dem sie sich außerstande sieht, sich um Eduard zu kümmern, wenn das Personal seinen freien Tag hat. Ein andermal ist es der Hals, oder sie hat sich das Handgelenk verstaucht und kann den Jungen deshalb kaum halten. Oder sie hat Zahnweh, das sie quält, weshalb sie Eduard mir übergibt. Heute Abend nun wollte ich mich mit meinem Bruder treffen. Es geht um unseren Spirituosenhandel, und wir wollten uns besprechen, weil wir morgen einen wichtigen Termin haben und bisher nicht dazu gekommen sind. Als ich Martha das mitteilte und nach unten ging, kam es kurz darauf zu diesem vermeintlichen Sturz. Verstehst du jetzt, warum ich zweifle, ob ich ihr glauben kann?«

Frederike wirkte betroffen. »Ich weiß gar nicht, was ich dazu sagen soll, Ludwig. Ich möchte mich da auch nicht einmischen.«

»Das tust du nicht. Und glaub mir, ich meine es auch nicht boshaft. Es ist nur einfach die Wahrheit.« Er seufzte. »Du wirst es ja längst bemerkt haben, Martha und ich sind nicht gerade das, was man ein liebevolles Ehepaar nennen könnte.«

»Nein«, entgegnete Frederike, »ehrlich gesagt, ist mir das bisher nicht aufgefallen.«

»Ach, Frederike, du brauchst mir nichts vorzumachen.« Ludwig sah sie skeptisch an. »Ich dachte, das würde man sofort bemerken, wenn man uns zusammen erlebt.«

»Nein«, wiederholte Frederike, »zumindest mir ist nichts dergleichen aufgefallen.« Sie suchte Ludwigs Blick. »Was ist denn geschehen?«

Er zuckte mit den Achseln. »Im Grunde war es von Anfang an so, schon kurz nachdem wir geheiratet haben. Es scheint, als könnte weder ich noch sonst jemand es Martha recht machen. Richtig beschwerlich wurde es, als Eduard auf die Welt kam. Ich weiß, es klingt schrecklich, doch ich glaube, dass sie ihn gar nicht lieb hat.«

»Ludwig, das solltest du nicht sagen!«, mahnte Frederike streng.

»Und wenn es die Wahrheit ist?«

»Trotzdem nicht«, entgegnete Frederike.

»Du hast wahrscheinlich recht«, stimmte Ludwig zu. »Aber Martha bringt mich dazu, so zu denken und zu reden. In ihrem Leben dreht sich alles nur um sie selbst und darum, das Personal umherzuscheuchen, damit die Dame des Hauses auch ja alles hat, wonach ihr gerade der Sinn steht, und sei es noch so absurd. Und Martha ist es äußerst wichtig, was die anderen Mitglieder der reichen Hamburger Gesellschaft von ihr denken. Ja, das ist ihr wichtiger als alles andere.«

»Sie ist eben sehr auf ihren guten Ruf bedacht. Willst du ihr das wirklich zum Vorwurf machen?«

»Nein«, erwiderte Ludwig. »Doch ich frage dich: Welche Mutter sagt im Hospital, dass sie in ihrer Verfassung unter keinen Umständen nach Hause zurückkehren könne und für den Aufenthalt über Nacht mehr bezahle als andere Patienten, nur damit sie nicht heimkehren und sich womöglich um ihr Kind kümmern muss? Ich bin sicher, dass sie morgen wieder hier eintreffen und bester Laune sein wird, ganz einfach weil das Personal sich um Eduard kümmert und sie darüber hinaus verhindert hat, dass ich das Haus verlassen konnte, um mich mit meinem Bruder zu treffen. Ja, Martha weiß, wie sie bekommt, was sie will.«

»Ich sollte jetzt gehen«, sagte Frederike entschlossen und stand abermals auf.

Sofort sprang auch Ludwig auf und trat vor sie. »Geh noch nicht, Frederike, bitte.« Er umfasste ihre Schultern.

»Ludwig, du bist in keiner guten Verfassung.«

»Ich hätte mich damals für dich entscheiden sollen«, sagte Ludwig. »Alles wäre anders gekommen, wenn du und ich geheiratet hätten.«

»Das haben wir aber nicht. Und jetzt lass mich bitte gehen.«

»Bitte, Frederike, du musst das verstehen. Meine Familie ... sie hat mir keine Wahl gelassen. Dein Vater war nach dieser leidigen Affäre nicht mehr gesellschaftsfähig, und meine Familie hätte nicht akzeptiert, dass ich dich heirate.«

»Er hatte diese Affäre mit der Mutter ebender Frau, die du dann geheiratet hast«, stellte Frederike bitter fest. »Aber das war offenbar einerlei.«

»Du weißt doch, wie es ist, Frederike. Das Geld und die Absicherung, die damit verbunden ist, spielen eine große Rolle. Dein Vater hat sämtliche Anteile am Hansen'schen Kontor verloren. Er war von heute auf morgen ein Niemand, während Marthas Vater in finanzieller Hinsicht nichts eingebüßt hat.«

»Aber du, Ludwig, hast durch diese Entscheidung dein Glück eingebüßt. Auch wenn es heute zu spät ist, solltest du darüber vielleicht einmal nachdenken.«

»Ich weiß doch, dass ich einen Fehler gemacht habe, und es tut mir schrecklich leid. Bitte, verzeih mir.«

»Ach, Ludwig.« Frederike seufzte. »Es war damals in der Tat alles andere als leicht für mich. Und ich brauchte einige Zeit, meinen Frieden damit zu machen. Doch inzwischen habe ich dir längst verziehen und bin mit dir und mit mir im Reinen.« Sie legte den Kopf schräg. »Und ich kann dir nur wünschen, dass du es ebenfalls schaffst.«

»Empfindest du denn wirklich gar nichts mehr für mich?«

Frederike schluckte schwer und sah zu Boden. »Nein«, brachte sie mit schwacher Stimme hervor.

»Du bist keine gute Lügnerin.«

»Ludwig, bitte, du kommst mir unangemessen nahe.«

»Ja, ich weiß. Und es fühlt sich sehr gut an, findest du nicht?«

»Ludwig, ich …«

Er legte seinen Zeigefinger unter ihr Kinn und hob ihren Kopf an. Dann küsste er sie. Er war zärtlich und sanft, nicht fordernd. Und Frederike fand, dass es sich genauso schön, nein sogar noch schöner als damals anfühlte.

»Nicht«, hauchte sie, als ihre Lippen sich kurz voneinander lösten.

Wieder näherten sich seine Lippen den ihren, und wieder berührten sie sich zärtlich. Frederike hielt die Augen geschlossen und genoss den Moment.

Dann, ganz plötzlich, stieß sie ihn von sich. »Bitte lass mich und tu das nie wieder!«, sagte sie streng und schob sich an ihm vorbei. »Ich werde jetzt gehen.«

»Frederike, ich …«

Sie ging bis zur Wohnzimmertür, blieb dort stehen und drehte sich noch einmal zu ihm um. »Wenn du eine Lösung für dein Problem willst, kann ich dir folgenden Rat geben: Stell zusätzliches Personal ein, sodass immer jemand da ist, der sich um Eduard kümmert. Schon in seinem Interesse. Und dann hat deine Ehefrau auch keinen Grund mehr, dich wegen irgendwelcher vermeintlicher Krankheiten anzulügen. Ich wünsche dir einen guten Abend, Ludwig.«

15. Kapitel

Am nächsten Morgen wurde während des Frühstücks noch kurz über Martha und ihren Treppensturz gesprochen. Frederike erklärte in knappen Worten, dass die Cousine vorsichtshalber über Nacht im Hospital geblieben sei, am heutigen Tage jedoch gewiss wieder nach Hause käme. Selbstverständlich ließ sie unerwähnt, was Ludwig ihr über Marthas Beschwerden anvertraut hatte, die immer dann auftraten, wenn diese sich selbst um ihren Sohn kümmern sollte.

Bald darauf fuhren Robert, Luise, Georg und Richard mit der Kutsche ins Kontor. Heute sollte eine neue Lieferung aus Kamerun ankommen.

Das Schiff der Woermann-Linie hatte vermutlich schon in den frühen Morgenstunden angelegt.

Als Robert in sein Büro kam, lag bereits ein Brief des Verwalters auf seinem Schreibtisch, und Fräulein Schreiber berichtete, dass die Kakaosäcke längst vom Schiff abgeladen worden waren und soeben ins Lager gebracht wurden.

Robert öffnete das Kuvert und begann zu lesen.

5. April 1894

Lieber Robert,
heute berichte ich Dir wieder über einige Entwicklungen hier in
Kamerun. Gouverneur von Zimmerer ist immer noch nicht wieder
im Land und soll, so sagen die Gerüchte, wohl auch nicht mehr
zurückkehren. Wir wissen aber noch nichts Genaues. Dafür nimmt
die Umbildung der vor etwa drei Jahren eingerichteten Polizeitruppe
in eine »Schutztruppe« mehr und mehr Form an. Auch wenn noch
keine sicheren Informationen vorliegen, wird bei den Gesprächen
nach den Gottesdiensten immer wieder darüber diskutiert, dass
Reichskanzler von Caprivi selbst wohl großes Interesse gezeigt haben
soll, etwas Ähnliches wie die Dahomey-Meuterei zukünftig zu ver-
meiden. Deshalb sollen zwei weitere afrikaerfahrene Offiziere hier-
her entsandt werden und dem Kommandeur unserer Polizeitruppe,
von Stetten, zur Seite gestellt, um zum einen die noch nicht völlig
sichere Situation zu stabilisieren und um zum anderen noch schwe-
lende Aufstände niederzuschlagen. Sobald mir die Namen dieser
Offiziere bekannt sind, werde ich sie Dir mitteilen. Es bleibt jedoch
abzuwarten, ob diese Maßnahmen auch fruchten und dauerhaften
Frieden bringen werden.
Ich persönlich denke, dass sich damit der neue Kurs und die
Politik des Ausgleichs, für die ja von Caprivi steht, endlich aus-
zahlen. Und wie Du sicherlich schon erfahren hast, ist ja auch
in außenpolitischer Hinsicht etwas mehr Sicherheit eingekehrt.
Nachdem schon im letzten Jahr die deutsch-englische Grenze in
einem entsprechenden Vertrag mit England geregelt werden konnte,
ist nun im vergangenen Monat eine ähnliche vertragliche Einigung
mit Frankreich über die deutsch-französische Grenze erzielt wor-
den. Damit ist auch das Kameruner Hinterland als deutsches
Schutzgebiet international anerkannt, wodurch ich mir auf Dauer
eine größere Sicherheit für uns Deutsche und unsere Plantagen
erwarte.

Nun fehlt nur noch ein vernünftiger neuer Gouverneur, der unser schönes Kamerun und uns weiter voranbringen kann. Hoffentlich ernennt unser Reichskanzler jemanden, der sich in Afrika und am besten auch in Kamerun auskennt.

Ansonsten sind die Arbeits- und Lebensumstände hier nämlich nach wie vor gut. Die Ernten sind reich und einträglich. Deshalb wird die nächste Lieferung Dich bereits in vierzehn Tagen mit dem nächsten Schiff erreichen. Wenn Du diesen Brief erhältst, werden die Kakaobohnen schon den halben Weg zu Dir hinter sich haben.

Was Dir, so wie ich Dich kenne, jedoch noch wichtiger ist: Malambuku ist wieder vollständig genesen. Dennoch sollte man mit derart schweren Infekten nicht zu leichtfertig umgehen, und ich musste ihn schon mehrmals auffordern, sich noch etwas zu schonen. Er vermisst seinen Sohn Hamza sehr. Wie geht es ihm, und wie macht er sich bei Euch im Hamburger Kontor?

Damit will ich für heute schließen und sende wie immer meine besten Wünsche an Dich und die Familie!

Dein ergebener Verwalter
Heinrich Begemann

Robert faltete den Brief zusammen und steckte ihn zurück in das Kuvert. Er war mit der Entwicklung in Kamerun so weit zufrieden, aber dennoch entschlossen, sein Vorhaben, eine Plantage in Südamerika aufzubauen, in die Tat umzusetzen.

Er hatte durch einen sogenannten Agenten, den er über seinen Bankier Ernst Palm kennengelernt hatte, in Erfahrung gebracht, dass es in Brasilien eine Handvoll geeigneter Plantagen gab, die er sich ansehen wollte. Schon in den nächsten Wochen wollte er an Bord eines Schiffes gehen. Er würde mit der Hamburg-Amerika-Linie von Hamburg über Antwerpen und Salvador nach Rio de Janeiro reisen. Nach seinen Informationen würde allein die Schiffsreise nach Brasilien drei bis vier Wochen dauern, je nachdem, wie die Wetterverhältnisse wären. Dann kämen noch die Suche nach einer geeigneten Plantage und die Rückreise hinzu. Robert rechnete also damit, mindestens drei Monate unterwegs zu sein.

Er hatte bereits das meiste geregelt, um sicher sein zu können, dass während seiner Abwesenheit alles den gewohnten Gang gehen würde. Ganz abgesehen davon wusste er, dass auf Luise Verlass war. Selbst wenn er nicht auf Anhieb eine geeignete Plantage fände und die Suche mehr Zeit in Anspruch nähme als ursprünglich geplant, würde er in jedem Fall vor Anfang Oktober, dem voraussichtlichen Geburtstermin des Kindes, wieder zurück sein.

Er war zufrieden damit, wie seine Planungen aufgingen, und hatte vor allem seit dem Gespräch mit Elisabeth, bei dem sie ihm endlich die unterzeichneten Scheidungsunterlagen übergeben hatte, eine gewisse Ruhe gefunden, aus der ihm eine innere Stärke erwuchs. Ja, er hatte nach langer Zeit endlich wieder das Gefühl, mit sich im Reinen zu sein.

Das Scheidungsverfahren war nur noch eine Formsache. Alle Unterlagen befanden sich bei den Behörden, und sein Anwalt hatte ihm versichert, dass die Umschreibung im Standesamtsregister umgehend erfolgen würde. Es war ein eigenartiges Gefühl, dass er dann nicht mehr als verheirateter Mann geführt würde. Welche Möglichkeiten sich damit für ihn auftun würden, konnte er noch nicht absehen. Genau genommen wusste er selbst nicht einmal, ob er sich überhaupt wieder auf eine Frau einlassen wollte.

Zwar würde die Angelegenheit mit Elisabeth nach all den Jahren nun ein friedliches Ende finden, doch Robert hatte das Gefühl, dass er immer enger mit dem Kontor verbunden sein würde als mit einer Frau, und fragte sich deshalb, welchen Sinn eine neue Beziehung dann überhaupt haben sollte.

Er verließ sein Büro und ging zu dem seiner Tochter hinüber, klopfte und trat nach ihrer Aufforderung ein.

»Begemann hat wieder einen Brief beigelegt.« Er ging zu ihrem Schreibtisch und hielt ihr das Kuvert hin. »Es gibt keine besonderen Neuigkeiten aus Kamerun. Aber er hat angekündigt, dass wir schon mit dem nächsten Schiff in zwei Wochen eine weitere Lieferung bekommen werden und die Bohnen somit bereits auf dem Weg zu uns sind.« Robert setzte sich auf einen der Besucherstühle.

»Ich glaube, wenn die Schiffe künftig nicht mehr alle zwei, sondern jede Woche fahren würden, bekämen wir noch mehr Kakaobohnen«, scherzte Luise. »Die Plantage scheint immer mehr abzuwerfen.«

»Wir können wirklich zufrieden sein mit der Entwicklung«, ließ Robert verlauten. »Alles läuft bestens, und das Kontor steht besser da als je zuvor. Selbst als dein Großvater noch lebte, hatten wir nicht solche Zahlen wie jetzt.«

»Das hast alles du bewirkt«, sagte sie anerkennend.

»Nicht zu vergessen Karl und auch Georg. Wir haben damals etwas gewagt und wurden belohnt. Und seit du dich ganz und gar dem Kontor widmest, haben wir noch einen weiteren Aufschwung erfahren.«

Luise lächelte.

»Ja, wirklich«, versicherte Robert, »ich meine es ernst und sage das nicht nur als stolzer Vater. Du bist eine sehr geschickte Handelspartnerin, und ich kann den Erfolg, den du dem Kontor beschert hast, nicht in Zahlen fassen.«

»Danke, Vater, das bedeutet mir viel.«

»Und tatsächlich bin ich aus reinem Eigennutz froh, dass du den Entschluss gefasst hast, nach der Geburt deine Arbeit so bald wie möglich wieder aufzunehmen. Ich brauche dich hier, Luise. Das Kontor braucht dich, und ich brauche dich in ganz persönlicher Hinsicht. Du bist mir wichtiger als jeder alte Pfeffersack, mit dem ich mich über die geschäftliche Lage im Deutschen Reich austauschen kann. Du magst jung an Jahren sein, doch dein Wissen, gepaart mit deinem besonderen Gespür für Menschen und das Geschäft, ist unglaublich wertvoll für mich, ja für uns alle hier.«

»Du machst mich ja ganz verlegen, Vater. Darf ich fragen, womit ich so viel Lob verdient habe?«

»Ich möchte nur, dass du weißt, wie ich über dich denke. Welcher Geschäftsmann kann schon von sich sagen, dass er zu einer mehrmonatigen Reise aufbrechen und sein Kontor in vollkommener Sicherheit zurücklassen kann!«

»Wann hast du vor, abzureisen?«

»Schon in den nächsten Wochen, sobald klar ist, wohin genau es geht. Dieser Agent, von dem ich dir erzählt habe – Leonhard Holsten –, stellt mir eine Liste zusammen.«

»Hältst du ihn für vertrauenswürdig? Ich meine, ich erinnere nur daran, dass Großvater seinerzeit auch über einen Agenten an diesen windigen Kerl geraten ist, der ihm Kaffeebohnen verkauft hat, die es gar nicht gab, was uns fast in den Ruin getrieben hätte.«

»Holsten wurde mir von Ernst Palm empfohlen. Sie kennen sich seit Jahren.«

»Von Bankier Palm?«, vergewisserte sie sich. »Dann ist er in der Tat vertrauenswürdig.«

»Außerdem geht es hier um den Verkauf einer ganzen Plantage mit sämtlichen gültigen Papieren. Und Holsten erhält auch nur dann seine Provision, wenn ein Kauf zustande gekommen und die Umschreibung der Plantage erfolgt ist. Alles wird von der Bank direkt geregelt. Wir sind also auf der sicheren Seite.«

»Das beruhigt mich«, sagte Luise und fügte dann hinzu: »Ich hatte übrigens neulich ein interessantes Gespräch mit Hans.«

Robert runzelte die Stirn. »Aber an seiner und Wilhelms Beteiligung hat sich doch wohl nichts geändert, oder?«

»Aber nein. Darum ging es gar nicht. Hans sprach von der Idee, das Kontor weiter auszubauen.«

»*Unser* Kontor?«

»Unser oder ein neu zu gründendes Kontor, das auf den Namen Hansen & Petersen laufen könnte.«

Robert beugte sich vor und sah Luise interessiert an. »Ach ja?«

»Ja. Er sagte mir, dass eigentlich gar nicht einzusehen sei, warum wir uns nur auf Kaffee und Kakao beschränken sollten. Er sprach zum Beispiel von Tee aus China und Kunstgegenständen aus Ägypten. Also von einem Handelshaus, das Waren aller Art und aus der ganzen Welt nach Hamburg holen und gewinnbringend verkaufen könnte.« Sie sah ihren Vater an. »Bestimmt hältst du uns für größenwahnsinnig, doch ich gebe zu, dass ich den Gedanken meines Mannes sehr aufregend finde.«

Robert schmunzelte. »Ich halte weder ihn noch dich für größenwahnsinnig. Ganz im Gegenteil. Ihr seid jung und wollt die Welt aus den Angeln heben. Ich bewundere das und hatte früher einmal den gleichen Antrieb«, erklärte er und fügte dann hinzu: »Ihr beide werdet immer enger miteinander, wie ich finde. Und ich freue mich sehr darüber.«

»Weißt du, es gibt da aber einen Gedanken, der mich zurückhält.«

»Und der wäre?«

»Ich habe Bedenken, was mit dem Kontor Hansen geschehen könnte, sollte ich als Bindeglied irgendwann nicht mehr da sein.«

Robert sah sie fragend an. »Wie soll ich das bitte verstehen?« Er hob den Kopf und musterte sie einen Moment nachdenklich. Dann glaubte er zu verstehen, worauf sie hinauswollte. »Du meinst, weil deine Mutter und ich uns scheiden lassen, willst du die Möglichkeit nicht ausschließen, dass euch das Gleiche widerfahren könnte?«

Eigentlich hatte Luise es nicht so gemeint. Aber da ihr Vater ihr eine so wunderbare Vorlage bot, widersprach sie nicht.

»Zum Beispiel, ja.«

»Nun, so etwas muss vertraglich geregelt werden, Luise. Zum jetzigen Zeitpunkt hat Hans keinen Anspruch darauf, in irgendeiner Form am Kontor Hansen beteiligt zu werden, wie du weißt. Der Vertrag, den ihr vor eurer Heirat unterzeichnet habt, ist unmissverständlich. Und was die Plantage in Südamerika betrifft, sind wir uns einig, dass Wilhelm und Hans lediglich einen Anteil von zehn Prozent der Erträge bekommen und zusätzlich einen höheren Rabatt auf den Einkaufspreis. Darüber hinaus habe ich die Möglichkeit, die beiden nach Ablauf von fünf Jahren auszuzahlen und somit auch ihren Anteil an der Plantage zu erwerben«, fuhr er fort. »Was ein mögliches neues Kontor angeht, müsste ebenfalls eine vertragliche Regelung erfolgen.«

»Aber was wäre, wenn mir etwas zustieße?«

»Gott bewahre!«, entfuhr es Robert.

»Es ist ja auch nur ein Gedankenspiel. Wenn mir beispielsweise jetzt etwas zustoßen würde, dann wäre es doch so, dass Hans – obwohl wir miteinander verheiratet sind – trotzdem keinen Zugriff auf das Kontor Hansen hätte, nicht wahr?«

»Ja, das ist richtig. In diesem Fall fiele dein Anteil am Kontor an mich zurück, weil er im Grunde ohnehin rechtlich dort verankert ist. Die Vereinbarungen zwischen dir und mir haben nach außen hin keine Wirkung.«

Luise atmete erleichtert aus.

»Du bist doch nicht etwa krank, Luise?« Robert sah sie besorgt an.

»Aber nein.« Sie lachte und machte eine wegwerfende Handbewegung. »Wirklich nicht, Vater. Ich mache mir nur so meine Gedanken. Man hat schon manches Mal gehört, dass bei einer Geburt etwas nicht wie geplant verlaufen ist, und ich bin wohl ein bisschen nervös.« Sie lächelte ihm aufmunternd zu. »Ich versichere dir, ich bin nicht krank. Ich möchte einfach nur alles ordentlich geregelt wissen.«

»Gut, dann bin ich ja beruhigt. Und was dieses mögliche neue Kontor angeht – lass uns darüber sprechen, wenn ich aus Südamerika zurück bin und dahin gehend alles geregelt ist, ja? Wenn wir alles durchdiskutieren und du dafür bist, werden wir eine weitere Firma gründen.«

Luise nickte. »Ja, Vater, so machen wir es.« Es war kein gutes Gefühl, genau zu wissen, dass es dazu nicht mehr kommen würde. Nach der Rückkehr ihres Vaters aus Südamerika wäre es schon bald an der Zeit, ihren Unfalltod zu inszenieren.

»Gut«, sagte Robert und stand auf. »Ich lasse dir den Brief von Begemann hier. Gib ihn mir später zurück, wenn du ihn gelesen hast, ja?«

»Das mache ich. Danke.«

Robert ging zur Tür und wandte sich dann noch einmal um. »Eines noch: Mach dir nicht so viele Sorgen! Du wirst ein gesundes, wunderhübsches Kind zur Welt bringen. Und übrigens – ich habe das Gefühl, es wird ein Mädchen.«

»Ach ja? Weshalb das denn?«

»Ich habe heute Nacht davon geträumt, wie ich dein Kind in den Armen halte und wie es mich anlächelt. Nun ja, und es war ein Mädchen.« Robert zwinkerte ihr zu und ging hinaus.

Luise holte tief Luft. Ganz sicher würde sich der Traum ihres Vaters nicht erfüllen. Zwar war es möglich, dass sie einem Mädchen das Leben schenken würde – aber dass er es je im Arm halten und es ihn anlächeln würde, würde nicht geschehen. Und sie glaubte kaum, dass er es verschwiegen hätte, hätte er im Traum ein schwarzes Kind im Arm gehalten.

Sie lehnte sich an das Polster ihres Schreibtischstuhls und verschränkte die Hände hinter dem Kopf. Sie fühlte sich erschöpft. Diese vielen kleinen Lügen und Geheimnisse zehrten an ihren Nerven. Dabei war es erst Mai. Bis September waren es noch vier Monate, und sie hatte keine Ahnung, wie sie bis dahin noch durchhalten sollte.

Nur eines tröstete sie: dass sie nun einen Weg gefunden zu haben schien, wie sie ihren Unfalltod inszenieren und dann Hamburg für immer verlassen könnte, und zwar ohne jemanden einweihen zu müssen. Gleich heute Nachmittag würde sie diesen Plan weiterverfolgen, obwohl Hans ihr heute schon leidtat. Schließlich konnte sie nicht voraussehen, welche Mitschuld er sich womöglich geben würde, wenn er von ihrem vermeintlichen Tod erfuhr. Aber, so tröstete sie sich, es wäre für ihren Ehemann immer noch besser, zu glauben, dass sie tot war, als die Wahrheit zu erfahren. Ihren Tod würde er irgendwann verwinden und mit dem Verlust zu leben lernen. Und er war noch jung genug, sich eines Tages auch wieder in eine andere Frau zu verlieben.

Die Wahrheit jedoch – und die Konsequenzen daraus – würden ihn ein Leben lang verfolgen und womöglich sogar seine berufliche Zukunft gefährden. Nein, es war besser so, auch wenn sie ihm niemals würde sagen können, wie sehr sie bedauerte, was sie ihm angetan hatte.

Noch vor wenigen Wochen hätte sie überhaupt nicht damit gerechnet, für Hans Gefühle zu entwickeln. Doch so war es nun. Sie wollte es sich nicht so recht eingestehen, aber auf eine gewisse Weise hatte sie sich in ihn verliebt. Sie schmunzelte bei dem Gedanken: verliebt in den eigenen Mann. Eigentlich hätte sie das glücklich gemacht, wären die Umstände anders. Doch was bedeutete das für ihr Leben mit Hamza? Was empfand sie für ihn?

Sie stand auf, ging zum Fenster und öffnete es. Die ersten Maitage waren bereits ziemlich warm gewesen. Es würde ein schöner Sommer werden. Tief atmete sie die Luft ein, blickte in Richtung Hafen, wo all die Schiffe festgemacht hatten, die Waren an- und abtransportierten und mit jeder Ladung

Hoffnungen mitbrachten oder in die Ferne trugen. Hoffnungen auf Gewinn, auf ein gutes Leben, auf Reichtum oder einfach nur auf Freiheit.

Was würde sie empfinden, wenn sie in etwas über vier Monaten unter falschem Namen ein Schiff der Woermann-Linie betreten würde und das den Anker lichtete, um sie fort von Hamburg in ihre neue Heimat zu bringen? Wäre es ein Gefühl der Erleichterung und des Aufbruchs oder eher des Schmerzes über den Abschied und Verlust, der damit verbunden sein würde? Könnte sie sich überhaupt freuen auf diese neue, noch immer fremde Welt, in die sie aufbrach, um dort ihr Leben zu verbringen? Und was, wenn Hamzas und ihre Liebe den vielen Geheimnissen und dem ständigen Verstecken vor den Deutschen im Land nicht standhielt? Allein das Gerücht, Luise Petersen, geborene Hansen könnte womöglich noch am Leben sein und in Kamerun mit einem Eingeborenen leben, könnte alles zerstören, was ihr Vater aufgebaut hatte. Und das durfte niemals geschehen.

Sie trat einen Schritt zurück und schloss das Fenster. Dann ging sie wieder an ihren Schreibtisch und machte sich daran, die fällige Korrespondenz zu bearbeiten. Es war wichtig, dass sie frühzeitig mit ihrer Arbeit fertig würde, um sich mit Hans an dem Steg am Alsterufer zu treffen, damit ihrem Vorhaben, selbst segeln zu lernen, nichts im Weg stand.

Es war gerade mal vier Uhr, als sie am Alsterufer aus der Kutsche stieg und Hans bereits von Weitem sah, der auf dem Steg hockte und irgendetwas außen am Segelboot machte. Sie hob den Saum ihres Kleides ein wenig an, um beim Laufen nicht zu stolpern, und eilte fröhlich auf ihren Mann zu.

»Hans!«, rief sie und winkte, als er aufsah.

Sofort erhob er sich und breitete die Arme aus. »Wie schön, dass du da bist!« Er umarmte sie und gab ihr einen Kuss. »Du siehst wunderbar aus, weißt du das?« Er strich ihr zärtlich eine Haarsträhne aus dem Gesicht, gab ihr noch einen Kuss und sah sie dann an. »Bereit, das Segeln zu lernen?«

»Und ob! Ich freue mich schon den ganzen Tag darauf.« Tatsächlich empfand es Luise so, wenngleich der Grund, weshalb sie den Umgang mit dem Segelboot lernen wollte, weniger erfreulich war.

»Na, dann komm.« Er reichte ihr die Hand, um ihr auf das Boot zu helfen. Als sie sich gesetzt hatte, machte er die Leinen los, sprang selbst an Bord und stieß das Boot vom Steg ab.

Er erklärte ihr, wofür welche Leine gedacht war und worauf sie zu achten hatte. Es ging kaum eine Brise, sodass Hans zunächst die Paddel hervorholte und ein wenig Abstand zwischen das Boot und den Steg brachte. Dann setzte er das Segel und übergab Luise die Leine. »Du musst einfach spüren, wie der Wind sich verhält, und darauf achten, dass du das Segel in die richtige Position bringst«, erklärte er und deutete nach oben. »Versuch es mal.«

Luise zog an der Leine, die über einen Flaschenzug mit dem Segel verbunden war. Anfangs waren die Bewegungen noch etwas ruckartig. Doch dann gelang es ihr immer besser, das Segel unter Kontrolle zu bringen und weiter hinauszusteuern.

»Ich kann es schon ganz gut, siehst du?«, rief sie begeistert.

»Gibt es eigentlich irgendetwas, was du *nicht* kannst?«, fragte er in einem gutmütigen Tonfall. »Du bist wirklich eine bewundernswerte Frau, Luise Petersen, weißt du das?« Er zog sie noch näher an sich heran und küsste sie zärtlich. Luise erwiderte den Kuss, schmiegte sich an ihn und ließ dabei die Segelleine etwas locker. Sofort machte das Boot eine ruckartige Bewegung, und Hans fasste rasch die Leine. Sogleich glitt das Boot wieder ruhig über das Wasser.

»Vorsicht«, mahnte er. »Solch eine Unachtsamkeit kann schwere Folgen haben.«

»Dann darfst du mich eben nicht küssen, wenn ich das Ruder übernehme«, hielt sie scherzhaft dagegen und drückte ihm noch einen Kuss auf den Mund.

In den nächsten Stunden auf dem Wasser lernte Luise viel. Noch mehr jedoch genoss sie die Zweisamkeit und die Gespräche, die sich entwickelten. Vielleicht, so dachte sie, lag es daran, dass sie mit dem Rücken zu ihm saß und sich anlehnte, sodass sie ihn nicht anzusehen hatte, während sie sich unterhielten. Denn die Gespräche waren vollkommen offen und ehrlich, nicht diplomatisch, sondern mit großer Selbstverständlichkeit geführt. Hans vertraute Luise viele seiner Gedanken an, nichts Hochtrabendes, aber dafür umso persönlicher. Er erzählte ihr von seiner Kindheit ohne Eltern und dem Neid, wenn er andere Kinder mit deren Mutter und Vater beobachtete. Vor allem mit der Mutter, denn tatsächlich war sein Onkel Wilhelm für ihn bereits nach wenigen Monaten zum Vaterersatz geworden. Dieser hatte sich nach dem Tod seiner Gattin keiner neuen Frau zugewandt, bis heute nicht, und so hatte es in Hans' Kindheit keine Frau außer der Haushälterin gegeben, die ihn mit mütterlichen Gefühlen umsorgte.

»Ich kann meinen Onkel verstehen, weißt du das?«, fragte Hans nun, nachdem er wieder das Ruder übernommen hatte und das Boot gleichmäßig über die Alster gleiten ließ.

»Inwiefern?«

»Jetzt, wo wir uns so nahegekommen sind, würde ich auch keine andere Frau haben wollen, wenn du krank werden und sterben würdest.«

»Aber du bist doch noch um einiges jünger, als dein Onkel es damals war, oder nicht?«

»Nein, und ich glaube, selbst in zehn Jahren würde ich nicht anders denken. Wir Petersens verlieben uns wohl einfach nicht so oft«, fuhr er fort. »Aber wenn wir es tun, dann richtig.«

Er küsste Luise auf den Hals.

Sie musste unbedingt ihr schlechtes Gewissen zum Schweigen bringen.

»Es ist schon eigenartig, wie nah wir uns in der letzten Zeit gekommen sind, nicht wahr?«, sagte sie.

»Hm«, machte Hans und küsste sie weiter.

Luise bekam eine Gänsehaut. »Hans, jeder kann uns sehen«, mahnte sie.

Er blickte umher. »Hier ist weit und breit kein Mensch, und wenn ich das Segel einhole und festmache, treiben wir einfach auf dem Wasser.«

»Und was ist, wenn ein anderes Boot vorbeikommt?« Sie setzte sich auf und drehte sich zu ihm um, damit sie ihm in die Augen sehen konnte.

»Wo sollte das denn so plötzlich herkommen?« Er grinste sie breit an, dann küsste er wieder ihren Hals.

Luise erschauerte. Zwar hatte sie noch immer Vorbehalte, aber sie war sich auch der aufsteigenden Lust bewusst. »Hol das Segel ein«, sagte sie und lachte auf.

Hans gab ihr einen raschen Kuss auf den Mund, dann holte er das Segel ein und machte die Leine an einem Haken fest. Er knöpfte seine Hose auf und zog sie aus.

»Lass dein Hemd an«, bat Luise. »Sonst weiß gleich jeder Mensch, der in einiger Entfernung an uns vorbeikommt, was wir hier tun.« Sie sah an sich herab und lüpfte dann verführerisch ihr Kleid. »Ich werde mich ganz sicher nicht ausziehen. Das muss reichen«, sagte sie mit einem Schmunzeln.

Hans tat einen Schritt auf sie zu und fasste sie um die Taille. Dann setzte er sich auf das Brett, zog sie zu sich heran und hob sie auf seinen Schoß. Luise stöhnte auf, als sie seine Männlichkeit zwischen ihren Schenkeln spürte. Ein paarmal bewegte sie sich rhythmisch auf ihm, bis er sie abermals etwas anhob und sanft in sie eindrang. Luise stöhnte vor Entzücken.

Wahrscheinlich war es das Gefühl von Freiheit und Verrücktheit, sich einfach hier auf dem Wasser zu lieben und dabei Gefahr zu laufen, dass womöglich doch jemand sie sehen könnte. Vielleicht war es aber auch nur die Sicherheit, dass niemand sie hören konnte, ganz anders als daheim in der Villa, wo sie sich immer bewusst waren, dass die Schlafzimmer der Familienmitglieder gleich nebenan lagen. Sie hatte darauf keine Antwort. Sie wusste nur, wie sehr sie ihn in diesem Moment wollte und wie sie genoss, was sie taten.

Immer heftiger wurden ihre Bewegungen, immer leidenschaftlicher liebten sie sich, bis auf einmal eine Woge der Befriedigung über Luise zusammenschlug und Hans sich genau in diesem Moment in ihr ergoss. Luise keuchte, hielt ihren Mann ganz fest und küsste ihn. Hans hatte die Arme um ihre Taille geschlungen und lehnte erschöpft seinen Kopf an ihre Brust. Einen Moment verharrten sie noch so, dann machte Luise sich los, und Hans hob sie ein wenig an, damit sie von seinem Schoß steigen konnte. Nun setzte Hans sich mit ausgestreckten Beinen hin und lud Luise ein, sich zu ihm zu legen. Sie kuschelte sich in seinen Arm, strich liebevoll über seine Brust.

»So etwas habe ich noch nie zuvor empfunden«, hörte Luise sich selbst sagen.

»Ich auch nicht«, gestand Hans und küsste sie zärtlich.

Es wurde bereits dunkel, als sie in der Villa ankamen.

16. Kapitel

»Kann ich dich gleich noch sprechen?«, fragte Richard nach dem Abendessen, an dem die ganze Familie teilgenommen hatte, seinen Vater Georg. Luise und Hans waren etwas verspätet heimgekehrt und hatten sich damit entschuldigt, beim Segeln die Zeit vergessen zu haben.

»Sicher. Gibt es Schwierigkeiten?«

»Schwierigkeiten würde ich es nicht nennen«, erklärte Richard.

»In Ordnung. Wenn du möchtest, können wir uns auf die Terrasse setzen und dort sprechen«, stimmte Georg zu.

»Ja, gern. Elsa hat sich mit Marie bereits zurückgezogen, und ich gehe nur noch kurz hoch, um der Kleinen Gute Nacht zu sagen. Dann hätte ich Zeit.«

»Gut. Ich hole mir etwas zu trinken und warte dann draußen auf dich. Möchtest du auch etwas? Vielleicht ein Bier?«

»Ja, bitte.«

»Gut. Dann bis gleich.«

Georg holte zwei Flaschen Bier und Gläser aus der Küche und setzte sich dann auf die Terrasse. Sein Sohn hatte ihn schon lange nicht mehr um ein Gespräch gebeten, und er konnte nur hoffen, dass er nichts angestellt hatte. Eigentlich musste Georg das nicht fürchten, denn Richard hatte sich besser entwickelt, als Georg es erwartet hatte. Zwar hatte er sein Studium abgebrochen, doch was hätte Georg ihm vorwerfen sollen? Dass er sich zu diesem Schritt entschieden hatte, um für sich, Elsa und das gemeinsame Kind zu sorgen? Zwar war der Zeitpunkt, zu dem er Elsa geschwängert hatte, mehr als unglücklich gewesen. Doch Georg war zu dieser Zeit nicht einmal Teil von Richards Leben gewesen, sodass er der Letzte war, der dazu etwas zu sagen hätte. Genau genommen war Georg selbst erst in die Villa zurückgekehrt, als Richard bereits mit Elsa dort eingezogen war. Er hatte also die Entwicklungen, die dazu geführt hatten, nicht einmal mitbekommen.

Georg führte das Glas mit dem schäumenden Bier an den Mund und trank mit Genuss. Alles in allem war er inzwischen wieder zufrieden mit seinem Leben, wenngleich er nach wie vor das Gefühl hatte, dass er nie mehr den gleichen Stand in der Familie wie vor der Affäre mit seiner Schwägerin haben würde. Wem konnte er es verdenken? Dass Robert ihn überhaupt aus diesem kleinen Dreckloch von Wohnung wieder in die heimische Villa und auch ins Kontor geholt hatte, bewies dessen Großmut. Und Georg wollte seinem jüngeren Bruder beweisen, dass er das Vertrauen, das dieser in ihn setzte, wert war.

»Ach, hier bist du«, sagte Vera und trat auf die Terrasse. »Für wen ist das zweite Bier?«

»Für Richard. Er bat mich um ein Gespräch.«

»Worum geht es?«

»Das weiß ich noch nicht. Vermutlich einfach ein Vater-Sohn-Gespräch.«

Vera verstand den Hinweis. »Nun gut, dann werde ich mich ins Wohnzimmer setzen und meine Handarbeit fertigstellen. Anna hat vorhin die neuen Stickgarne mitgebracht. Die Farben sind prachtvoll.«

»Sehr schön«, sagte Georg.

»Dann bis später«, verabschiedete sie sich und begegnete an der Tür Richard, der soeben ins Freie wollte. Sie tauschten einen kurzen Blick, dann kam Richard zu Georg herüber und setzte sich auf den Stuhl neben ihm.

Georg reichte seinem Sohn das Bierglas. »Es ist ziemlich warm für Mai, selbst am Abend noch.«

Richard trank einen Schluck und kam dann sofort zur Sache. »Ich werde mir mit Elsa und Marie eine eigene Wohnung nehmen.«

»Ihr wollt ausziehen? Weshalb denn? Es haben immer alle Hansens zusammen in dieser Villa gelebt.«

»Mag sein, aber ich denke, du kennst die Antwort. Elsa wird einfach mit keinem von euch warm und bleibt die meiste Zeit auf unserem Zimmer oder geht mit der Kleinen in den Garten.«

»Was aber doch an ihr liegt«, stellte Georg klar.

»Das stimmt. Aber es ist so kein Leben für sie, und ich möchte es besser machen als Mutter und du damals.«

»Ach ja?«

»Ja.« Wieder trank Richard einen Schluck.

»Nun gut, es ist eure Entscheidung.«

»Da ist noch etwas«, kündigte Richard an.

»Das dachte ich mir schon«, erwiderte Georg.

»Weshalb dachtest du dir das?«

»Wäre es nur um euren Auszug gegangen, hättest du ihn ebenso gut in großer Runde beim Abendessen verkünden können.« Nun trank Georg einen Schluck. »Also, was ist noch?«

»Ich brauche Geld, um das Leben woanders finanzieren zu können.«

»Du verdienst nicht schlecht im Kontor.«

»Nicht schlecht, aber auch nicht gut. Nicht so gut, wie es meiner Stellung angemessen wäre.«

»Welcher Stellung denn? Du kontrollierst die Waren, kümmerst dich um die Lagerhaltung und erhältst dafür mehr Lohn als deine Kollegen, nur weil du ein Hansen bist.«

»Ganz genau. Ich bin ein Hansen und damit legitimer Erbe des Kontors meines Großvaters.«

Georg stellte das Bierglas ab und setzte sich aufrecht hin. »Wie soll ich das bitte verstehen?«

»Ganz einfach. Ich habe über die Sache nachgedacht. Und wie du weißt, habe ich Rechtswissenschaften studiert.«

»Und keinen Abschluss gemacht«, warf Georg ein.

»Das ist unerheblich«, tat Richard den Einwand seines Vaters ab. »Mein Großvater hat das Kontor gegründet und damit den Grundstein gelegt. Ich habe Anspruch auf mein Erbe und möchte mir das nun auszahlen lassen.«

»Da irrst du leider«, sagte Georg mit Bedauern in der Stimme. »Ich als sein Sohn hatte den Erbanspruch, genau wie Karl und Robert. Und ich habe meinen Anteil bekommen.«

»Einen Lumpenanteil hast du gekriegt«, entgegnete Richard auf das Argument seines Vaters.

»Du siehst das falsch«, hielt Georg dagegen. »Lass es mich dir erklären: Als wir das Kontor deines Großvaters übernommen haben, bestand es fast nur noch aus Schulden und stand kurz vor der Pleite, genau genommen *war* es sogar pleite. Und wir haben es in erster Linie Bankier Palm zu verdanken, dass wir doch noch die Möglichkeit bekommen haben, es weiterzuführen.« Georg erinnerte sich noch gut daran, wie er zusammen mit Robert und Karl als Bittsteller in der Bank vorstellig geworden war und der Bankdirektor ihnen, aus welchem Grund auch immer, großzügig geholfen hatte. Wie Georg und Robert erst viel später erfuhren, lag die Bereitschaft, ihnen zu helfen, vor allem in der Tatsache begründet, dass ausgerechnet August Frederiksen ihnen damals ein Angebot für den Kauf der Villa der Hansens unterbreitet hatte. Das hatte die

Wendung in dem Gespräch gebracht, denn August Frederiksen war für den Bankier ein rotes Tuch. Das hatte mit den tragischen Geschehnissen um eine junge Frau zu tun und dem, was Frederiksen diesem Mädchen angetan hatte. Für die Hansen-Brüder, die außer Schulden und der tollkühnen Idee, eine Plantage in Kamerun erwerben und betreiben zu wollen, nichts vorzuweisen hatten, ein echter Segen.

»Hätte Robert nicht die Idee mit der Plantage in Kamerun gehabt, gäbe es heute kein Kontor mehr. Kein Kontor, keine Villa, nichts von alldem hier.«

»Und auch du hast deinen Beitrag geleistet, um das Kontor zu neuer Blüte zu führen, oder etwa nicht?«

Georg überlegte, ob er ehrlich sein sollte. Immerhin wollte er in den Augen seines Sohnes nicht schlecht dastehen. Da dieser seine Argumente aber derart fordernd vorbrachte, überwand er seinen Stolz. »Du willst die Wahrheit hören?«, fragte er. »Nun gut, ich werde sie dir sagen: Robert hat von uns dreien den größten Anteil gebracht und alles gewagt, indem er nach Kamerun ging. Karl hat das Kontor in Wien aufgebaut, wie du weißt. Doch auch hier war es Roberts Leistung, die das ermöglicht hat. Ich will damit Karls Verdienste nicht schmälern, doch so schätze ich es ein. Ich jedoch«, er atmete tief durch, »habe lediglich hier in Hamburg gesessen und es nicht geschafft, neue Kunden zu gewinnen. Ich war das schwächste Glied in dieser Kette, und meine Unzufriedenheit wurde immer größer. Wer weiß, ob ich, wäre ich mit mir im Reinen gewesen, den Unsinn angestellt hätte, der letztlich unsere gesamte Familie zerrissen hat.«

»Ihr wart gleichberechtigt, oder nicht? Also hätte jeder den gleichen Anteil verdient gehabt«, hielt Richard dagegen.

Georg nickte. »Ja, das waren wir. Und deshalb haben Robert und Karl mir damals, als sie von mir verlangten, mich aus dem Kontor zurückzuziehen, meinen Anteil ausgezahlt.« Er sah zu Boden. »Ich schäme mich fast, es zuzugeben, doch es war sogar mehr, als mir damals zugestanden hätte. Sie haben in ihre Berechnungen bereits einbezogen, dass das Kontor bald besser dastehen würde.«

»Du hast Geld bekommen?«, hakte Richard nach.

Wieder nickte Georg. »Ja, das habe ich. Ich wollte damit eine neue Firma gründen. Aber nun ja ...«

»Was meinst du mit *nun ja?* Was ist aus dem Geld geworden?«

»Ich hatte eine sehr kostspielige Geliebte, wie du weißt.«

»Elisabeth hat dein Geld ausgegeben?«

»Bis auf den letzten Pfennig. Und als nichts mehr da war, hat sie mich verlassen.« Georg sah seinem Sohn in die Augen. »Ich weiß, keine schöne Geschichte und wahrlich nichts, worauf ich stolz bin. Aber so war es nun einmal.«

»Aber heute ist das Kontor viel mehr wert«, versuchte Richard es noch einmal.

»Richard, ich habe meinen Anteil bekommen«, wiederholte Georg geduldig. »Und meine Brüder haben sich mir gegenüber ehrenhaft verhalten. Ganz anders, als ich es damals getan habe. Was sie danach aus dem Kontor gemacht haben, hat wahrscheinlich selbst ihre eigenen Erwartungen übertroffen. Doch damit habe ich absolut nichts zu tun.« Er zuckte mit den Achseln. »Ich bin heute ein einfacher Angestellter. Und selbst dafür muss ich Robert dankbar sein. Ob ich an seiner Stelle die Größe gehabt hätte, dem Bruder, der mich derart betrogen hat, noch einmal die Hand zu reichen, vermag ich nicht zu sagen.«

»Du bist auf eine geradezu widerliche Art unterwürfig, Vater.«

»Du mäßigst auf der Stelle deinen Ton!«

Richard funkelte ihn wütend an, dann senkte er den Blick. »Ich bitte um Verzeihung«, sagte er. »Es ist nur so, dass du mit deinem Verhalten nicht nur dein eigenes Schicksal besiegelt hast, sondern das unserer gesamten Familie, vor allem Frederikes und meines«, sagte er bitter.

»Ja, ich weiß. Und es tut mir aufrichtig leid.«

Richard trank den letzten Schluck aus seinem Bierglas. »Dann mach es wieder gut, indem du mir jetzt hilfst.«

»Gern, wenn ich kann.«

»Ich brauche Geld für eine angemessene Wohnung für meine Familie und mich.«

»Dafür sollte das Geld, das du im Kontor verdienst, doch reichen.«

»Eine *angemessene* Wohnung«, betonte Richard. »Ich habe nicht vor, in irgendeinem Loch zu hausen.«

»Nun, du solltest mit Robert sprechen. Vielleicht erhöht er deinen Lohn.«

»Für ein bisschen Geld vor ihm zu Kreuze kriechen? Pah!«

»Du bist ziemlich undankbar, mein Sohn. Immerhin war es Robert, der die Kosten für dein Studium und deine Unterkunft übernommen hat, als mir das nicht mehr möglich war. Und als du dein Studium abgebrochen hast, war es da nicht Robert, der dich wieder hier aufgenommen und dir auch noch eine Anstellung im Kontor gegeben hat?«

»Weil ich ein Hansen bin und mir genau das zusteht.«

»Nein, das tut es eben nicht«, beharrte Georg. »Ich habe es dir doch soeben erklärt. Das, was euer Großvater zu vererben hatte, wurde gerecht aufgeteilt. Das, was jetzt an Werten da ist, gehört Robert und Karl und ihren Familien.«

»Das bedeutet also, dass Luise und diese Bälger von Karl alles kriegen. Und nicht zu vergessen Martha, die ohnehin schon einen reichen Ehemann hat. Und das nennst du gerecht?«

»Wäre ich schon immer ein einfacher Arbeiter gewesen, würdest du dann darüber sinnieren, was die Erben anderer Leute haben?«

»Nein, aber dann wäre ich auch nicht Nachkomme einer der bedeutendsten Hamburger Handelsfamilien.«

»Bau dir doch selbst etwas auf«, schlug Georg vor.

»Wäre das so einfach, wie du tust, würde ich es mir überlegen.«

»Ich behaupte nicht, dass es einfach ist. Doch was mir missfällt, Richard, ist, dass du nicht einen Moment darüber nachdenkst, wer für dein Glück und deinen Erfolg verantwortlich ist – nämlich du selbst.«

Die Terrassentür wurde geöffnet, und Robert trat heraus. »Störe ich?«

»Ehrlich gesagt, führen mein Sohn und ich gerade eine Grundsatzdiskussion«, erwiderte Georg.

»Oh, ich verstehe.« Robert wandte sich wieder um.

»Nein«, hakte Richard sofort ein, »bleib ruhig hier. Wir haben soeben auch über dich gesprochen.«

»Über mich?«

»Allerdings.«

Georg deutete auf den Stuhl. »Es geht um das Kontor«, erklärte er seinem Bruder. »Richard ist der Auffassung, dass ihm ein Anteil zustünde, und ich habe ihn über die tatsächlichen Gegebenheiten aufgeklärt.«

»Die ich nicht ganz einzusehen vermag«, fügte Richard trotzig hinzu.

Robert sah seinen Bruder fragend an, dann setzte er sich. »Ich höre«, sagte er zu Richard.

»Meiner Auffassung nach steht mir ein Anteil an dem Kontor zu, aus dem Erbe meines Großvaters heraus.«

Robert blickte zu Georg, woraufhin dieser erklärte: »Ich habe ihm bereits gesagt, dass Karl und du mich damals ausgezahlt habt.«

Robert sah wieder Richard an. »Wenn du also Bescheid weißt, verstehe ich nicht, was noch unklar ist.«

»Mein Großvater hat dieses Kontor aufgebaut. Es kann nicht sein, dass ich als sein Enkel nichts erhalte, während Martha und Luise aus dem Vollen schöpfen.«

Robert wirkte überrascht. »Ich weiß ja nicht, was du dir so vorstellst, aber weder Martha noch Luise haben je auch nur einen Pfennig aus dem Kontor bekommen. Bis auf die persönlichen Gegenstände, die euer Großvater damals verfügt hat, hat keiner von euch irgendetwas bekommen.«

»Aber sie *werden* eines Tages etwas bekommen«, beharrte Richard.

»Ja, wenn ich das Zeitliche segne«, stellte Robert trocken fest.

»Aus dem, was einst unser aller Großvater aufgebaut hat.«

»Nein, Richard, so ist das nicht«, versuchte Robert es noch mal in ruhigem Tonfall. »Als dein Vater, Karl und ich das Kontor erbten, war es nichts wert. Es bestand nur aus Schulden.«

»Aber wenn mein Vater Teil dessen geblieben wäre, was es heute ist, wäre er jetzt ebenfalls ein reicher Mann, genau wie du.«

»Ich möchte das wirklich nicht wieder aufwärmen«, wehrte Robert ab und wandte sich an Georg. »Oder hast du irgendwie das Gefühl, dass Karl und ich dich übervorteilt hätten?«

»Nein, das habe ich ganz und gar nicht«, versicherte Georg. »Und das habe ich meinem Sohn auch zu vermitteln versucht.« Er hob die Hände. »Aber du merkst ja selbst, dass er für Argumente nicht besonders zugänglich ist.«

»Weshalb ist das auf einmal so wichtig für dich?«, fragte nun Robert, der sich keinen Reim auf Richards Verhalten machen konnte.

»Weil ich vorhabe, mit meiner Familie aus der Villa auszuziehen und mir etwas Eigenes zu suchen. Und dazu brauche ich nun einmal Geld.«

»Du erhältst deinen Lohn.« Robert sah abermals zu Georg, als wollte er diesen um eine Erklärung bitten. »Davon kannst du doch eine Wohnung bezahlen.«

»Aber nur eine Wohnung, die meinen Ansprüchen und denen meiner Frau alles andere als angemessen wäre.«

»Ah«, gab Robert spöttisch von sich, »das ist also der wahre Grund. Der junge Herr hat zu hohe Ansprüche.« Er beugte sich weiter vor. »Ich mag deinem Vater nicht vorgreifen, Richard, aber ich möchte dir eines sagen: Du solltest es meiner Meinung nach mal mit ehrlicher, harter Arbeit versuchen. Das könnte für dich eine ganz neue Erfahrung sein.«

»Was willst du damit sagen?«

»Dass du dich im Kontor nicht gerade totarbeitest«, erklärte Robert. »Schon oft habe ich mir Beschwerden über dich anhören müssen. Doch ich habe es hingenommen, weil ich dir nicht das Gefühl geben wollte, dass du unter besonderer Beobachtung stehst. Aber das, worüber du dich nun beklagst, könntest du selbst ohne Schwierigkeiten beseitigen, wenn du dich mehr anstrengen würdest.«

»Aber ich ...«

»Nein!« Robert hob die Hand. »Ich bin noch nicht fertig. Ich will dir mal etwas sagen: Martha hat einen reichen Mann, ebenso wie Luise. Doch während Martha nicht das Geringste tut, hat Luise sich in den Jahren im Kontor aufgerieben. Ich kann gar nicht in Geld ausdrücken, wie viel sie zum Gelingen der Geschäfte und damit zur Blüte des Kontors beigetragen hat. Du solltest dir ein Beispiel an ihr nehmen und dich hocharbeiten.« Er starrte seinen Neffen wütend an, dann entspannte sich seine Haltung jedoch. »Ich biete dir die Möglichkeit, im Kontor eine gute oder sogar sehr gute Position einzunehmen. Und zwar gebe ich dir die Gelegenheit, Luises Aufgaben zu übernehmen, solange sie nach der Geburt ihres Kindes zu Hause bleibt. Dann kannst du dich beweisen. Sollte ich aber feststellen, dass du die Sache schleifen lässt, wirst du die Stelle, die du jetzt hast, wiederbekommen. Noch eine Gelegenheit werde ich dir dann jedoch nicht bieten.«

Richard sah seinen Onkel an. »Gut, ich akzeptiere. Wie viel Geld erhalte ich während dieser Zeit?«

»Die gleiche Summe wie jetzt«, entgegnete Robert ruhig.

»Aber nein!«, widersprach Richard. »Ich will so viel Geld bekommen, wie Luise für ihre Arbeit erhält.«

»Genau das habe ich dir gerade zugesagt. Du bekommst schon jetzt so viel, wie sie erhält. Und soll ich dir noch etwas erzählen: Luise war diejenige, die ein so hohes Gehalt für dich vorgeschlagen hat, weil du immerhin eine Familie versorgen musst, auch wenn du in der Villa wohnst und keinerlei Beitrag zu eurem Unterhalt zu leisten hast.«

»Luise bekommt nicht mehr als ich?«

»Nein. Sie sagt, dass sie nicht mehr braucht.«

Darauf wusste Richard nichts zu erwidern.

»Ich denke, das Wort, nach dem mein Sohn so verzweifelt sucht, heißt ›danke‹«, schaltete sich Georg ein. »Es ist eine herausragende Gelegenheit, die du ihm damit bietest, Robert.«

Robert erhob sich von seinem Stuhl. »Die Fußstapfen, in die du zu treten versuchst, sind groß, Richard. Enttäusche mich nicht.«

Ohne eine Antwort seines Neffen abzuwarten, ging er wieder ins Haus. Er ahnte, dass Luise nicht gefallen würde, was er soeben vereinbart hatte.

Und er konnte nur hoffen, dass er es nicht eines Tages bereuen würde.

17. Kapitel

Das Glöckchen über der Tür kündigte den nächsten Kunden an, und Felix sah auf. »Grüß Gott, der Herr.«

»Grüß Gott.«

»Ah, Sie sind es. Hat Ihnen die Schokolade geschmeckt?«

»Wovon reden Sie?«, fragte der Kunde mürrisch.

Felix war irritiert. »Sie haben doch kürzlich ein Säckchen Kakaobohnen bei mir gekauft, und ich wollte nur wissen …«

»Das habe ich nicht. Sie müssen mich verwechseln«, gab Jakob ungehalten zurück. Nie hätte er damit gerechnet, dass der Angestellte ihn wiedererkannte, wo er doch nun ganz anders aussah als bei ihrer letzten Begegnung. Immerhin trug er jetzt einen modischen Anzug und blitzblank polierte Schuhe und sah wieder gepflegt aus – ganz im Gegensatz zu seinem letzten Besuch, als er in Lumpen gekleidet hier aufgetaucht war.

»Dann bitte ich um Verzeihung«, sagte Felix, wenngleich ihm die Verwunderung über die grobe Zurechtweisung des Kunden anzusehen war.

»Ich möchte mit Herrn Hansen sprechen«, sagte Jakob. »Ist er da?«

»Kann ich Ihnen vielleicht auch helfen?«, fragte Felix.

»Wenn ich das wollte, hätte ich es gesagt«, wies Jakob ihn erneut zurecht. »Holen Sie Herrn Hansen jetzt oder nicht?«

»Aber ja, selbstverständlich«, erwiderte Felix und verneigte sich kurz. Dann drehte er sich um und verließ den Verkaufsraum.

Nicht lange danach kam er mit Karl im Schlepptau wieder zurück. »Das ist der Herr, der Sie zu sprechen wünscht«, erklärte Felix seinem Chef.

Karl blieb fast die Luft weg, als er sah, wen er vor sich hatte. »Dass du Lump dich hierhertraust!«, empörte er sich.

»Könnte ich Sie wohl einen Moment unter vier Augen sprechen?«, bat Jakob höflich.

»Wir haben nichts zu besprechen, höchstens auf der Sicherheitswache, wenn du nicht augenblicklich verschwindest.«

»Sicherheitswache«, wiederholte Jakob gedehnt. »Ja, ein guter Gedanke. Dort kann man über so viele Themen sprechen, nicht wahr? Über Gaunereien, Diebstähle, Homophilie …« Er beobachtete genau, wie das letzte Wort auf sein Gegenüber wirkte.

Karl wurde von einem Moment auf den anderen leichenblass.

»Ich denke, dass wir uns allein besprechen sollten, Herr Hansen, meinen Sie nicht?«, setzte Jakob nach.

Karl brauchte einen Moment, um seine Fassung zurückzuerlangen.

»Felix«, sagte er dann, »geh ins Lager und stelle die Lieferung für die Reichenbachs zusammen.«

»Jawohl, Herr Hansen.« Felix machte kehrt und ging sofort nach hinten ins Lager.

Karl schluckte schwer. Noch immer hatte sein Gesicht eine ungesunde graue Färbung. »Was wollen Sie von mir?«

Ein schiefes Lächeln huschte über Jakobs Gesicht. »Wie schön, dass Sie wieder etwas höflicher zu mir sind«, bemerkte Jakob zynisch. »Na, was will ich wohl? Geld natürlich.«

Nach kurzem Zögern öffnete Karl die Kasse und griff hinein. »Hier. Und jetzt verschwinden Sie!« Er schob das Kassenfach wieder zu, das scheppernd einrastete.

»Na, na, nicht so unfreundlich! Sonst sind Sie doch Männern gegenüber wesentlich entgegenkommender, nicht wahr? Ich bin wohl nicht Ihr Typ, was?« Er sah auf die Scheine in seiner Hand. »Das bisschen ist aber nur eine Anzahlung, wie wir beide wissen.«

»Mehr habe ich nicht.«

»O doch, und zwar einiges mehr. Ich kann auch später wiederkommen, wenn die anderen Waren ausgeliefert sind.«

Karl zögerte. »Warten Sie.« Er ging nach hinten, holte die Geldtasche hervor, die er dort zwischen den Säcken versteckt hatte, und nahm etwa die Hälfte der Scheine heraus. Dann legte er die Geldtasche zurück und ging mit dem Bündel Scheine in der Hand wieder nach vorn. »Hier. Das ist alles. Mehr habe ich nicht.«

Jakob überschlug, wie viel Geld er in den Händen hielt. »Da scheint das Kaffeehaus Ihrer werten Frau Gemahlin ja einträglicher zu sein. Vielleicht sollte ich mich mit meinem Wissen an sie wenden.«

»Mehr habe ich nicht«, beharrte Karl.

»Tja, dann tut es mir leid. Das reicht leider nicht. Dann muss ich wohl meine Beobachtungen teilen.«

»Ich kann noch mehr beschaffen«, sagte Karl eilig.

»Das dachte ich mir«, meinte Jakob mit einem zufriedenen Grinsen.

Karl sah nach hinten, um sich zu vergewissern, dass Felix nicht in Hörweite war. »Wenn ich Ihnen noch einmal so viel gebe, versprechen Sie mir dann, zu verschwinden?«

»Na, was denken Sie denn? Glauben Sie, ich würde länger als nötig mit einem wie Ihnen zu tun haben wollen?«

Karl überlegte, ob es klug wäre, erneut nach hinten zu gehen und ihm den Rest des Geldes zu geben. Damit hätte er sich aber als Lügner entlarvt, denn er hatte ja soeben behauptet, nicht mehr Geld zu haben. »Wir treffen uns heute Abend«, sagte er dann. »Am Beethoven-Denkmal.«

»In Ordnung«, willigte Jakob ein. »Um acht?«

»Lieber ein bisschen später. Ich möchte nicht, dass man uns zusammen sieht.«

Jakob verdrehte die Augen. »Na gut, um neun, aber lassen Sie sich keine Dummheiten einfallen. Und wenn Sie Ihren Liebsten«, er verzog den Mund, »mitbringen oder irgendwie versuchen sollten, mich reinzulegen, wird es Ihnen leidtun.«

»Ich komme allein.«

»Das will ich Ihnen auch raten«, erwiderte Jakob. Er tat, als würde er nachdenken. »Andererseits sollte ich womöglich einigen Freunden von der Sache erzählen. Nicht, dass mir am Ende noch etwas zustößt.«

»Tun Sie das nicht, ich bitte Sie! Ich habe Kinder.«

»Ja, ich weiß. Genau genommen weiß ich alles über Sie.« Jakob lächelte honigsüß. »Ich weiß, wo Sie wohnen, wen Sie beliefern. Ach ja …« Er legte den Finger auf die Lippen und senkte die Stimme. »Und natürlich weiß ich, dass Sie sich besteigen lassen.«

Karl wurde übel. »Bitte!«, flehte er.

»Um neun«, sagte Jakob nun wieder mit fester Stimme. »Kommen Sie nicht zu spät und bringen Sie das Geld mit.« Er beugte sich vor und flüsterte: »Sonst werde ich Ihrer zauberhaften Frau ganz genau beschreiben, wie es aussieht, wenn ihr Bruder Sie bespringt wie ein Köter.«

Karl wurde so übel, dass er glaubte, jeden Moment umzukippen.

Jakob grinste und wandte sich um. »Einen angenehmen Tag noch, Herr Hansen.« Damit ging er hinaus.

Karl zitterte am ganzen Körper, als Felix, durch das Glöckchen alarmiert, wieder nach vorn kam. »Alles in Ordnung, Herr Hansen? Sie sehen so blass aus.«

»Äh ...«, stammelte Karl, »der Mann eben ... Er hat einen Sohn in Franz' Alter, und er hat mir erzählt, dass bei dem Arzt unseres Sohnes eine ansteckende Krankheit festgestellt worden ist.« Karl fragte sich, ob das, was er da von sich gab, irgendeinen Sinn machte.

»Das ist ja schrecklich!«, entgegnete Felix. »Weiß Ihre Frau schon Bescheid?«

»Nein, ähm ... ich muss es ihr so bald wie möglich sagen«, meinte Karl, noch immer konfus und ratlos, wie er sich weiter verhalten sollte. »Ich werde am besten gleich nach Hause gehen und mit ihr sprechen.«

»Ja, gut. Ich schließe dann nachher ab, Herr Hansen.«

»Danke, Felix«, stammelte Karl und musste sich einen Moment am Tresen festhalten, um nicht zusammenzusinken.

»Sie sehen gar nicht gut aus, Herr Hansen. Wollen Sie sich nicht lieber einen Augenblick hinsetzen? Sie sollten sich nicht allzu viele Sorgen machen«, riet Felix. »Bestimmt hat Franz sich gar nicht angesteckt. Er wirkt doch immer so gesund.«

»Ja, sicher hast du recht«, erwiderte Karl fahrig. Er atmete tief durch, um sich zu beruhigen. »Ich hole nur mein Jackett und gehe dann.«

»Ja, gut, Herr Hansen. Ich kümmere mich hier um alles.«

Karl ging nach hinten, holte erneut die Geldtasche hervor und nahm sein Jackett. Er verabschiedete sich von Felix, dann verließ er das Kontor und setzte einfach immer einen Fuß vor den anderen, ohne auch nur wahrzunehmen, wohin er ging.

Irgendwann, er wusste nicht, wie lange er durch die Gegend geirrt war, fand er sich im Park gegenüber von seinem Haus wieder. Die ganze Zeit über waren ihm alle möglichen Gedanken durch den Kopf gegangen. Wie nur hatte dieser Jakob von ihm und Florentinus erfahren? Wusste noch jemand davon? Musste er Florentinus Bescheid geben und sich mit ihm besprechen, was sie tun sollten? War es nicht sogar seine Pflicht, ihn zu informieren? Oder würde er ihn damit in genau die gleiche Lage bringen, in der er sich jetzt befand: voller Panik, was als Nächstes geschehen würde? Was, wenn dieser Saitenschläger sie dennoch denunzierte, auch wenn er das Geld bekam? Musste Karl von nun an für den Rest seines Lebens Angst haben, dass dieser Kerl ihn verriet? Vor allem aber stellte sich die Frage, ob er sich überhaupt jemals wieder sicher fühlen konnte oder ob der Kerl nicht eines Tages wieder vor der Tür stand und ihn erpresste, wenn ihm das Geld ausging?

Karl war noch immer speiübel, als er sich schließlich nach Hause schleppte.

Als Therese die Haustür hörte, trat sie mit einem strahlenden Lächeln aus der Küche, in der sie gerade das Abendessen zubereitete. »Du kommst genau richtig«, sagte sie, während sie ihre Hände an einem Tuch abtrocknete. »Ich habe gerade … mein Gott, Karl«, sie stürzte auf ihren Ehemann zu, »was ist denn geschehen? Bist du krank?«

»Ich fühle mich nicht besonders«, sagte er, während er Mühe hatte, überhaupt geradeaus zu gehen.

Sie fasste ihm an die Stirn. »Du glühst ja! Soll ich Doktor Vogler holen?«

»Nein, lass nur. Es geht gleich wieder. Ich muss mich nur ein bisschen ausruhen.«

»Wie konnte Felix dich nur in diesem Zustand allein nach Hause gehen lassen?«, schimpfte Therese.

Von oben drangen Stimmen in den Flur, und einen Moment später tauchte Franz am oberen Treppenabsatz auf. »Vater!«, rief er begeistert. Nur einen Wimpernschlag später stand Sophia hinter ihm. »Eine Stufe nach der anderen«, mahnte sie den Vierjährigen und bot ihm ihre Hand.

»Meinem Mann geht es nicht gut«, sagte Therese besorgt. »Bleib bitte mit den Kindern vorerst noch oben«, bat sie das Kindermädchen.

»Nein, nein, es geht schon«, sagte Karl und sah dann Franz an. »Komm herunter, mein Kleiner.«

Franz war etwas unschlüssig, dann setzte er sich jedoch in Bewegung und absolvierte Stufe für Stufe. Als er unten ankam, ging Karl in die Hocke. »Mein Sohn«, sagte er und klammerte sich geradezu an Franz.

Der Kleine war vollkommen verunsichert und warf seiner Mutter einen Hilfe suchenden Blick zu.

»Karl, ich werde doch lieber Doktor Vogler holen«, sagte Therese, die es langsam mit der Angst bekam. Sie sah, dass Karl sich die Tränen abwischte.

»Nein«, entschied Karl und richtete sich wieder auf. »Ich werde jetzt nach oben gehen und mich ein wenig hinlegen. Esst heute einmal ohne mich, ja?«

»Ist gut«, sagte Therese und warf Sophia einen unsicheren Blick zu.

Karl schleppte sich die Stufen hinauf, und Sophia beeilte sich, wieder ins Kinderzimmer zu kommen, um die kleine Helene nicht länger unbeaufsichtigt zu lassen.

Karl öffnete die Schlafzimmertür und schloss sie hinter sich. Dann ging er zum Bett und rollte sich darauf zusammen wie ein kleines Kind. Er konnte die Tränen nicht zurückhalten. Es war aus, alles war aus und vorbei. Die Wahrheit würde Therese umbringen.

Es war wenige Minuten vor neun, als Karl das Denkmal erreichte. Jakob erwartete ihn bereits.

»Da sind Sie ja«, stellte er fest. »Und sogar ganz pünktlich, die Glocke hat noch nicht geschlagen. Haben Sie das Geld?«

Karl hatte vorhin kurz geschlafen, sein Gesicht gewaschen und dann mit der Entschuldigung das Haus verlassen, dass er aufgrund seines Zustands beim Verlassen des Kontors einen Auftrag vergessen hätte, der gleich morgen früh ausgeliefert werden musste. Er versicherte Therese, dass es ihm bereits viel besser ging, und so hatte sie ihn nach einem prüfenden Blick ziehen lassen.

»Ja, habe ich«, sagte er mit so fester Stimme, wie seine Aufregung es zuließ. Er holte die Geldtasche hervor, gab aber noch nichts heraus. »Wie kann ich sicher sein, dass ich Sie nie wiedersehe?«

»Na, gar nicht«, gab Jakob leichthin zurück.

»Ich könnte Sie wegen Verleumdung anzeigen, wenn Sie zur Sicherheitswache gehen und irgendwelche Beschuldigungen gegen mich erheben.«

»Ja, das könnten Sie«, bestätigte Jakob. »Aber Sie würden es nicht tun, und das wissen wir beide. Es könnte ja immerhin der Schatten eines Verdachts hängen bleiben, dass wirklich etwas dran ist.« Jakob beäugte Karl. »Geben Sie mir jetzt das Geld!«

Karl griff in die Geldtasche und wollte es hervorholen, doch Jakob riss ihm die Tasche aus der Hand und zählte das Geld nach. »Das nehme ich so«, verkündete er.

Karl war zwar verärgert, doch er ließ ihn gewähren.

»Also gut«, sagte Jakob dann, »ich bin schließlich kein Unmensch. Ich gewähre Ihnen ein paar Tage, damit Sie mehr besorgen können.«

»Was?« Karl glaubte, sich verhört zu haben. »Sie haben doch zugesagt, dass Sie verschwinden, wenn ich Ihnen das Geld gebe!«

»Ach, Herr Hansen. Sie wissen doch selbst, dass es viel weniger ist als das, was Ihre Frau in der Kassette hatte. Und wie sagte Ihre Ehefrau so schön: Nur Sie, Ihre Frau und Frieda wissen, wo sich die Kassette und der Schlüssel befinden. Das hier«, er hielt die Geldtasche hoch, »bekomme ich für die Schmerzen, die ich nach dem Schlag hatte, den Sie mir verpasst haben. Und jetzt besorgen Sie mir ganz artig das Geld aus der Kassette.« Er hob die Achseln. »Sie können es ja auf Frieda schieben. Bestimmt wird Ihre Frau Ihnen glauben.«

»Sie verdammtes Schwein!«

»*Wie* nennen Sie mich?« Er hob arrogant die Augenbrauen. »An ein quiekendes Schwein erinnern wohl eher Sie, wenn Sie von Ihrem gierigen Eber bestiegen werden.«

Karl wirkte nun von einem Moment auf den andern viel ruhiger. »Das wird niemals mehr aufhören, oder?« Es schwang keinerlei Angst in der Frage mit. Vielmehr klang es wie eine Erkenntnis, die ihm soeben gekommen war.

»Ach, Herr Hansen, Sie sehen das viel zu ernst. Sie werden mir einfach das Geld aus der Kassette bringen, und dann, na ja, werden wir weitersehen. Keine Sorge. Ich werde Sie nicht in den Ruin treiben. Dann würde ja meine Einnahmequelle versiegen. Betrachten Sie es doch einfach als gute Tat, dass Ihr Kontor mich künftig unterstützen wird. So haben wir alle ein schönes Leben, nicht wahr?«

Karl sah ihn einen Augenblick an. »Wir treffen uns hier wieder, in zwei Tagen um die gleiche Zeit.«

»Na bitte, jetzt haben Sie's begriffen.« Jakob lachte auf, dann verzog er das Gesicht. »Und lassen Sie sich ja keine Dummheiten einfallen! Ich kann jederzeit zu Ihrer Frau gehen. Oder ich könnte einen Brief hinterlegen und ihr zukommen lassen.«

»Das wird nicht nötig sein«, sagte Karl nur. »Übermorgen um neun. Ich werde da sein!«

Von dem Moment an, da Karl sich an diesem Abend auf den Weg zurück nach Hause machte, fühlte er sich so konzentriert wie noch nie zuvor in seinem Leben.

All die Vorwürfe und Selbstzweifel, die seit jeher sein Leben bestimmt hatten, waren auf einmal verschwunden. Zum ersten Mal war er voller Entschlossenheit und ohne jede Furcht bereit, zu tun, was notwendig war, und ohne Wenn und Aber die Konsequenzen zu tragen.

Er dachte über sich nach, führte sich vor Augen, was für eine Persönlichkeit er war. Er hatte nie in seinem Leben einen Menschen verletzen oder kränken wollen, hatte sich Entscheidungen nie leicht gemacht, sondern war stets bemüht, alle Seiten eines Umstands zu beleuchten, und hatte sich immer wieder hinterfragt, ob er der Mensch war, als der er wahrgenommen werden wollte. Bei allem, dessen war er gewiss, hatte er umsichtig gehandelt und stets versucht, das Richtige zu tun. Nur nicht, wenn es um seine Homosexualität ging und darum, welche Folgen diese Neigung, gegen die er einfach nicht anzukommen schien, für die Menschen haben könnte, die er liebte.

Therese erwartete ihn zu Hause voller Unruhe. »Ich war in Sorge um dich«, erklärte sie, kaum dass er ins Wohnzimmer getreten war.

»Dafür gibt es keinen Grund. Es geht mir jetzt wieder gut«, stellte er in ruhigem Tonfall fest.

»Wirklich, ja?«

»Ja.« Er ging zu ihr hinüber. Sie hatte sich auf dem Sessel zusammengekauert, und erst jetzt sah er, dass sie geweint hatte. »Du musst dir keine Sorgen mehr machen«, sagte er sanft und strich ihr zärtlich über das Haar.

»Was war denn nur mit dir?«

»Ach, nichts«, antwortete er ausweichend. »Die Hauptsache ist doch, dass jetzt wieder alles in Ordnung ist, nicht wahr?«

Sie betrachtete ihn einen Moment. »Du hast etwas Fremdes an dir, Karl, das ich nie zuvor an dir wahrgenommen habe.«

»Das kommt dir nur so vor.«

»Nein.« Sie schüttelte den Kopf. »Bitte, Karl, was auch immer es ist, sag es mir!«, flehte sie. »Bist du krank? Ist irgendetwas im Kontor vorgefallen?«

»Aber nein, was soll denn vorgefallen sein?«

»Karl, verkauf mich nicht für dumm. Als du vorhin nach Hause kamst, warst du vollkommen außer dir.«

»Wie ich vorhin sagte: Ich fühlte mich nicht gut. Wahrscheinlich war es der Magen. Jetzt ist alles wieder in Ordnung.« Er nahm ihre Hand. »Ich bin erschöpft, doch ich möchte dir gern noch nah sein. Komm mit mir nach oben.«

Therese sah ihn fragend an, unschlüssig, ob sie auf seine Bitte eingehen sollte. Sie war sich ganz sicher, dass er ihr etwas verschwieg. Doch sie spürte auch, dass es keinen Sinn hatte, zu versuchen, weiter in ihn zu dringen. Also stand sie auf und ließ sich von ihm nach oben ins Schlafzimmer führen.

Sie liebten sich stundenlang. Karl war so leidenschaftlich, so unglaublich zärtlich, dass Therese meinte, die Welt würde sich um sie drehen.

Am nächsten Morgen war sie noch immer ganz erfüllt von dieser unglaublichen Nacht, wenngleich das Gefühl, dass es etwas gab, das ihr Mann ihr verschwieg, noch immer auf ihrer Seele lastete. Doch sie sagte sich, dass er sich ihr schon öffnen würde, wenn er so weit war.

Karl verabschiedete sich mit einem langen Kuss von seiner Frau, herzte seine Kinder und machte sich wie gewohnt auf den Weg ins Kontor.

Er war früher da als Felix und nutzte die Zeit, um für Ordnung zu sorgen. Dann nahm er sich seine Briefbögen und erledigte die Korrespondenz, die ihm am Herzen lag. Danach steckte er die Briefe in die Kuverts und verstaute einen davon in seiner Jacketttasche. Den anderen legte er auf den Tresen. Schließlich machte er sich daran, eine vollständige Lagerliste zu erstellen, mit der er gerade fertig wurde, als Felix den Laden betrat.

»Grüß Gott, Herr Hansen.«

»Guten Morgen, Felix.« Karl reichte ihm den Brief, den er gerade eben erst auf den Tresen gelegt hatte. »Hier, Felix. Wie versprochen, bestätige ich dir in dieser Vereinbarung deine Gehaltserhöhung.«

»Danke, Herr Hansen.« Felix wusste nicht recht, wie er sich verhalten sollte. Bisher hatte es nie eine schriftliche Vereinbarung gegeben, und er war überrascht, nun auf einmal eine zu erhalten.

»Verwahre sie sorgfältig, ja?«

»Ja, Herr Hansen, das werde ich.« Er sah seinen Chef nachdenklich an. »Geht es Ihnen wieder besser? Hat sich die Angelegenheit mit dem Doktor vom Franz klären lassen?«

»Dem Doktor vom Franz?«, wiederholte Karl, erinnerte sich dann aber an die Geschichte, die er gestern so eilig erfunden hatte. »Aber natürlich, der Doktor. Die Sorge hat sich als unbegründet herausgestellt. Es ist alles in Ordnung.«

»Das freut mich wirklich sehr.« Felix war noch immer etwas unsicher. Es schien, als wunderte er sich über das Verhalten seines Chefs. Doch er hätte nie den Mut gehabt, ihn darauf anzusprechen. Also nahm er den Brief, klappte das Tresenbrett hoch und ging nach hinten ins Lager, wo er den Brief in die Tasche seines Jacketts steckte und dann seine Kontorjacke anzog. Dann ging er wieder nach vorn und ließ sich von seinem Chef die Aufgaben zuteilen, die er als Erstes an diesem Tag zu erledigen hatte. Das eigenartige Gefühl, dass irgendetwas anders war als sonst, blieb jedoch.

Karl erledigte akribisch alles, was er sich vorgenommen hatte, und teilte Felix dann mit, dass er kurz fortgehe, um einige Besorgungen zu erledigen. Der Angestellte nahm mit Erleichterung zur Kenntnis, dass Karl nun immer entspannter, ja geradezu fröhlich wirkte, und Felix ließ sich von der guten Laune seines Chefs anstecken.

Als Karl später von seinem Erledigungsgang zurückkehrte, gab er Felix Bescheid, dass er eine Lieferung vom Gemischtwarenladen erwarte. Die Ware sei bereits bezahlt, fügte er hinzu, und der Verkäufer habe ihm versprochen, den bestellten Artikel noch vor fünf Uhr zu liefern. Um was genau es sich handelte, erklärte Karl nicht, und Felix fragte auch nicht nach.

Als es etwa Viertel vor fünf war, betrat der Laufbursche des Gemischtwarenhändlers das Kontor Hansen und übergab Karl ein Kästchen, das dieser dankend entgegennahm. Der Bursche, der nicht älter als zehn Jahre sein konnte, wurde mit einer Münze belohnt, wofür er sich strahlend bedankte.

»Darf ich fragen, was das ist?« Felix war an Karls Seite getreten und betrachtete neugierig das Kästchen mit den geschnitzten Verzierungen, das auf dem Tresen stand.

»Ja, fragen darfst du. Aber«, Karl legte den Zeigefinger auf die Lippen, »es ist ein Geheimnis.«

»Oh«, machte Felix nur und fragte nicht weiter.

Kurz darauf verabschiedete sich Karl und bat Felix, das Kontor am Abend abzuschließen. Dann holte er sein Jackett, griff sich das Kästchen und machte sich auf den Weg nach Hause.

Therese war überrascht, dass ihr Mann so früh aus dem Kontor heimkam. Sie war selbst noch nicht lange wieder daheim, und Sophia war mit Helene und Franz oben im Kinderzimmer. Nun hatte Therese damit begonnen, das Abendessen zuzubereiten, was noch eine ganze Weile in Anspruch nehmen würde.

»Kann ich dir helfen?«, fragte Karl, als er hinter sie trat, während sie gerade das Gemüse schnitt.

»Wie bitte, du willst mir helfen? Das sind ja ganz neue Töne.«

»Ach, Therese Hansen, ich liebe dich. Weißt du das?« Er umarmte sie und gab ihr einen Kuss auf den Hals.

»Ja, das weiß ich. Und ich weiß auch, dass ich das Essen nicht fertig bekommen werde, wenn du mich weiter aufhältst.«

»Was meinst du – soll ich Sophia gleich nach Hause schicken, damit ich ein bisschen Zeit mit den Kindern verbringen kann?«

»Du bist heute aber guter Laune«, stellte Therese erstaunt fest. »Sicher, du kannst Sophia gern früher freigeben. Sie wird sich bestimmt freuen.«

»Gut.« Er küsste sie noch einmal, dann verließ er die Küche und ging nach oben ins Kinderzimmer, wo Sophia auf dem Boden saß, die kleine Helene vor sich sitzen hatte und ihr den Rücken stützte, während Franz direkt daneben mit Bauklötzen spielte.

»Guten Abend«, sagte Karl, als er eintrat.

»Guten Abend, Herr Hansen«, erwiderte Sophia, während der kleine Franz sofort aufsprang und zu seinem Vater lief. Stürmisch umarmte er dessen Beine und wurde gleich darauf von Karl in die Höhe gehoben.

»Mein Franz, du wirst von Tag zu Tag schwerer.« Er warf ihn zweimal in die Luft, dann setzte er ihn ab, kniete sich neben Helene hin, strich ihr über das Haar und gab ihr einen Kuss auf die Wange. »Und du wirst immer hübscher.«

»Ich wünschte, ich würde auch einmal so stürmisch begrüßt«, sagte Sophia lächelnd.

Karl gab das Lächeln zurück. »Die beiden sind zauberhaft, nicht wahr? Sie können jetzt gehen, Sophia. Ich werde mich um die beiden kümmern.«

»Wirklich? Aber eigentlich müsste ich noch ein bisschen bleiben.«

»Ich habe natürlich zuvor das Einverständnis der Dame des Hauses eingeholt«, vermeldete Karl förmlich, aber mit einem Schmunzeln.

»Na, dann wünsche ich Ihnen viel Spaß mit Ihren Kindern«, sagte Sophia und übergab Karl die kleine Helene, bevor sie aufstand. »Wir sehen uns morgen wieder.«

»Bis morgen, Sophia«, sagte Franz und winkte.

»Bis morgen, Franz.« Dann strich sie Helene über die Wange. »Bis morgen, kleine Helene.«

Sophia holte ihren Umhang, den sie über den Stuhl im Kinderzimmer gelegt hatte, nahm ihre Tasche, verabschiedete sich auch von Karl und ging.

Karl war es eine reine Freude, die Kinder ganz für sich zu haben und ausgiebig mit ihnen zu spielen. Er vergaß vollkommen die Zeit, und erst als Therese nach oben rief, dass das Essen fertig sei, wurde ihm bewusst, dass er schon über eine Stunde mit seinen Kindern verbracht hatte.

Er hob Helene auf den Arm, nahm Franz an die Hand, und gemeinsam gingen sie nach unten.

Sie ließen sich Zeit für das gemeinsame Essen und brachten anschließend die Kinder zusammen in aller Ruhe ins Bett. Ein ganz normaler Abend, der doch so besonders für Karl war.

Als die Kinder eingeschlafen waren und auch Therese und Karl sich zurückzogen, liebten sie sich genau wie am Abend zuvor. Auf Therese wirkte es fast, als könnte Karl gar nicht genug von ihr bekommen. Er hielt sie auch danach noch stundenlang fest im Arm, ganz so, als wollte er sichergehen, sie nie mehr loslassen zu müssen.

Am nächsten Tag stand Karl schon wieder früh im Kontor. Er hatte Listen aller Waren angefertigt und mit dem aktuellen Datum versehen. Eine hatte er für Felix bereitgelegt, eine weitere verstaute er in seinem Jackett.

Der Tag verlief eher ruhig. Karl bediente jeden einzelnen Kunden selbst und gab Felix keine Gelegenheit, ihn abzulösen. Erst am Nachmittag, als Karl darauf bestand, die noch auszuliefernden Waren selbst zu seinen Stammkunden zu bringen, kam auch Felix dazu, sich hinter den Tresen zu stellen.

Das Geld, das Karl für die Waren erhalten hatte, steckte er dann später im Kontor in einen Briefumschlag.

»Wo ist denn die Geldtasche?«, fragte Felix erstaunt, als er seinen Chef dabei beobachtete.

»Ich muss sie verlegt haben«, gab Karl ausweichend zur Antwort.

»Mit dem ganzen Geld darin?«

»Sie wird sich schon wiederfinden«, erwiderte Karl leichthin.

Felix sah ihn überrascht an. Er wusste, dass sich das Geld für die Waren in der Geldtasche befand, ebenso ein Teil des Wechselgelds, das nicht in die Kasse kam. Dass sein Chef so leichtfertig damit umging, passte gar nicht zu ihm.

Karl verschloss das Briefkuvert und steckte es in seine Jackentasche. »Ich werde das Geld heute mit nach Hause nehmen«, erklärte er Felix, der nur nickte.

An diesem Tag ging Karl schon um vier Uhr heim. Er verabschiedete sich von Felix und sagte ihm, dass er sehr stolz auf ihn sei und sich glücklich schätzen könne, einen Angestellten wie ihn gefunden zu haben. »Pass gut auf alles auf, Felix. Ich verlasse mich auf dich«, sagte Karl.

Einen Moment verharrte er noch an der Tür, betrachtete die Regale im Laden, die Tongefäße mit den Kaffee- und Kakaobohnen. Ein Lächeln huschte über sein Gesicht. Erst dann ging er hinaus.

Felix sah ihm nach und beobachtete, wie sein Chef sich auf der gegenüberliegenden Straßenseite noch einmal umwandte, mit der Hand die Augen beschattete und das Gebäude betrachtete, in dem sich sein Kontor befand. Felix fand das merkwürdig. Hatte Karl Hansen etwas an der Fassade entdeckt, das ausgebessert werden musste? Oder weshalb sonst hatte er sich das Gebäude so genau angesehen? Felix musste zugeben, dass sein Chef sich in den letzten Tagen tatsächlich etwas eigenartig verhielt.

Auf dem Weg zu seinem Haus hatte Karl die Briefe, die er gestern und heute geschrieben hatte, noch beim Postamt aufgegeben.

Als Karl nun nach Hause kam, war Therese nicht da und Sophia mit den Kindern vermutlich noch im Park. Es war merkwürdig, wie still es in diesem Haus war, wenn die Menschen nicht da waren, die es sonst mit Leben füllten.

Karl sah sich im Flur um, dann ging er zum Wohnzimmer und lehnte sich an den Türrahmen. Lange betrachtete er die Einrichtung. Ein bisschen erinnerte sie ihn an Thereses Kaffeehaus, denn obwohl sie es sich hätten leisten können, alles neu zu erwerben, stammten einige Möbelstücke noch aus der Zeit, als er mit Therese in der kleinen Mietwohnung gehaust hatte. Therese hatte immer gesagt, dass sie jedes einzelne Stück liebte und deshalb nicht bereit sei, die Sachen wegzugeben. Sie hatte recht behalten, dass gerade die Kombination aus Alt und Neu den besonderen Charme ausmachte, und Karl hatte sich damals mit einem gewissen Widerwillen darauf eingelassen, einen Großteil der alten Möbel zu behalten. Was für ein Glück! Alles wirkte so harmonisch auf ihn, so ganz und gar wie Therese selbst. Therese, die wunderbare Frau mit dem glockenhellen Lachen, deren Herz er tatsächlich gewonnen hatte. Was hatte er nur für ein Glück!

Er stieß sich vom Türrahmen ab, durchquerte das Wohnzimmer, öffnete die Terrassentür und ging in den Garten. Jeden Strauch, jede einzelne Blume nahm er ganz bewusst wahr, dann schlenderte er wieder hinein, schloss die Tür hinter sich und stieg die Treppe hinauf zum Kinderzimmer. Auch hier verweilte er lange, bis er von unten Stimmen hörte.

Karl ging hinaus auf den Flur. Sophia war mit den Kindern heimgekehrt. Sie zog gerade Helene das Jäckchen aus und sah überrascht auf, als Karl die Treppe herunterkam und sie begrüßte.

Die beiden plauderten einen Moment, dann sagte Karl dem Kindermädchen, dass er sich gern um Helene und Franz kümmern würde und sie wieder eher gehen könne. Fast schien es, als sei es Sophia gar nicht recht, erneut früher als vereinbart ihre Arbeit zu beenden. Doch schließlich war er der Vater der Kinder und damit ihr Chef. Und wenn er ihr sagte, dass sie früher heimgehen solle, würde sie das auch tun.

Also verabschiedete sie sich von ihren Schützlingen und verließ gerade das Haus, als Therese eintraf. Die Frauen tauschten ein paar Worte, dann kam Therese herein und sah ihren Mann und die Kinder im Wohnzimmer spielen.

»Ja, sag mal, Karl Hansen, ist dir die Arbeit ausgegangen?«

»Nein, aber meine Kinder sind mir wichtiger«, antwortete er.

Therese begrüßte Helene und Franz und gab Karl dann einen Kuss. »Ist irgendetwas passiert?«

»Muss denn immer etwas passiert sein, damit ich früher heimkomme, um noch etwas von meiner Familie zu haben?«, gab er gespielt entrüstet zurück. »Aber ich muss nachher tatsächlich noch mal kurz los. Doch erst nach dem Abendessen und wenn die Kinder schlafen.«

»Schön«, meinte Therese, »dann mache ich uns jetzt das Essen.«

»Ja, danke. Ich habe einen riesigen Hunger.«

Sie aßen gemeinsam und brachten anschließend die Kinder ins Bett. ZuThereses Überraschung holte Karl dann zwei Weingläser und schenkte ihnen ein.

»Gibt es einen Anlass?«, fragte Therese.

»Ja, und zwar den, dass ich dich liebe.« Karl stieß sein Glas gegen Thereses, dann küsste er sie und trank einen Schluck.

»Du bist eigenartig in den letzten Tagen«, sagte sie nachdenklich. »Es ist, als wüsstest du uns, also die Kinder und mich, auf einmal viel mehr zu schätzen.«

»Wer weiß«, erwiderte Karl. »Womöglich musste ich selbst erst darauf kommen, wie viel ihr mir wirklich bedeutet.« Er sah ihr tief in die Augen. »Du bist mein Leben, Therese.«

»Und du meins.« Sie küssten sich zärtlich.

Als sie ausgetrunken hatten, sagte Karl, dass es für ihn nun an der Zeit sei, zu seinem Abendtermin aufzubrechen. Er ging nach oben ins Schlafzimmer, kam dann wieder herunter und nahm seine Frau in den Arm.

»Ich liebe dich.«

»Aber ich liebe dich doch auch«, sagte sie etwas verunsichert. »Weshalb musst du noch einmal fort?«

»Ich muss noch zu einem Kunden, der erst zu dieser Stunde wieder daheim ist«, log Karl.

»Komm rasch zurück«, bat Therese.

Er sah sie an, nahm ihr Gesicht in beide Hände und küsste sie zärtlich. »Vergiss nie, wie sehr ich dich liebe und immer lieben werde.«

Therese schluckte schwer. »Du machst mir ein wenig Angst, Karl. Es ist ja geradezu, als würdest du dich für immer von mir verabschieden.«

»Ach, Therese …«

»Sag, dass du gleich zurückkommst!«

»Ich komme gleich zurück«, sagte er folgsam, küsste sie auf die Stirn und verließ das Haus.

Therese blieb mit einem mulmigen Gefühl zurück. Sie ging nach oben ins Bad, machte sich frisch und wechselte ins Schlafzimmer. Dort entkleidete sie sich, zog ihr Nachthemd an, warf sich einen Morgenmantel über und wollte gerade wieder nach unten gehen, als ihr ein kleines Kästchen auf der Kommode auffiel, das sie nie zuvor gesehen hatte. Es war aus dunkler Eiche und mit Schnitzereien verziert. Sie öffnete es. Es war mit rotem Samt ausgeschlagen, auf dem irgendetwas gelegen haben musste. Hatte Karl ein Schmuckstück gekauft, das er ihr schenken wollte? Andererseits sah das kleine Kästchen nicht unbedingt wie eine Schmuckschatulle aus. Sie fuhr mit dem Finger über den leichten Abdruck, den das, was darin aufbewahrt worden war, hinterlassen hatte. War das die Form eines Messers? Wenn ja, dann musste es eine recht lange, schlanke Klinge haben. Aber wozu sollte Karl so ein Messer brauchen? Therese verwarf den Gedanken. Womöglich hatte er doch vor, ihr später eine Halskette zu überreichen, die er in der Schatulle auf dem Samt drapieren wollte.

Sie schloss das Kästchen wieder und ging nach unten. Doch ganz beiseiteschieben konnte sie den leisen Zweifel nicht.

Dieses Mal war Karl derjenige, der zuerst am Beethoven-Denkmal eintraf. Er setzte sich auf den Sockel und wartete. Es war ein lauer Frühlingsabend, und im Grunde hätte er das Jackett gar nicht gebraucht, obwohl die Sonne längst untergegangen war.

»Ah, da ist ja mein neuer bester Freund«, hörte er die Stimme Jakob Saitenschlägers.

Karl machte sich nicht die Mühe, aufzustehen, um ihn zu begrüßen. Vielmehr wartete er, bis Jakob sich neben ihn setzte.

»Und? Haben Sie das Geld aus der Kassette?«

»Ich habe eine Frage«, sagte Karl. »Warum machen Sie das?«

»Was?«

»Nun ja, ich habe über Sie nachgedacht. Und ich habe mir überlegt, dass Sie doch irgendwann einmal damit angefangen haben, die Menschen zu bestehlen. Was war es, das Sie dazu gebracht hat?«

Jakob war überrascht und auch verärgert. »Was soll diese blöde Frage?«

»Es interessiert mich einfach. Ich meine, wir begegnen in unserem Leben täglich Menschen. Vielen Menschen, von denen wir am Ende des Tages vermutlich weder den Namen wissen noch deren Gesicht beschreiben könnten. Und gehen aneinander vorbei, meistens grüßen wir und wünschen einen guten Tag. Und unter all diesen Menschen müssen Sie doch irgendwann den Entschluss gefasst haben, genau einen bestimmten Menschen zu bestehlen. Weshalb? Weshalb haben sie diesen und nicht etwa einen anderen ausgesucht? Und wie sind Sie überhaupt auf Frieda gekommen? Sie haben ihr immerhin eine tiefe Verletzung zugefügt, ganz abgesehen davon, dass sie keine Arbeitsstelle mehr hat. Und auch die jahrelange Freundschaft mit meiner Ehefrau ist daran zerbrochen. Da wird doch die Frage erlaubt sein: Warum gerade sie?«

»Was soll das hier werden?«, erwiderte Jakob grimmig. »Wollen Sie mir sagen, dass Sie das Geld nicht dabeihaben? Na, wenn schon. Dann gehen wir eben jetzt hin und holen es.«

»Wie hilfsbereit«, höhnte Karl verächtlich. »Aber das wird nicht nötig sein.«

»Also haben Sie das Geld?«

»Ich habe alles für Sie dabei, ja.«

»Dann her damit!«

»Wissen Sie, warum ich Ihnen diese Frage gestellt habe? Ich meine die Frage, ob Sie noch sagen können, wann Sie kriminell wurden?« Er sah kurz zu Jakob hinüber. »Nein? Sie wollen es mir also nicht sagen. In Ordnung. Ich hatte Sie das gefragt, weil ich wissen wollte, ob Sie aus reiner Gier kriminell geworden sind oder doch vielleicht deshalb, weil Sie sich durch irgendetwas dazu gezwungen sahen.«

»Macht das einen Unterschied?«

»Für mich schon.«

»Gut, wenn Sie dann aufhören zu quatschen, gebe ich Ihnen Ihre Antwort: Ich bin so geworden, weil ich mich dafür entschieden habe. Mich hat keiner gezwungen. Ich lasse mich nicht zwingen. Von niemandem. Jetzt zufrieden?«

»Ja«, sagte Karl. »Danke. Tatsächlich hilft mir das.«

»Und jetzt her mit dem Geld!«, forderte Jakob.

»Gewiss.« Karl drehte sich ein wenig zur Seite und fingerte in seiner Jacketttasche. Er zog seine Taschenuhr hervor.

»Könnten Sie die bitte kurz halten?«, bat er Jakob, der die Uhr nahm und von allen Seiten betrachtete.

»Sehr schön«, meinte Jakob. »Die können Sie gleich dazulegen.«

»Bedaure«, sagte Karl und sah Jakob direkt in die Augen. »Ich habe nur das hier für Sie dabei.« Mit großer Wucht rammte Karl das Messer, das er hervorgezogen hatte, dreimal hintereinander in Jakobs Bauch. Dessen Blick spiegelte sowohl Entsetzen als auch Verständnislosigkeit wider. Karl nahm ihm seelenruhig die Uhr wieder ab, zog das Messer noch einmal heraus und stach erneut zu. »Die Uhr gehörte meinem Vater. Die kann ich Ihnen keinesfalls überlassen. Und angesichts des Messers in Ihrem Leib verstehen Sie nun vermutlich auch meine Frage, was genau Sie dazu bewogen hat, Ihre Untaten zu begehen.«

Jakob röchelte. Er krümmte sich vor Schmerzen, Blut sammelte sich in seinem Mund. Karl blieb einfach neben ihm sitzen. Weit und breit war niemand zu sehen.

»Wissen Sie, hätte man mich noch vor einer Woche gefragt, ob ich dazu imstande wäre, einen Menschen zu töten, ich hätte es vehement verneint. Aber so ist das wohl. Das Leben ist eine einzige Aneinanderreihung von Veränderungen, nehme ich an.«

Jakobs Röcheln wurde schwächer. »Helfen Sie mir«, brachte er gequält hervor.

»Sie hätten niemals Ruhe gegeben, das war mir klar. Nun ja, wir beide hatten die Wahl, welchen Weg wir beschreiten wollen, und hier sind wir nun. Ich hatte jedoch wenigstens den Vorteil, dass ich meine Angelegenheiten regeln konnte. Und wissen Sie, für eine Erkenntnis muss ich Ihnen am Ende sogar dankbar sein: Sie haben mir ermöglicht, zu erkennen, wie wundervoll das Leben war, das ich führen durfte.«

Karl sah zu Jakob herab, der seitlich weggekippt war. Das Röcheln hatte aufgehört, und auch sonst war keine Regung mehr wahrzunehmen. Er beugte sich über ihn und brachte sein

Ohr ganz dicht an Jakobs Mund. Er lauschte. Nein, Jakob gab kein Geräusch mehr von sich. Und auch als Karl seine Hand auf Jakobs Brustkorb legte und einen Moment still abwartete, konnte er keinen Herzschlag mehr fühlen. Jakob war tot.

Karl ließ seine Uhr wieder in die Jacketttasche gleiten, dann bückte er sich, zog das Messer aus Jakobs Leib und wischte es an dessen Hemd ab. Als er kein Blut mehr darauf erkennen konnte, steckte er es ebenfalls ein.

Karl stand auf, setzte Jakob aufrecht hin, sodass es auf den ersten Blick aussehen würde, als wäre er dort im Sitzen eingeschlafen. Karl schloss Jakobs Jackett und zupfte es noch ein bisschen zurecht, damit man nicht gleich all das Blut sah und Kinder, die am Morgen dort vorbeikämen, sich womöglich erschreckten. Dann ging er davon.

Es war eigenartig. Er hatte fest damit gerechnet, nach der Tat aufgewühlt und voller Schuldgefühle zu sein, doch das war nicht der Fall. Er war ganz ruhig und vollkommen bei sich. Ja, er fand, dass er klarer und konzentrierter war als je zuvor.

Er ging den Weg zurück, den er gekommen war, bis er die Brücke erreichte. Auf der gegenüberliegenden Seite ging ein junges Pärchen spazieren. Karl verbarg sich hinter einem Pfeiler und wartete ab, bis sie verschwunden waren. Für einen so milden Abend waren erstaunlich wenig Menschen unterwegs, dennoch hatte er keine Zeit zu verlieren. Er griff in seine Tasche, zog das Messer hervor und warf es mit Schwung in den Fluss.

Ohne zu zögern, stieg er dann über die Brüstung und hielt sich fest. Der schmale Rand bot ihm kaum Halt. Er schätzte, dass es von hier etwa acht Meter in die Tiefe ging, womöglich auch mehr. In einiger Entfernung hörte er Stimmen, zwei Männer, die sich miteinander unterhielten und offenbar näher kamen. Noch hatten sie die Brücke nicht erreicht und konnten ihn gewiss nicht erkennen, schon gar nicht in der Dunkelheit.

Karl sah Therese vor sich, Franz und Helene. Und er sah Florentinus. Alle vier lächelten ihn an. Es folgte eine schnelle Sequenz von Erinnerungen an die Villa in Hamburg, seinen Bruder Robert, Georg und seine Nichten und seinen Neffen, als diese noch klein waren und im Garten der Villa spielten. Die Sonne, die Alster. Sein Haus und Garten in Wien. Das Kontorgebäude, auf dem sein Name stand. Wieder Therese, seine geliebte Frau. Karl lächelte und ließ los.

Die Männer, die in diesem Augenblick die Brücke betraten, hörten nicht einmal, wie er unten auf dem Wasser aufschlug. Zu vertieft waren sie in ihr Gespräch.

18. Kapitel

Als die Nachricht von Karls Tod seine Familie in Hamburg erreichte, war es, als würden für einen Moment alle Uhren der Hansestadt stillstehen. Niemand schien mehr etwas sagen zu können, keiner wusste auf die Mitteilung zu reagieren. Alles Leben war für einen Augenblick erloschen, keine Bewegung mehr wahrnehmbar.

Therese hatte ihren Schwager Robert in dessen Hamburger Kontor angerufen und ihm unter Tränen erzählt, dass sein Bruder Karl nicht mehr am Leben war. Er war ertrunken, das stand fest. Doch Genaueres wusste man noch nicht zu sagen.

Karl war auf dem Nachhauseweg von einem Abendtermin gewesen, als er vermutlich überfallen worden und es zu einem Kampf gekommen war, in dessen Verlauf er dann von der Brücke in die Tiefe stürzte. Es gab natürlich auch eine andere Möglichkeit: Selbstmord. Aber das schlossen eigentlich alle aus. Karl Hansen, der erfolgreiche Geschäftsmann, glücklich verheiratet und mit zwei reizenden, gesunden Kindern gesegnet, war einfach nicht der Mensch, der seinem Leben mit einem Sprung von einer Brücke ein Ende setzen würde.

Die Beerdigung sollte eine Woche später stattfinden, und Robert respektierte Thereses Wunsch, den Leichnam ihres

Mannes in Wien zu Grabe zu tragen, in der Stadt, die er in den letzten Jahren als seine Heimat angesehen hatte. Ganz abgesehen davon würden Franz und Helene dann einen Ort haben, an dem sie um den geliebten Vater trauern konnten. Wenigstens das sollte den Kindern bleiben.

Es war der 15. Mai des Jahres 1894, als die Mitglieder der hanseatischen Familie in Wien eintrafen. Bei ihrer Ankunft wurden sie bereits von Felix erwartet, den einige der Hansens schon von einem früheren Besuch kannten. Dem überaus traurigen Anlass geschuldet, fiel die Begrüßung nicht so herzlich aus, wie es unter normalen Umständen sicher der Fall gewesen wäre.

Fünf Kutschen standen bereit. In die erste stiegen Robert, Luise und Hans, in die zweite Georg, Vera und Frederike. Martha und Ludwig mit dem kleinen Eduard fuhren in der dritten und schließlich Richard, Elsa und Marie in der vierten, in die dann auch Felix mit einstieg. Eine weitere Kutsche diente ausschließlich dazu, das Gepäck der Reisenden ins Hotel zu bringen. So fuhren sie zunächst dort vor und mieteten die bereits für sie reservierten Zimmer an. Die Gepäckträger hatten alle Hände voll zu tun, um die Hamburger mitsamt ihren Koffern zu den Zimmern zu begleiten.

Anschließend bestiegen sie erneut ihre Kutschen und ließen sich auf direktem Weg zu dem Haus fahren, in dem Karl mit Therese und den Kindern gelebt hatte.

Robert hatte Therese als wunderschöne, fröhliche Frau in Erinnerung, doch die Ereignisse der letzten Tage hatten sie schwer gezeichnet. Ihre Haut war aschfahl, sie hatte tiefe Schatten unter den Augen und wirkte schockierend dünn und zerbrechlich. Fast traute Robert sich nicht, die Schwägerin zur Begrüßung zu umarmen, so fragil sah sie aus.

Sie stand im Flur, um die Hansens zu begrüßen, nachdem das Kindermädchen die Haustür geöffnet und die Familie hereingebeten hatte.

»Therese.« Robert trat auf die Schwägerin zu, umarmte sie innig und hielt sie einen Moment lang fest. »Es tut mir so unendlich leid.« Beide hatten Tränen in den Augen.

»Ich weiß, wie nah ihr euch standet«, sagte Therese.

Als Nächstes trat Luise vor, die ihr Beileid ausdrückte und dann ihren Ehemann vorstellte, den Therese bisher noch nie zu Gesicht bekommen hatte.

Die Begrüßung mit Vera fiel herzlich aus, da diese nach Georgs unseliger Affäre mit Elisabeth eine gewisse Zeit in Wien verbracht hatte. Georg hingegen war Therese bisher noch nie begegnet. Doch sie wusste natürlich von ihrem verstorbenen Ehemann, dass dessen Brüder sich ausgesprochen hatten und Georg in die Villa und in den Schoß der Familie zurückgekehrt war. Nun begrüßten sie sich höflich.

Als Nächstes war Frederike an der Reihe. Einen kurzen Moment sahen die beiden sich an, dann öffnete Therese die Arme, und Frederike warf sich förmlich hinein. Minutenlang umarmten sie sich und weinten bitterlich. Ob es nur wegen Karls Tod war oder auch weil die beiden einander nach Frederikes überhasteter Abreise aus Wien so schrecklich vermisst hatten, wusste wohl keine von beiden so genau zu sagen. Vermutlich war es ein wenig von beidem. Erst als Martha sich vernehmlich räusperte, gab Frederike Therese frei.

Martha und Ludwig kannte Therese schon. Karl und sie waren mit den Kindern auf deren Hochzeit gewesen. Sie begrüßten einander höflich, aber mit einer gewissen Reserviertheit.

Richard und seine Frau und Tochter hatte Therese noch nie gesehen, sodass sie sich einander erst vorstellen mussten.

Sophia sollte sich eigentlich um die Kinder kümmern, was aber nach Frederikes Erscheinen fast nicht mehr nötig war.

Besonders Franz und Frederike waren ein Herz und eine Seele gewesen in der Zeit, als Frederike bei Therese und Karl gewohnt hatte. Den Kleinen nun endlich wiederzusehen, selbst unter so tragischen Umständen, bewog Frederike, ihn kaum noch aus den Armen zu lassen.

Nach der allgemeinen Begrüßung fragte Felix höflich, ob er nun gehen könne, was Therese natürlich gestattete. Sie verabschiedete ihn mit den Worten, dass sie sich ja am kommenden Tag bei der Beerdigung sehen würden, was Felix sichtliches Unbehagen bereitete. Hätte er seinen Chef nicht so respektiert, ja geradezu verehrt, würde er wohl nicht zur Beerdigung erscheinen, da war sich Therese sicher. Unter diesen Umständen jedoch rechnete sie fest damit, dass er Karl die letzte Ehre erweisen würde.

Judith, Resi und Vroni waren ebenfalls gekommen, um Therese bei der Versorgung der Gäste zu unterstützen. Das Kaffeehaus wie auch das Kontor waren seit Karls Tod geschlossen. Das Kaffeehaus würde, so stand es auf dem Schild, das Judith an die Tür gehängt hatte, in der nächsten Woche wieder geöffnet sein. Bezüglich des Kontors hatte Therese noch keine Entscheidung getroffen.

Als alle einen Platz gefunden hatten, was sich bei der Vielzahl der Hamburger gar nicht so einfach gestaltete, erzählte Therese einmal in der Runde, was geschehen war. Dabei wirkte sie gefasst und ganz so, als müsse sie sich die Einzelheiten, die ihr die Sicherheitswache mitgeteilt hatte, erst in Erinnerung rufen.

Man ging weder von einen Selbstmord noch einem simplen Unfall aus. Vielmehr nahm man an, dass Karl lediglich zur falschen Zeit am falschen Ort gewesen und vermutlich Einbrechern in die Quere gekommen war, die in jener wie auch in einigen Nächten zuvor ihr Unwesen getrieben hatten. Dazu passte auch, dass ein der Sicherheitswache bekannter

Betrüger und Dieb, ein gewisser Erwin Weber, nicht sehr weit von dem Ort entfernt, wo Karl ins Wasser gefallen war, erstochen aufgefunden worden war. Man mutmaßte, dass Weber mit einigen Kumpanen einen Einbruch begangen hatte und es danach zu einem Streit unter den Männern kam, in dessen Verlauf Weber von seinen Komplizen umgebracht worden war. Auf der Flucht dann könnten die Männer Karl begegnet sein, der vielleicht einfach auf der Brücke ihren Weg kreuzte oder sie, als rechtschaffener Bürger, angesprochen hatte, weil ihr Verhalten ihm verdächtig vorkam. Das alles würde sich wohl erst dann vollständig klären lassen, wenn sie die Einbrecher stellen und mit dem Messerangriff auf diesen Weber in Verbindung bringen konnten, obwohl die Sicherheitswachmänner deutlich gemacht hatten, dass es um einen wie den wahrlich nicht schade war.

»Das ist alles, was ich bisher weiß«, schloss Therese.

»Du musst die Hölle durchmachen«, sagte Vera mitfühlend. »Können wir irgendetwas tun, um dir zu helfen oder dich zu unterstützen?«

»Nein, lasst nur. Ich habe Sophia für die Kinder und genügend Angestellte im Kaffeehaus.«

»Und wie soll es mit dem Kontor weitergehen?«, fragte nun Richard.

Therese zuckte mit den Achseln. »Ich werde sehen müssen, wie ich das alles hinbekomme.«

Richard tauschte einen Blick mit Elsa, dann sah er kurz zu Robert. »Wie wäre es, Therese, wenn ich dich im Kontor unterstütze?«

»Du?«, fragte Vera überrascht. »Wie denkst du dir das? Ihr wohnt schließlich in Hamburg.«

»Es wäre ja erst einmal nur vorübergehend«, beschwichtigte Richard. Wieder sah er Robert an, der den Blick eindringlich erwiderte.

»Ich halte das für gar keine schlechte Idee«, sagte Robert. »Natürlich nur, wenn du es dir auch vorstellen könntest, Therese.«

»Ich weiß nicht«, erwiderte sie. »Ich brauche etwas Zeit, um darüber nachzudenken.«

»Ich persönlich halte das für eine geradezu absurde Idee«, brachte Vera sich abermals ein. »Wir können Karl doch nicht einfach durch einen anderen Hansen ersetzen und so tun, als wäre nichts geschehen«, ereiferte sie sich, was ihr einen strengen Blick ihres Ehemanns einbrachte. Sofort nahm sie sich zurück und verstummte.

»Wir werden zu einem späteren Zeitpunkt noch einmal in Ruhe darüber sprechen«, entschied Robert. »Du weißt, Therese, dass du auf uns zählen kannst. Und das ist das Wichtigste.«

»Ja, das weiß ich. Danke.«

Richard war die Verärgerung darüber, mit seinem Vorschlag auf so wenig Gegenliebe gestoßen zu sein, deutlich anzumerken.

Vroni und Resi gingen mit Getränken herum, reichten Kaffee und Kakao, während Judith einen kleinen Imbiss anbot, den sie zusammen mit den Kolleginnen vorbereitet hatte. Die Hamburger blieben bis zum späten Nachmittag und verabschiedeten sich dann. Als Robert das Haus verlassen wollte und Therese zum Abschied umarmte, sagte sie leise zu ihm: »Ich müsste dich dringend sprechen.«

Robert nickte fast unmerklich. Offenbar gab es etwas, das Therese nur ihm sagen wollte und nicht für die Ohren der anderen bestimmt war.

»Ach«, sagte er dann, »könnte ich wohl noch einmal dein Badezimmer benutzen?« Es war das Erste, was ihm einfiel und nicht besonders glaubhaft, doch er konnte es jetzt nicht mehr ändern.

»Wir warten draußen«, sagte Luise, neben der Hans stand.

»Nein, fahrt nur. Ich werde mir einfach eine andere Kutsche nehmen«, schlug Robert vor.

»Das ist doch Unsinn.« Luise sah ihn verwundert an. »Wir können doch einen Augenblick auf dich warten.«

Robert sah sie an. Er wusste nicht, was er sagen sollte, um ihr gegenüber glaubhaft zu erscheinen. Dafür kannte sie ihn zu gut. »Bitte«, sagte er deshalb nur. »Fahr schon vor. Vor allem sorge bitte dafür, dass auch alle anderen sich auf den Weg machen.«

Nun verstand Luise, dass es offenbar etwas gab, das ihr Vater und Therese noch zu besprechen hatten. »Ja, Vater, ich kümmere mich darum«, erwiderte sie.

»Danke.«

Kurz darauf verabschiedeten sich auch Judith, Vroni und Resi. Nur Sophia blieb, da sie mit Therese vereinbart hatte, dass sie die nächsten Tage im Haus schlafen würde, um sich auch nachts um die Kinder kümmern zu können, sollten diese aufwachen. Sophia betrachtete die immer kraftloser wirkende Therese mit großer Sorge und wollte sie wenigstens dahingehend unterstützen, dass sie rund um die Uhr verfügbar war, wenn die Kinder etwas brauchen sollten.

Während Sophia nun mit den Kindern nach oben ging, holte Therese aus ihrem Schlafzimmer zwei Briefe und kehrte ins Wohnzimmer zurück, wo Robert an der Terrassentür stand und auf sie wartete.

»Kann ich dir jetzt noch etwas anderes anbieten?«, fragte Therese.

»Nein, danke. Ich möchte nichts.«

Sie setzten sich an den Tisch, und Therese reichte Robert zwei Briefe. »Die habe ich zwei Tage nach Karls Tod mit der Post bekommen«, sagte sie.

Robert nahm die Kuverts entgegen. Er erkannte die Handschrift seines Bruders sofort. Zu seiner Verblüffung stand auf einem der Umschläge sein Name.

»Aber wie ...?«

»Er muss sie kurz vor seinem Tod beim Postamt aufgegeben haben«, mutmaßte Therese. »Der Brief an dich steckte in dem Kuvert, das er an mich adressiert hat. Er wollte wohl verhindern, dass ich die Briefe finde, bevor er tun konnte, was er geplant hat.«

»Er hat also ...?«

»Ja«, sagte Therese und schluckte schwer. »Er ist freiwillig aus dem Leben geschieden.« Tränen traten in ihre Augen. »Lies bitte die Briefe. Er wollte nicht, dass es jemand erfährt, und es ist an uns, sein Geheimnis zu bewahren.« Sie deutete auf das Kuvert, auf dem Roberts Name stand. »Ich habe deinen Brief verschlossen gelassen und nur den an mich geöffnet.« Sie nahm den Briefbogen heraus und faltete ihn auf. »Hier, bitte lies ihn.«

Robert zögerte einen Moment, bevor er danach griff und zu lesen begann.

Meine über alles geliebte Therese,
ich bitte Dich um Entschuldigung für das, was Du nun ertragen musst.

Wenn Du diese Zeilen liest, wirst Du, wie ich weiß, die schlimmsten Stunden Deines Lebens erlebt haben, und ich bin nicht da, um Dich in den Arm zu nehmen und Dir Trost zu spenden. Denn ich bin es, um den Du trauerst.

Mir ist klar, dass ich Dich mit meiner Tat tief enttäusche. Ich selbst bin ebenfalls enttäuscht von mir und kann nur hoffen, dass Du mir eines Tages vergeben und Dich nur noch an die liebevollen und wunderbaren Stunden erinnern wirst, die wir beide miteinander teilen durften.

Ich bitte Dich nicht um Verständnis, denn das wäre zu viel verlangt. Und doch flehe ich Dich an, mir zu glauben, dass ich keinen anderen Ausweg mehr gesehen habe, um Dich und die Kinder – das Wichtigste in meinem Leben – zu beschützen. Es gibt etwas, das Du nicht weißt, und auch wenn Du mich dafür verfluchen magst: Ich werde mein Geheimnis auch jetzt nicht preisgeben, sondern es mit ins Grab nehmen. Denn ich möchte für Dich immer der sein, den Du mit einer solchen Hingabe geliebt hast und der in Deinen Augen der Ehemann war, den Du Dir wünschtest.

Ich kann nicht im Mindesten erahnen, welchen Schmerz ich Dir zufüge. Und ich bitte Dich von Herzen, dass Du weder den Kindern noch sonst irgendeinem Menschen auf der Welt verrätst, dass ich den Freitod wählte. Einzig Robert, meinen Bruder, für den ich in diesem Kuvert einen Brief beilege, sollst Du bitte einweihen.

Robert und ich waren einander schon immer sehr eng verbunden, wir teilten die gleichen Ansichten und Überzeugungen. Ja, auch unsere moralischen Werte waren wohl die gleichen, und ich weiß, dass er Dir beistehen wird bei allem, mit dem ich Dich nun zurücklassen muss. Du kannst ihm vertrauen, Therese. Er wird Dir ein Freund und treuer Begleiter in schweren Stunden sein.

Ich habe eine komplette Inventarliste des Kontors angefertigt, sodass Du auf einen Blick erkennen kannst, welche Waren sich im Lager befinden. Außerdem lege ich eine Liste der Stammkunden bei, in der ich vermerkt habe, welche Leute welche Bohnen in welchen Mengen bei mir kaufen. Wenn Du hierzu Fragen haben solltest, wende Dich an Felix. Er hat, auch wenn er nicht immer so wirkt, einen guten Überblick und kennt alle Kunden. Er wird Dir eine große Hilfe sein können.

Im Folgenden möchte ich Dir noch die Möglichkeiten aufzeigen, die Du meiner Meinung nach bezüglich des Kontors hast. Ich kann Dir zum Glück mitteilen, dass keinerlei Verbindlichkeiten bestehen und auch das Gebäude vollständig bezahlt ist. Solltest

Du alles verkaufen wollen, wird Dir das Kontor einen schönen Geldbetrag einbringen, von dem Du vermutlich mindestens ein Jahrzehnt lang sorgenfrei leben kannst. In diesem Fall würde ich Dich bitten, Felix mit einer großzügigen Abfindung zu bedenken, damit er keine Einbußen hat, bis er eine neue Anstellung findet.

Die zweite Möglichkeit ist, dass Du einen Geschäftsführer bestimmst, Felix weiterbeschäftigst und so den Handel am Laufen hältst. Es liegt bei Dir. Wenn ich Dir eine Empfehlung geben darf: Besprich Dich in aller Ruhe mit Robert und lasse seinen Rat auf Dich wirken. Er ist klug und ein ausgezeichneter Geschäftsmann.

Dazu kam mir noch ein Gedanke, den ich Euch mitgeben möchte: Solltet Ihr über die Weiterführung des Kontors nachdenken und einen Geschäftsführer bestellen wollen, bitte ich Euch, zu erwägen, Georg den Posten anzubieten. Zwar weiß ich nicht, wie er dazu stehen würde, seinen Lebensmittelpunkt nach Wien zu verlegen, aber da Robert ihm verziehen und ihm durch die Anstellung im Kontor ermöglicht hat, sein gewohntes Leben wieder aufnehmen zu können, wäre es eventuell an der Zeit, ihm auch ein Stück der Verantwortung zurückzugeben, die ihm von Haus aus vertraut ist. Ich bin der festen Überzeugung, dass er niemanden aus der Familie je wieder enttäuschen würde. Doch wie gesagt, das ist nur ein Gedanke, und es ist an Robert und Dir, das zu erörtern.

Ach, Therese, ich spüre, dass ich nicht aufhören mag, Dir zu schreiben, weil ich weiß, dass es meine letzte Möglichkeit ist, Dir meine Gedanken zu offenbaren. Ich habe keine Ahnung, was mich auf der anderen Seite erwartet, ob mich eine immerwährende Dunkelheit umhüllt. Ich stelle mir jedoch vor, dass die Gedanken und Erinnerungen an das vergangene Leben es sind, die diese Dunkelheit zu erhellen vermögen, und weiß dann, dass strahlender Sonnenschein auf mich wartet.

Ja, ich hatte ein wunderbares Leben, auf das ich nun mit tiefer Dankbarkeit zurückblicke. Wie viele Momente wir auch noch gehabt hätten, bis die Natur den Körper zurückgefordert hätte, den *sie uns einst gab — sie hätten doch nicht schöner sein können als all das, was ich in meinem Herzen trage und nun auf meinem letzten Weg mitnehme.*

Es ist eigenartig, doch jetzt, wo ich meine Entscheidungen getroffen und nach allem Abwägen den Entschluss gefasst habe, aus dem Leben zu scheiden, bin ich ganz ruhig. Ja, ich würde diesen Zustand sogar Frieden nennen, der sich wie eine wärmende Decke um meine Schultern legt.

So ende ich nun, meine über alles geliebte Therese. Ich werde Dich und unsere Kinder immer lieben. Und wenn es so etwas wie eine andere Seite gibt, dann werde ich dort auf Dich warten und Dir die Hand reichen, wenn auch Deine Zeit gekommen ist.

Meine Therese, Du bist stark, klug und wunderschön, und es war mir Ehre, Freude und Auszeichnung, Dein Mann gewesen zu sein.

Ich werde Dich immer lieben!
Dein Karl

Robert ließ den Brief sinken und atmete tief durch. Er konnte die Tränen nicht zurückhalten und wischte sich mehrfach übers Gesicht. Dann stieß er langsam den Atem aus und sah Therese an. »Wie konnte er nur? Er hat dich doch so geliebt!«

Therese weinte ebenso bitterlich. Ihr genügte der Anblick der Zeilen, die sie wieder und wieder gelesen hatte, um verzweifelt aufzuschluchzen. »Ich weiß es nicht«, brachte sie hervor. »Ich versuche, stark zu sein«, stammelte sie, »doch ich habe das Gefühl, es einfach nicht zu schaffen.«

Robert zögerte, dann stand er auf und setzte sich auf die Lehne ihres Sessels. Er legte den Arm um die Schwägerin und zog sie zu sich heran.

Therese weinte bitterlich, sie schluchzte krampfhaft und war kaum in der Lage, normal zu atmen. Die ganze Verzweiflung, die sie die letzten Tage zu unterdrücken versucht hatte, bahnte sich nun den Weg an die Oberfläche.

Robert sagte nichts, hielt sie nur fest und ließ sie weinen, wie auch er selbst seinen Tränen freien Lauf ließ.

Nach einer Weile, von der keiner von beiden hätte sagen können, wie lange sie gedauert hatte, löste Robert sich und reichte Therese sein Stofftaschentuch.

»Das brauchst du selbst«, sagte sie und bemühte sich um ein winziges Lächeln. Dann stand sie auf, holte aus dem Schränkchen neben der Terrassentür einige Taschentücher und legte sie auf den Tisch. »Ich glaube, ich habe Hunderte davon in den letzten Tagen gebraucht.« Wieder lächelte sie schwach.

Robert schnäuzte sich laut die Nase, dann setzte er sich wieder in seinen Sessel und öffnete das Kuvert, auf dem sein Name stand. Er schluckte schwer, als er den Brief hervorzog und zu lesen begann.

Lieber Robert!

Mein geliebter Bruder – wie schwer es mir doch fällt, Dir zu schreiben. Vermutlich bist Du tief enttäuscht von mir, da meine Therese Dir den Brief gezeigt hat, den ich an sie schrieb, und Dir nun klar ist, dass ich mich davongestohlen habe, um gewissen Konsequenzen zu entgehen. Fast scheint mir, als könnte ich Deine Gedanken lesen. Du bist der festen Überzeugung, dass es einen anderen, einen besseren Weg gegeben hätte. Doch glaube und vertraue mir bitte – in diesem Fall ist es das Beste so.

Ich weiß, dass Du Therese treu zur Seite stehen wirst. Sie ist ein so wunderbarer Mensch und besser als alle anderen, die mir in meinem Leben begegnet sind. Bitte hilf ihr, diese für sie so unsagbar schwere Zeit zu überstehen.

Ich musste in den letzten Stunden viel an unsere Kindheitstage zurückdenken. Es waren glückliche Zeiten, nicht wahr? Weißt Du noch, wie einmal beim Ballspielen ein Kellerfenster bei den

Dunkerstedts zu Bruch gegangen ist und Vater so unglaublich wütend war? Du hast ihm nie verraten, dass ich derjenige war, der die Fensterscheibe eingeworfen hatte. Ja, Du bist immer für mich eingestanden und hast mich beschützt, weil ich der Jüngere war. Dafür danke ich Dir! Ich habe immer gewusst, dass ich mich auf Dich und Deine unumstößliche Treue verlassen konnte, und es war mir stets ein Trost, zu wissen, dass Du mich lieben und zu mir halten würdest, egal, was da käme. Ich möchte Dir hier nicht zu viele Denkanstöße liefern, um Dich an die vergangenen Zeiten zu erinnern, und Dich damit in das seelische Dilemma stürzen, dass Du Dich immer fragen wirst, was der Grund für meine finale Entscheidung war. Und solltest Du etwas ahnen, so behalte es bitte für Dich! Ich vertraue darauf.

Nun, als letzten Akt der Bruderliebe, bitte ich Dich noch einmal, mir zu helfen und Dich schützend nicht vor mich, sondern vor Therese zu stellen. Sie ist stark, und ich weiß, dass sie den Eindruck erweckt, als würde sie alles meistern können, was das Leben für sie bereithält. Doch in diesen Stunden ist sie der verletzlichste Mensch auf Erden, und ich bitte Dich von Herzen, ihr der Schutzschild zu sein, der Du auch für mich stets warst. Sie braucht jetzt den stärksten Hansen, den diese Familie aufzubieten hat. Und das bist Du, mein geliebter Bruder, und es lässt mich lächeln, denn ich sehe Dich vor mir, wie Du für sie der Fels in der Brandung sein wirst.

Ich bitte Dich darüber hinaus, meinen Kindern – auch wenn Du weit entfernt von ihnen in Hamburg lebst – eine Vaterfigur und der verlässliche Onkel zu sein, den sie brauchen, um sicher ihren Lebensweg zu finden. Ich erkenne viel von Dir in unserem Franz wieder, und ich glaube, dass er später ein guter Geschäftsmann wird. Wenn Du einmal mit ihm in Verhandlungen um die Schlafenszeit trittst, wirst Du verstehen, was ich meine.

Unsere kleine Helene ist noch zu jung, um sich später einmal an mich zu erinnern. Ich überlasse es Euch, ihr Bilder von mir zu zeigen. Sie wird genau wie Franz immer ein Teil von mir sein.

Wenn ich einen Wunsch frei hätte für meine Kinder, dann wäre es der, dass sie frei leben und so sein können, wie sie sind und wie sie sich fühlen. Wenn es Dir möglich ist, liebster Bruder, so bitte ich Dich, Therese dahin gehend zu unterstützen.

Wie Du bereits aus dem Brief an Therese weißt, habe ich Bestandslisten des Kontors angefertigt. Die Eigentumsunterlagen, das vergaß ich im Brief an Therese zu erwähnen, werden in der Bank aufbewahrt und sind dort sicher hinterlegt. Würdest Du Dich bitte um die Umschreibung des Hauses und des Kontors kümmern? Letzteres gewiss nur, wenn Ihr es nicht doch lieber verkaufen wollt. Dann wäre dieser Schritt freilich überflüssig.

Wie ich Therese schon schrieb, sah ich bei dem Gedanken daran, wer als möglicher Geschäftsführer des Wiener Kontors für den Fall, dass es im Besitz der Familie bleiben soll, infrage käme, stets unseren Bruder vor mir. Doch ich muss hinzufügen, dass ich die Entwicklung Georgs natürlich nicht wie Du beurteilen kann und ich mich auch deshalb, wie immer, auf Deine Einschätzung verlassen möchte. Ich weiß, dass Therese und Du einen guten Weg finden werdet, und hoffe, dass daraus am Ende womöglich für alle etwas Gutes erwächst.

Mein geliebter Bruder, es gäbe noch so viel zu sagen – und doch ist bereits alles gesagt. Ja, ich weiß, dass Du mir zürnst, und dennoch bin ich überzeugt, dass Du respektieren wirst, welche Entscheidung ich traf. Am Ende habe ich den gleichen Weg wie unser Vater gewählt. Eigenartig, gerade erst in diesem Moment wird mir das bewusst. Nun bleibt dieser Gedanke als Trost, wenn ich bedenke, was nach dem Tode Vaters für neue Zeiten auf uns zukamen. Und wenn wir ehrlich sind, war es der Beginn unseres neuen Lebens. Ohne dieses Ereignis wäre ich vermutlich nie nach Wien gegangen und hätte auch meine Therese nicht kennengelernt. Und es würde Franz und Helene nicht geben.

Ja, nun lächle ich, da ich Dir diese Zeilen schreibe, denn ich weiß, es kommt noch viel Wunderbares auf Euch zu. Ich habe mit

mir und der Welt meinen Frieden gemacht und wünsche Dir und
der ganzen Familie, das Glück zu begreifen, das in diesem unserem
Leben liegt.

Ich umarme Dich ein letztes Mal!
Dein Dich liebender Bruder Karl

Robert schluchzte auf und weinte so bitterlich, dass sein
ganzer Körper sich zu verkrampfen schien. Er verlor vollkommen die Fassung und war nicht mehr in der Lage, sich zu beruhigen. Irgendwann reichte er den Brief wortlos und unter
nicht enden wollenden Tränen an Therese weiter, die ihn ebenfalls las. Dann weinten die beiden gemeinsam, unfähig, ein einziges Wort hervorzubringen.

Als Robert Stunden später im Hotel ankam, war er so müde
und erschöpft, dass er sich nur noch in sein Bett fallen ließ und
sofort einschlief. Die ganze Nacht über wurde er von wilden
Träumen heimgesucht, die seinen Bruder und ihn zeigten, mal
als Kinder lachend auf einer Wiese, dann in einem Boot, das auf
den Wellen hin und her geschleudert wurde und jeden Moment
zu kentern drohte.

Er war wie gerädert, als er am nächsten Morgen aufstand und
sich fertig machte, um seinem Bruder das letzte Geleit zu geben.

Luise fragte ihren Vater nicht, was er mit Therese besprochen hatte, nachdem die anderen Hansens ins Hotel gefahren
waren. Aber an diesem Morgen, an dem er seinen kleinen Bruder
zu Grabe tragen musste, wirkte er um Jahre gealtert. Bildete sie
es sich nur ein, oder waren seine Haare an den Schläfen über
Nacht grau geworden?

Es war nicht ganz leicht gewesen, eine evangelisch-lutherische Beerdigung im tief katholischen Wien zu organisieren,
und Therese konnte nur hoffen, dass der Pastor, den sie dafür
gewonnen hatte, wusste, was er zu tun hatte.

Als sie mit Franz an der Hand auf die Kapelle zuging, war sie überrascht, dass so viele Trauergäste draußen standen und sie offenbar erwarteten. Sophia war mit Helene zu Hause geblieben, weil alle es als besser empfanden, dass sie nicht an der Zeremonie teilnahm. Sie hätte nicht verstanden, was hier vor sich ging, und womöglich mit ihrem Weinen nur die Trauernden gestört, die von Karl in Ruhe Abschied nehmen wollten. Für Franz jedoch fand Therese es wichtig, dass er an ihrer Seite ging, um seinem geliebten Vater die letzte Ehre zu erweisen und um zu begreifen, dass dieser nicht wiederkommen würde – weder heute noch sonst irgendwann.

Die Menschen bildeten ein Spalier und neigten die Köpfe, als Therese mit Franz an der Hand den Weg zur Kapelle zurücklegte. Erst als sie diese betrat, wurde ihr klar, weshalb all die Menschen draußen standen: Die Kapelle war bis auf den letzten Platz besetzt, und alle erhoben sich, als Therese mit Franz eintrat.

Es schien keinem Menschen, der Karl – und sei es nur flüchtig – gekannt hatte, gleichgültig, dass er auf so tragische Weise sein Leben verloren hatte. Therese sah Kunden, denen sie das eine oder andere Mal in seinem Kontor begegnet war, Angestellte ihres Vaters wie Anton Messinger, der Karl nur wenige Male auf Festivitäten gesehen hatte, sie erkannte den Bäcker, bei dem Karl für sie und die Kinder immer die Backwaren geholt hatte, den Metzger, der die Schnitzel geliefert hatte, die Karl und Franz so liebten. Da war die alte Dame vom Blumenladen an der Ecke, der Karl so oft die Blumenkübel hinausgetragen hatte, damit sie nicht so schwer heben musste. Karls Friseur war gekommen, sein Schneider, der Schuhmacher, bei dem er die Schuhe für sich und Franz anfertigen ließ. Da waren die Stadtoberen, mit denen Karl seinerzeit wegen des Kontors verhandelt hatte, und so viele von ihren eigenen Gästen, die regelmäßig ihr Kaffeehaus besuchten. Sie sah Emil

Loibelsberger, der den Kopf neigte, als ihre Blicke sich trafen. Es schien, als könnte kein einziges Geschäft in Wien geöffnet haben zu dieser Stunde, da alle hier waren, um sich von Karl Hansen zu verabschieden.

Therese war so überwältigt, dass sie die Hand vor den Mund schlug. Wenn doch Karl nur sehen könnte, wie vielen Menschen es ein Bedürfnis war, ihm die letzte Ehre zu erweisen und damit zu bekunden, wie wichtig er in ihrem Leben gewesen war! Und noch etwas wurde ihr in diesem Moment bewusst: Sie ging allein mit ihrem kleinen Sohn durch den Mittelgang – als Witwe, als eine Frau, die künftig allein dafür verantwortlich war, dass es ihren Kindern an nichts fehlte, selbst wenn noch so viele Menschen da standen, die ihr helfend die Hand reichen würden.

Sie ging mit Franz bis nach vorn, wo der geschlossene Sarg stand, in dem Karls Leichnam aufgebahrt war. Therese hatte ihn davor noch einmal gesehen, das für Franz jedoch abgelehnt. Sie fürchtete, dass das Bild des toten Vaters ihn in seinen Träumen verfolgen könnte, und hielt es für besser, dass Franz seinen Vater so in Erinnerung behielt, wie er ihn zu Lebzeiten gekannt hatte.

Ganz vorn in der ersten Reihe waren zwei Plätze für Therese und Franz frei gehalten. Rechts davon saßen Robert und die anderen Hansens, durch den Gang getrennt auf der anderen Seite Florentinus und Thereses Eltern.

Der Trauergottesdienst begann mit einem Orgelstück, dann trat der Pastor an die Kanzel und sprach zu den Trauergästen. Therese hörte kaum hin, was er sagte, betete wie fremdgesteuert, wenn es die anderen taten, und hob zu einem Lied an, wenn gesungen wurde. Doch sie hätte nicht wirklich sagen können, was um sie herum vorging. Sie war voll und ganz darauf konzentriert, aufrecht zu sitzen, statt einfach zu Boden zu sinken und das Bewusstsein zu verlieren, wie ihr Körper es die ganze Zeit zu fordern schien. Es kam ihr endlos vor, das alles über sich ergehen lassen zu müssen, während sie sich am liebsten verkrochen hätte. Ihr war, als wäre auch die letzte Kraft aus ihrem Körper gewichen, und fast wünschte sie sich, ihrem geliebten Ehemann in diesem Moment einfach nur folgen zu können.

Sie zuckte zusammen, als die Trauergäste sich erhoben, und sah wie durch einen Nebelschleier, dass Florentinus, Robert, Georg, Hans, Ludwig und Richard nach vorn traten, ihre Hände an die Griffe des Sarges legten und ihn dann mit einem Ruck auf ihre Schultern hoben. Der Anblick ihrer traurigen Gesichter, wie sie als letzten Beweis der Verbundenheit Karls toten Körper zu seiner letzten Ruhestätte trugen, war fast mehr, als Therese ertragen konnte. Sie presste sich ein Taschentuch vor den Mund, um den Schmerzenslaut zu unterdrücken, der sich in ihrem Körper Bahn zu brechen drohte. Sie fasste Franz' Hand, der mit zusammengepressten Lippen und großen Augen dem Geschehen zusah, und folgte als Erste dem Sarg. Dann schlossen sich nach und nach auch die anderen Trauergäste an, und die Menschenschlange zog sich über den halben Friedhof – so viele waren gekommen, um sich von dem Ehemann, Vater, Bruder, Onkel, Schwager, Kaufmann und Freund Karl Hansen zu verabschieden. Einem Mann, der sein ganzes Leben lang nie jemandem etwas Böses gewollt hatte.

19. Kapitel

Seit der Beerdigung ihres Onkels Karl in Wien waren inzwischen fast vier Monate vergangen, und das Leben in Hamburg war nicht mehr dasselbe, seit er gegangen war. Es war, als läge eine alles überschattende Trauer über der Familie Hansen, die den morgendlichen Nebelschwaden glich, die in der Frühe über der Alster aufstiegen.

Luise fragte sich, wie ihre Familie damit fertigwerden sollte, wenn sie auch noch ihren vermeintlichen Tod verkraften müsste, und stellte mehr als einmal in Zweifel, ob sie ihr Vorhaben wirklich in die Tat umsetzen könnte.

Doch sie war sicher, dass es keinen anderen Weg gab, um die Familie eines Tages wieder glücklich zu sehen. Und vor allem könnte sie nur auf diese Weise dafür Sorge tragen, dass ihr Ehemann Hans und ihr Vater Robert auch künftig zusammenarbeiten würden, was im Falle, dass die Wahrheit ans Licht käme, absolut unmöglich wäre.

Robert hatte aufgrund des tragischen Todesfalls die geplante Reise nach Südamerika auf unbestimmte Zeit verschoben. Und in der Familie hatten sich in der Folge von Karls Tod – über die Trauer hinaus – weitere Veränderungen ergeben. So waren vor zwei Monaten Georg und Vera nach Wien gezogen, und

Georg hatte – zunächst vorübergehend – die Geschäftsführung des Kontors in Wien übernommen, wenngleich noch nicht klar war, ob das eine dauerhafte Regelung würde oder am Ende doch jemand vor Ort den Posten übernehmen sollte.

Luise war überrascht gewesen, dass Vera die Entscheidung Georgs, die dieser auf Bitte seines Bruders Robert hin getroffen hatte, widerspruchslos hinnahm. Aber vielleicht erkannte Vera die Chance, die sich ihrem Mann damit bot: Statt nur ein Angestellter im Kontor in Hamburg zu sein, würde er wieder selbst die Leitung eines Handelshauses übernehmen. Darüber hinaus eröffnete sich dadurch die Möglichkeit, der Witwe seines Bruders im Alltag jederzeit Beistand zu leisten.

Frederike, die mit Vera und Georg nach Wien gegangen war, schrieb Luise regelmäßig. Sie erzählte, dass sie sich häufig mit Anton Messinger traf und er auch schon ihre Eltern kennengelernt hatte. Offenbar fand Vera ihn sogar recht ansprechend. Darüber, dass sie in Hamburg seine Briefe zurückgehalten oder gar vernichtet hatte, verlor sie jedoch niemals ein Wort. Auch Anton und Frederike hatten nie etwas gesagt, was Vera hätte vermuten lassen, dass die beiden Bescheid wussten.

In dieser Hinsicht schien sich alles nahtlos ineinanderzufügen, und Luise fragte sich wieder einmal, ob es so etwas wie Schicksal gab und ob Verluste notwendig waren, um daraus neue Möglichkeiten entstehen zu lassen. Schließlich wäre Frederike ohne den Tod Onkel Karls gewiss nicht in nächster Zeit nach Wien gereist und hätte Anton Messinger auch nicht wieder getroffen. Ob sie dann wohl diesen Bruno Richter hätte heiraten müssen? Offenbar hatte weder Vera noch Georg seither ein Wort über den Hamburger verloren, und Luise glaubte fest daran, dass Frederike nun endlich die Aussicht hatte, ihr Glück zu finden. Vielleicht war es ihr immer vorbestimmt gewesen, in Wien zu leben und dort eine Familie zu gründen, und nur die Umstände hatten das bisher verhindert. Oder aber es waren wirklich einfach Zufälle, und Luise interpretierte aufgrund ihrer eigenen Situation, in der sie nur allzu gern erklären wollte, dass alles im Leben einen tieferen Sinn hatte, viel zu viel in die Sache hinein.

Elsa war, seit Vera und Georg mit Frederike nach Wien gegangen waren, tatsächlich etwas aufgetaut. Sie nahm nun an jedem gemeinsamen Essen teil und spielte auch oft mit Marie auf der Terrasse und nicht hinten im Garten, sodass Luise sich ihr ebenfalls angenähert hatte und die beiden sich des Öfteren unterhielten. Luise fand, dass sie der Frau ihres Cousins Unrecht getan hatte, denn die war eigentlich recht umgänglich. Einzig mit Vera und ihrer negativen Art, so vertraute Elsa ihr an, hatte sie nicht umgehen können und sich deshalb so oft zurückgezogen. Irgendwie konnte Luise sie verstehen, obgleich sie selbst ein ganz anderer Typ war. Sie fand, dass man Veras Gezeter sehr gut ignorieren konnte und es keinen Grund gab, ihrem Gemecker übermäßig viel Beachtung zu schenken. Doch Elsa hatte damit offenbar größere Schwierigkeiten gehabt. Insoweit konnten alle Beteiligten über die Regelung, dass Vera nun zumindest für eine gewisse Zeit in Wien blieb, nur froh sein.

Richard fügte sich gut ins Kontor, wenngleich Luise die Abmachung missfiel, die ihr Vater mit ihrem Cousin getroffen hatte. Zwar konnte Robert nicht ahnen, dass es eine endgültige Vereinbarung sein würde, weil Luise eben nicht nur ihr Kind bekäme und danach wieder ins Kontor einstiege. Doch sie hätte ihren Vater für umsichtiger gehalten. Einem Menschen wie Richard durfte man einfach nicht leichtfertig eine solche Möglichkeit bieten. Luise hatte nicht den geringsten Zweifel, dass Richard das Vertrauen nicht wert war, das Robert in ihn setzte, und dass es das Kontor teuer zu stehen kommen würde, falls ihr Vater, was Richard anging, nicht wachsam bliebe.

Zwar konnte Richard nur in einem begrenzten Maß Schaden anrichten. Es würde sich also eher darum drehen, dass

Dinge unerledigt blieben, da Richard das Arbeiten eindeutig nicht erfunden hatte. Aber es ärgerte Luise dennoch, dass ihm der Posten, den sie sich so hart erarbeitet hatte, auf einem Silbertablett serviert wurde.

Doch Luise wusste, dass ihr Vater klug und achtsam genug war, um Richards Unfähigkeit, seine Aufgaben zu erfüllen, rasch zu erkennen – und umgehend zu handeln. Auch wenn sie es nicht gern eingestand: Sie fand es fast schade, dann nicht dabei zu sein. Sie hätte gern zugesehen, wenn Richard eingestehen musste, die Arbeit nicht so gut leisten zu können, wie sie es getan hatte.

Je näher der Tag ihres »Unfalls« kam, umso häufiger ging sie die Details durch. Es würde am Sonntag, dem 30. September 1894, geschehen, dass Luise Petersen, geborene Hansen, bei einem Segelunfall ums Leben käme. Zumindest sollten die Leute das glauben.

Am 1. Oktober würde die *Carl Woermann* nach Kamerun auslaufen. An Bord würde sich eine gewisse Hedwig Langmann befinden, die schon für die Schiffspassage bezahlt hatte und die dann auf der Überfahrt ihr Kind bekäme.

Zu diesem Zweck würde Luise sich von ihren geliebten langen Haaren trennen und eine Art von Kleidung tragen, die den Eindruck erweckte, dass sie wohl lange gebraucht haben dürfte, um sich die Kosten für die Passage nach Kamerun zusammenzusparen.

Luise würde die Tage zuvor das Gerücht streuen, dass sie die Ehefrau eines in Kamerun stationierten Soldaten sei und sie den sehnlichen Wunsch habe, das Kind dort zu bekommen. Luise hatte zum Glück keinen sehr großen Schwangerschaftsbauch, sodass sie glaubhaft behaupten konnte, das Kind werde erst einen Monat später zur Welt kommen. Dass es dann letztlich doch früher dazu käme, wäre nicht ungewöhnlich. Und dass der

Vater des Kindes ein Schwarzer war, würde den Passagieren auf dem Schiff auch erst klar werden, wenn sie das Kind zum ersten Mal sähen. Allerdings glaubte Luise kaum, dass es dann noch viel Gerede geben würde, da sie ja von vornherein behauptet hatte, dass der Vater Soldat in Kamerun sei. Wenn die Menschen also wie selbstverständlich davon ausgingen, dass er zu den weißen Offizieren des Kaisers gehörte, war das ihr eigener Irrtum, den sie bestimmt nicht vor Luise alias Hedwig Langmann zur Sprache bringen würden.

Für den Unfall selbst hatte Luise alles vorbereitet. Sie würde die Kleidung, die sie am Tag ihrer Abreise nach Kamerun tragen wollte, zusammen mit den wenigen Habseligkeiten, die sie mitzunehmen gedachte, in dem kleinen Schuppen beim Steg am Alsterufer verstecken.

Dann würde sie ein auffälliges Kleid tragen, vermutlich das leuchtend blaue, und dafür Sorge tragen, dass sie jemandem auffiele, wenn sie das Segelboot ihres Mannes bestiege. Dann würde sie lossegeln und draußen versuchen, es zum Kentern zu bringen. Sollte ihr das nicht gelingen, würde sie mit dem Boot zumindest so weit hinausfahren, dass es nicht so rasch wieder Richtung Ufer getrieben würde. Man musste es unbedingt weit draußen finden, wenn man nach ihr suchte.

Luise würde ihr Kleid zerreißen, damit der Eindruck entstünde, sie hätte sich in ihrem verzweifelten Kampf gegen das Ertrinken daraus befreit, um nicht unter Wasser gezogen zu werden. Im Unterkleid würde sie an Land schwimmen, sich in dem Schuppen umziehen, die Sachen für die Überfahrt holen und sich bis zum Morgen, wenn es Zeit wäre, an Bord der *Carl Woermann* zu gehen, im angrenzenden Wald verstecken.

Sie hatte also an alles gedacht. Einzig der Umstand, dass genau an diesem Tag möglicherweise weitere Boote draußen sein würden, machte sie unsicher. Doch dann, so nahm sie sich fest vor, würde sie einfach so lange in Hans' Boot auf dem

Wasser bleiben, bis sie allein wäre, und dann ihren Plan in die Tat umsetzen – auch wenn sie damit all jene verletzte und tief träfe, die sie so sehr liebten.

Es war der 25. September des Jahres 1894, als Luise, das Gesicht unter einem Schal verborgen, durch die Gassen Hamburgs zu Hamzas Quartier huschte. Sie küssten sich zärtlich, als Hamza die Tür geöffnet und sie hereingelassen hatte. Dann legten sie sich zusammen auf das Bett und schmiegten sich, soweit das wegen Luises Bauch möglich war, eng aneinander.

»Es ist das letzte Mal, dass wir zusammen sind, bevor unser Kind auf der Welt ist«, sagte Luise und strich zart über Hamzas Brust. Die Gefühle für ihren Geliebten waren in der letzten Zeit noch stärker geworden – obwohl sie auch die Stunden mit Hans ganz und gar genoss. Natürlich wusste Hamza nichts davon. Es gab für Luise auch keinen Grund, es ihm zu sagen. Sie war schließlich mit Hans verheiratet, und es war nur klug, so zu tun, als sei alles zwischen ihnen in Ordnung. Dass es wirklich so war und sie die gemeinsame Zeit mit ihrem Ehemann fast ebenso schätzte wie die mit Hamza, blieb ihr Geheimnis, und sie versuchte den Gedanken zu verdrängen, dass Hans ihr in dem neuen Leben tatsächlich sehr fehlen würde.

Es waren die Gespräche mit Hans, die Hamza ihr niemals geben konnte. Hans war hanseatischer Geschäftsmann durch und durch, er plante mit Luise die Zukunft. Immer öfter hatten sie von dem Welthandelshaus gesprochen, das Hans mit ihr zusammen gründen wollte. Gemeinsam hatten sie geträumt und Luftschlösser gebaut. Einzig die Tatsache, dass Luise ihren Ehemann gebeten hatte, mit der Eröffnung noch bis zur Geburt ihres Kindes zu warten, hatte die Sache bisher ausgebremst. Luise fand es nur richtig, ihn dazu gedrängt zu haben, denn sie hatte die Befürchtung, dass er sich mit der Anmietung von Lagerhallen und dem Geschäftsabschluss mit diversen Handelspartnern finanziell binden könnte und schließlich, nach Luises vermeintlichem Tod, allein mit allem dastehen und nicht mehr die Kraft aufbringen würde, den Weg weiterzuverfolgen.

Ja, Hans gab Luise etwas, das Hamza ihr niemals würde geben können. Und andersherum war es genauso.

Zwar wusste Luise, dass ihr mit Hamza in Kamerun ein vollkommen anderes Leben bevorstand, als sie es bisher kannte. Doch sie rief sich immer wieder in Erinnerung, wie glücklich sie mit ihm war und dass er der erste Mann gewesen war, den sie geliebt hatte und immer noch liebte. Sie würden ein Kind haben, und Luise könnte sich darum kümmern. Zwar wäre sie nie wieder die Geschäftsfrau Luise Hansen, doch sie wusste, dass ihr Kind ihr immer mehr bedeuten würde als das.

Dass ihr Vater mit seiner toleranten und weltoffenen Art ihr solche Möglichkeiten im Kontor eröffnet hatte, war mehr als ungewöhnlich, beschränkte sich doch das Leben fast aller Frauen – oder zumindest derer, die sie kannte – auf die Rolle als Ehefrau und Mutter. Und sosehr Luise sich in der Rolle der Geschäftsfrau gefiel, wusste sie doch auch, dass die Natur den Körper der Frau vor allem dafür gemacht hatte, Kinder zu bekommen. Es konnte also unmöglich etwas Falsches daran sein, sich genau diesem Ziel nun zu verschreiben und zusammen mit Hamza das Kind großzuziehen, das aus ihrer Liebe entstanden war.

»Woran denkst du?«, fragte Hamza in die Stille hinein und streichelte zärtlich ihren Arm.

»An uns«, sagte Luise. »An uns, unser Kind und wie es wohl sein wird, unser gemeinsames Leben.«

»Ich weiß genau, wie es sein wird«, sagte Hamza ruhig. »Wir werden ein einfaches, aber gutes Leben haben, ich werde für uns sorgen, und du wirst eines Tages eine Anstellung in einem der weißen Dörfer oder einer der Städte bekommen und ebenfalls arbeiten. Wir werden unserem Kind sein Land zeigen, ich werde ihm beibringen, wie er in der Natur überlebt und welche Pflanzen er essen darf.«

»*Er?*«, fragte Luise.

»Aber ja. Es wird ein Junge.«

»Woher willst du das wissen?«

»Ich weiß es eben.«

Luise lachte auf. »Mein Vater behauptet ebenfalls, es zu wissen«, erklärte sie. »Und er sagt, es wird ein Mädchen.«

»Einer von uns wird auf jeden Fall recht behalten«, meinte Hamza schmunzelnd.

»Ja, allerdings.« Sie schmiegte sich noch näher an ihn heran. »Du wirst bestimmt ein wunderbarer Vater werden.«

»Ich werde ihm alles beibringen, was ich weiß.« Hamza überlegte kurz. »Ich hoffe, dass ich eine gute Anstellung finden werde.«

»Da bin ich ganz sicher.«

»Ich habe hier so viel in Hamburg lernen dürfen, hier und auch zuvor auf eurer Plantage in Kamerun. Ich könnte viel bewirken und von großem Nutzen sein, das weiß ich. Ich hoffe nur, dass jemand mir die Möglichkeit gibt, es zu beweisen.«

»Es wird sich alles finden«, sagte Luise, weil sie ihrem Geliebten nicht sagen wollte, dass seine Bedenken den Befürchtungen glichen, die sie selbst hatte.

»Ich habe Angst vor Sonntag«, sagte Hamza. »Ich habe solche Angst, dass dir womöglich die Kräfte schwinden und du es nicht an Land schaffst.«

»Ich bin wirklich eine sehr gute Schwimmerin.«

»Ja, aber du bist nie mit einem Kind in deinem Bauch geschwommen.«

»Mach dir keine Sorgen. Unserem Kind und mir wird nichts geschehen. Du kannst mir vertrauen.«

»Das tue ich.«

Wieder schwiegen sie eine Weile, dann besprachen sie noch einmal haargenau, was Luise tun und an wen sie sich wenden sollte, sobald sie Kamerun erreichte.

Es war bereits kurz vor sechs, als Luise sich mit einem langen Kuss von ihrem Geliebten verabschiedete – in dem Bewusstsein, ihn erst in sechs Wochen wiederzusehen, wenn sie beide bereits Eltern sein und sich in Kamerun treffen würden.

Sie legte sich den Schal über den Kopf und zog ein Ende vor ihr Gesicht. Dann verließ sie eilig Hamzas Quartier.

Der 30. September war gekommen. Am Abend zuvor waren Luise, Hans und Robert bei Martha und Ludwig gewesen und hatten mit ihnen zusammen gespeist. Natürlich wusste nur Luise, dass es ein Abschiedsessen gewesen war und sie alle nie wieder zusammen an einem Tisch sitzen würden, niemals in ihrem ganzen Leben.

An diesem Sonntag hatte ihr Ehemann geplant, zusammen mit ihr seinen Onkel zu besuchen, doch Luise sagte, dass ihr nicht gut sei, und entschuldigte sich mit der fortgeschrittenen Schwangerschaft. Hans zögerte, als sie ihn bat, dennoch zu gehen, und kündigte an, danach noch einen Spaziergang an der frischen Luft mit ihm zu unternehmen, wenn ihr Kreislauf wieder stabil wäre.

Sie hatte sich aufs Bett gelegt, und als ihr Mann sich von ihr verabschiedete, hielt sie ihn für einen Moment fest umarmt.

»Du wirst mir fehlen«, hörte sie sich selbst sagen und bereute es augenblicklich.

»Aber so lange bleibe ich nun wirklich nicht weg.« Er schenkte ihr ein Lächeln. »Oder soll ich doch lieber hierbleiben?«

»Nein, das wäre Unsinn. Und grüß Wilhelm recht herzlich von mir, ja?«

»Das werde ich.«

Sie gaben sich einen langen, leidenschaftlichen Kuss. Dann verabschiedete sich Hans und ging hinaus. Luise kamen die Tränen, als sie die verschlossene Tür anstarrte.

Kurz darauf hörte sie Hugos Stimme, der das Pferd antrieb. Sie wartete noch etwa eine Viertelstunde, dann stand sie auf und trat vor den Spiegel. Sie trug das blaue Kleid, genau wie sie es geplant hatte. Sie strich die Haarsträhnen zurück, die sich aus ihrer Frisur gelöst hatten, und atmete noch einmal tief durch. Der schwerste Gang stand ihr nun bevor, der Moment, da sie ihren Vater zum letzten Mal in ihrem Leben sehen würde.

Er war in seinem Arbeitszimmer und erledigte noch die Korrespondenz, die über die Woche liegen geblieben war. Das tat er häufig, und wie Luise sich erinnerte, hatte auch schon sein Vater zuvor, ihr Großvater, genau das getan.

Auf dem Weg zu ihres Vaters Zimmer kam ihr noch einmal ein Gedanke, der sie bereits die letzten Tage des Öfteren umgetrieben hatte. Dadurch, dass sie keinen Kontakt mehr zur Familie haben könnte, würde sie auch niemals erfahren, wenn ihr Vater irgendwann nicht mehr am Leben war. Sie wusste nicht genau, was sie daran so erschütterte, doch der Gedanke, dass es so und nicht anders sein würde, erschreckte sie zutiefst und ließ sie in großer Trauer zurück.

Sie klopfte an den Rahmen, obwohl die Tür offen stand. »Kann ich dich kurz stören?«

»Gewiss«, sagte Robert und sah von seiner Korrespondenz auf.

»Ich werde noch einen Spaziergang machen«, kündigte sie an. »Mir war vorhin nicht ganz wohl, aber jetzt ist es wieder besser, da möchte ich noch ein wenig an die frische Luft.«

»Wird Hans dich begleiten?«

»Nein, er ist zu Wilhelm gefahren. Eigentlich hatte ich mit ihm fahren wollen, es dann aber doch lieber gelassen.«

»Soll ich mitkommen? Ich habe hier nur noch eine Handvoll Briefe.«

»Nein, danke. Ich glaube, ich gehe ein wenig zum Alsterufer, dorthin, wo ich auch mit Hans immer so gern bin. Da ist es wunderschön, und ich werde ein wenig Ruhe finden.«

»Bist du nervös wegen der Geburt?«

»Nein … oder womöglich doch, ich weiß es nicht genau. Es ist ja auch noch nicht so weit.«

»Willst du wirklich nicht, dass ich mitkomme? Es würde mir nichts ausmachen.«

Sie trat auf ihn zu, stellte sich neben ihn und beugte sich zu ihm hinunter. Dann gab sie ihm einen Kuss auf die Wange.

»Womit habe ich denn den verdient?«

»Du bist der beste Vater, den man sich nur wünschen kann, und ich danke dir für alles, was du für mich getan hast.«

Er nahm ihre Hand und hauchte einen Kuss darauf. »Ach, Luise, ich könnte kein stolzerer Vater sein.«

Einen Moment zögerte Luise. Die Vorstellung, dass es das letzte Zusammensein war, zerriss ihr fast das Herz. Sie beugte sich noch einmal zu ihm hinunter und hätte fast Lebewohl gesagt, brachte dann aber ein knappes »Bis später« hervor.

»Ja, bis später, Luise«, erwiderte er.

Sie drehte sich nicht mehr zu ihm um, damit er die Tränen nicht sah, die ihr in die Augen schossen.

Kurz überlegte sie, auch noch zu Richard, Elsa und Marie zu gehen, aber das schien ihr dann doch zu auffällig. Also beeilte sie sich, aus der Villa zu kommen und dieser genau wie dem Leben in Hamburg ein für alle Mal den Rücken zu kehren.

Das erste Stück lief sie, bis sie spürte, dass ihr Herz zu heftig gegen ihren Brustkorb schlug. Dann ging sie etwas ruhiger weiter, machte eine Drehung und sah noch ein letztes Mal auf die Villa, die im Sonnenschein und mit den grünen Wiesen und den Bäumen darum herum wie ein Gemälde aussah.

Luise wandte sich rasch ab und setzte ihren Weg fort. Es dauerte eine Weile, bis sie das Alsterufer erreichte und den kleinen Schuppen, in dem sie während der letzten Tage die Wechselkleidung und die paar Dinge, die sie mit nach Kamerun nehmen wollte, verstaut hatte.

Sie entspannte sich ein wenig, als sie sah, dass noch alles da war. Sie legte die Sachen zurück unter die Bank, sodass niemand, der nur einen Blick in den Schuppen warf, sie entdecken konnte. Dann machte sie sich auf den Weg zum Steg.

Hans' Segelboot lag fest vertäut an seinem üblichen Platz.

Luise beschattete mit der Hand ihre Augen. In einiger Entfernung konnte sie zwei weitere Boote ausmachen, doch die waren in jedem Fall zu weit weg und fuhren noch dazu in die andere Richtung davon. Luise setzte sich auf den Steg und wartete. Es würde nicht mehr lange dauern, bis Herr Jägerlein, ein gutmütiger älterer Herr, auf seiner nachmittäglichen Runde mit seiner Dackeldame Henriette hier vorbeikam. Das machte er jeden Tag, und wann immer Luise mit Hans hier gewesen war, war der Dackel angelaufen gekommen und hatte sie freudig begrüßt, während Herr Jägerlein mit dem Tier geschimpft hatte, weil es wieder einmal nicht auf ihn hören wollte. Dabei ging es dem Mann nicht darum, dass seine Hündin Luise und Hans nicht begrüßen sollte, nein. Nur sprang Henriette mit schönster Regelmäßigkeit an Luises Kleid hoch und beschmutzte es, worauf ihr Herrchen sich wortreich entschuldigte und stets darauf hinwies, dass das Tier noch nicht einmal ein Jahr alt sei und das Folgen erst noch lernen müsse. Luise fand es herrlich, dieses immer gleiche Spiel zu beobachten.

Und schon hörte sie auch heute Herrn Jägerlein in der Ferne nach seiner Hündin rufen. Der Zeitpunkt war also gekommen.

Luise stemmte sich hoch, was ihr in Anbetracht ihres mittlerweile stattlichen Bauchs einige Umstände bereitete, und kam schließlich auf die Beine. Ohne sich zu Herrn Jägerlein umzudrehen, begann sie, das Seil zu entknoten, mit dem das Segelboot am Steg festgemacht war.

Schon wurden die Rufe Jägerleins lauter, und im nächsten Moment sprang Henriette sie begeistert von hinten an.

»Oh!« Luise tat überrascht. »Ja, guten Tag auch.«

»Henriette«, schimpfte Herr Jägerlein, »das sollst du doch nicht. Um Himmels willen, Frau Petersen, Ihr schönes Kleid!«

»Aber das macht doch nichts, Herr Jägerlein. Ich möchte gleich noch mit dem Segelboot ein wenig hinausfahren. Da wird es wahrscheinlich ohnehin schmutzig werden.«

»Sie wollen allein rausfahren?«, fragte Herr Jägerlein besorgt. »Das sollten Sie sich lieber noch einmal überlegen in Ihrem Zustand, Frau Petersen. Außerdem soll es noch ein Gewitter geben. Ich habe gerade mit dem alten Detering gesprochen. Der kennt sich mit dem Wetter aus.«

Luise freute sich, nun eine noch bessere Erklärung für das Kentern des Boots geliefert zu bekommen. »Ach«, winkte sie ab, »es wird schon nicht so schlimm werden, und ich will ja auch nur ...« Sie brach ab und legte erschrocken die Hand auf den Bauch.

»Was ist denn, Frau Petersen? Ist Ihnen nicht gut?«

»Ach, es ist nichts«, tat Luise es ab. »Es war nur für einen kurzen Moment ...« Ein neuer stechender Schmerz durchfuhr ihren Bauch, und Luise schrie auf.

»Um Himmels willen!« Herr Jägerlein wurde hektisch. »Das sind bestimmt die Wehen!«

»Nein, es ist ... es geht gleich wieder.« Luise unterdrückte einen weiteren Schrei.

Entschlossen griff Jägerlein sich das Seil des Segelboots, das Luise in den Händen hielt. »Sie fahren da jetzt bestimmt nicht raus, Frau Petersen. Sie bekommen nämlich Ihr Kind.«

Er vertäute eilig das Seil und machte sich daran, Luise zu stützen.

»Nein, wirklich«, wehrte sie ab, »ich brauche nur einen kleinen Moment ...« Panik wallte in ihr auf. Das konnte nicht sein! Es *durfte* nicht sein!

»Kommen Sie, ich werde Sie stützen. Wir müssen sofort gehen.«

»Aber es ist zu früh«, jammerte Luise unter Schmerzen. In diesem Moment hörte man eine Art Knacken, und im nächsten Augenblick ergoss sich in einem Schwall der Inhalt ihrer Fruchtblase auf den Steg.

»Ich habe ja selbst keine Erfahrung«, sagte Jägerlein. »Aber dass Ihr Kind heute auf die Welt kommen möchte, das habe sogar ich verstanden. Und nun kommen Sie.« Er stützte sie, was Henriette zu wiederholtem begeisterten Anspringen nutzte. »Ich werden Ihnen helfen. Bis zu Detering schaffen wir es, und dann nehmen wir dessen Kutsche.« Er sah nach unten. »Ab, Henriette, na komm schon, lass uns durch.«

Luise brach in Tränen aus. Sie warf einen fast sehnsüchtigen Blick auf das Segelboot. Ihr Kind kam jetzt auf die Welt.

Es war vorbei.

Die nächsten Stunden zogen für Luise in einem Meer von Schmerzen und Ängsten vorüber.

Herr Jägerlein hatte sich ganz reizend verhalten und sie sogar in der Kutsche von Herrn Detering bis zur Villa begleitet. Dann hatte er Luise der Obhut ihres Vaters übergeben, der sogleich Anna, der Haushälterin, Bescheid gesagt und danach Martha angerufen hatte, die versprach, ebenfalls sofort zur Hansen'schen Villa aufzubrechen.

Auch Elsa half, wo sie nur konnte, und war überaus konzentriert, um es Luise so bequem wie nur möglich zu machen und sie von den Schmerzen etwas abzulenken. Dennoch waren alle erleichtert, als Hugo die Kutsche wieder vorfuhr, in der er die Hebamme abgeholt hatte, und diese sich Luises annahm.

Hans und Wilhelm, von Robert telefonisch informiert, waren bereits kurz nach der Hebamme eingetroffen und hielten sich nun im Wohnzimmer auf. Hans schaffte es nicht, länger als eine Minute sitzen zu bleiben, und lief nervös auf und ab.

Es war bereits kurz vor Mitternacht, als von oben endlich das Schreien eines Säuglings bis ins Wohnzimmer drang.

Hans sah Robert an, dann Wilhelm, dann wieder Robert, dem er begeistert einen Kuss auf die Stirn drückte und danach die Treppe ins Obergeschoss hinaufstürmte. Er wartete noch kurz, doch als die Hebamme herauskam, um sich im angrenzenden Badezimmer zu waschen, rannte er sofort ins Schlafzimmer.

Luise war vollkommen erschöpft und hatte den Kopf zur Seite gelegt. Mit leisen, vorsichtigen Schritten trat Hans ans Bett.

Luise hatte ihr Kind noch nicht einmal angesehen und erwartete nur voller Angst die Reaktion ihres Ehemanns, wenn er das Kind zu Gesicht bekäme.

»Es ist ein kleines Mädchen«, sagte Elsa, die der Hebamme die ganze Zeit über geholfen hatte. »Und sie hat deine Haarfarbe, Hans.« Elsa reichte Hans das kleine, in ein Tuch gewickelte Bündel Mensch, worauf er den Stoff ein wenig beiseiteschob und sich dann mit dem Kind im Arm auf die Bettkante setzte.

»Wir haben ein kleines Mädchen, Luise«, sagte er fast ehrfürchtig, und zum ersten Mal wagte sie es nun, einen Blick auf die Kleine zu werfen, der sie soeben das Leben geschenkt hatte.

Luise versuchte sich hochzustemmen, und Hans half ihr beim Aufsetzen. Dann legte er ihr die Tochter in den Arm. »Ich fürchte, Elsa hat recht – sie sieht wirklich aus wie ich als Kind. Wenn wir Glück haben, verwächst sich das noch«, fügte er strahlend hinzu.

Luise betrachtete die Kleine. Tatsächlich konnte man schon jetzt erkennen, wer ihr Vater war und wie ähnlich sie ihm sah.

»Ich bin so unglaublich stolz auf dich«, sagte Hans und küsste Luise zärtlich.

Luise strich ihrer Tochter sanft mit der Fingerspitze über die winzige Wange. Sie wusste nicht, was sie fühlen sollte. Alles war ganz anders gekommen, als sie es erwartet hatte. Ihr Ehemann war der Vater ihres Kindes, und sie würde in Hamburg bleiben. In Hamburg, in der Villa und im Kontor. In ihrer Heimat und bei den Menschen leben, die sie liebte. Sie konnte es kaum fassen. Tränen des Glücks liefen ihr über die Wangen.

Doch da war auch noch ein anderes Gefühl, eines, das ihr das Herz schwer machte. Wie sollte sie es Hamza beibringen? Was würde der Mann, von dem sie geglaubt hatte, dass er der Einzige war, den sie ein Leben lang lieben würde, nun von ihr denken? Was würde aus ihren gemeinsamen Plänen? Nicht nur sie war bereit gewesen, alles für ihn und das gemeinsame Kind aufzugeben, sondern er ebenso. Wie sollte es jetzt für ihn weitergehen? Würde er in Hamburg, im Kontor bleiben und seine Lehre beenden? Wie sollte sie sich ihm gegenüber verhalten? Was würde er denken, wenn er sie und ihre kleine Tochter, die Hans wie aus dem Gesicht geschnitten war, zusammen sähe? Fast schämte sie sich, denn sie hatte das Gefühl, ihren Geliebten betrogen zu haben.

Sie atmete tief durch, dann gab sie Hans das Baby zurück und ließ sich ermattet in die Kissen sinken.

»Schlaf ein Weilchen«, sagte Hans liebevoll. »Ich werde mich um unsere Kleine kümmern.« Er stand auf und ging mit seiner Tochter auf dem Arm hinaus, um den anderen das jüngste Familienmitglied vorzustellen.

Luise hörte ihn die Stufen hinuntergehen, dann schloss sie erschöpft die Augen.

Nichts war mehr so, wie sie dachte.

Epilog

Es war der 15. Oktober 1894, als Hamza – mit einem Brief von Robert Hansen an Heinrich Begemann im Gepäck – Hamburg mit einem Schiff der Woermann-Linie in Richtung Kamerun verließ.

All seine Träume von einem gemeinsamen Leben mit Luise waren in dem Moment zerbrochen, als Robert Hansen ihm mit strahlendem Gesicht verkündete, dass Luise Mutter eines gesunden Mädchens geworden und die Kleine ihrem Vater wie aus dem Gesicht geschnitten sei.

Sosehr er auch in den letzten Wochen und Monaten hin- und hergerissen gewesen war zwischen der Freude, bald Vater zu werden, und dem Gedanken, fortan die Verantwortung für eine kleine Familie zu tragen – nun fühlte er sich nur zutiefst enttäuscht. Enttäuscht und betrogen von der Frau, die er liebte. Wie oft mochte sie wohl bei ihrem Mann gelegen und sich ihm hingegeben haben? Während er in seinem kleinen Zimmer in Hamburg gehockt hatte, einsam, ohne seine Familie und Freunde, ohne einen Menschen, der sich für ihn interessierte. Wie oft hatte er sehnsüchtig darauf gewartet, dass Luise sich von zu Hause oder aus dem Büro fortstahl, um zu ihm zu kommen! Er fühlte sich wie ein Narr.

Seine Erklärung für Robert Hansen war knapp ausgefallen: Er wolle zurück nach Kamerun, in seine Heimat, wo er hingehörte. Das war alles gewesen.

Robert hatte es akzeptiert, ihm die Schiffspassage bezahlt und ihn noch zum Kai begleitet. Hamza sah den Vater der Frau, die er über alles geliebt hatte, dort stehen und ihm zum Abschied winken. Doch er hob nicht einmal die Hand. Er wandte sich ab und blickte sich nicht mehr um, als das Schiff ablegte und den Hamburger Hafen verließ.

Er hatte sich nicht von Luise Petersen verabschiedet.

Quellenverzeichnis

Literatur

Aissatou Bouba, Kinder des Augenblicks. Die Ethnien Deutsch-Nordkameruns in deutschsprachigen Reiseberichten (1850–1919), Edition Lumière, Bremen 2008

Peter Csendes/Ferdinand Öpil (Hrsg.), Wien – Geschichte einer Stadt, Bd. 3., Von 1790 bis zur Gegenwart, Böhlau, Wien/Köln/Weimar 2006

Deutsches Kolonial-Lexikon, hrsg. von Heinrich Schnee, Quelle & Meyer, Leipzig 1920 (online noch unvollständig abrufbar unter: http://www.ub.bildarchiv-dkg uni-frankfurt.de/Bildprojekt/Lexikon/lexikon.htm)

Dictionnaire Duala–Français, Suivi d'un Lexique Français–Duala, Editions Klincksieck, Paris 1972 (Online [abgerufen am 25. Oktober 2017])

Andreas Eckert, Die Duala und die Kolonialmächte. Eine Untersuchung zu Widerstand, Protest und Protonationalismus in Kamerun vor dem Zweiten Weltkrieg, Lit, Münster 1992

Andreas Eckert, Grundbesitz, Landkonflikte und Kolonialer Wandel, Douala 1880 bis 1960, in: Beiträge zur Kolonial- und Überseegeschichte, Band 70, Steiner, Stuttgart 1999

Alexander Emmerich, Die Geschichte der Deutschen in Afrika – Von 1600 bis in die Gegenwart, Fackelträger, Köln 2013

Werner Gartung, Kamerun, Rump, Bielefeld 2015

Franz Giesebrecht (Hrsg.), Die Behandlung der Eingeborenen in den deutschen Kolonien, o. O. 1889

Horst Gründer, Geschichte der deutschen Kolonien, 6., überarbeitete und erweiterte Auflage, Schöningh, Paderborn 2012

Karin Hausen, Deutsche Kolonialherrschaft in Afrika, Wirtschaftsinteressen und Kolonialverwaltung in Kamerun vor 1914, in: Beiträge zur Kolonial- und Überseegeschichte, Band 6, Atlantis, Zürich u. a. 1970

Barbara Johanna Heuermann, Der schizophrene Schiffsschnabel: Biographie eines kolonialen Objektes und Diskurs um seine Rückforderung im postkolonialen München, Studien aus dem Münchner Institut für Ethnologie, Band 17, München 2015

Werner Jochmann/Hans-Dieter Loose (Hrsg.), Hamburg, Geschichte der Stadt, Teil 2, Vom Kaiserreich bis zur Gegenwart, Hoffmann & Campe, Hamburg 1986

Alexandre Kum'a N'dumbe, Das Deutsche Kaiserreich in Kamerun: Wie Deutschland in Kamerun seine Kolonialmacht aufbauen konnte, 1840–1910, Exchange & Dialogue, Berlin 2009

Fritz-Ferdinand Müller, Kolonien unter der Peitsche, Rütten & Loening, Berlin 1962

Jesko von Puttkamer, Gouverneursjahre in Kamerun, Stilke, Berlin 1912

Johannes Sachslehner, Wien: eine Geschichte der Stadt, Pichler, Wien/Graz/Klagenfurt 2006

Manfred Schläfcke, Als Kaufmann nach Kamerun – Viktoria (Limbe) und Kribi 1900–1907, Books on Demand, Norderstedt 2014

August Seidel: Die Duala-Sprache in Kamerun. Systematisches Wörterverzeichnis und Einführung in die Grammatik,

Groos, Heidelberg 1904 (Online [abgerufen am 22. Oktober 2017])

Unser Kamerun – Deutschlands älteste Kolonie, Poetzsch, Magdeburg 1899 (Reprint, Melchior, Wolfenbüttel 2012)

Gotthilf Walz, Die Entwicklung der Strafrechtspflege in Kamerun unter deutscher Kolonialherrschaft 1884–1914, in: Beiträge zur Soziologie Afrikas, Band 2, zugl. Diss., Freiburg 1981

Walter M. Weiss, Wien, 5., aktualisierte Auflage, DuMont Reiseverlag, Ostfildern 2016

Albert Wirz, Vom Sklavenhandel zum kolonialen Handel, Wirtschaftsräume und Wirtschaftsformen vor 1914, in: Beiträge zur Kolonial- und Überseegeschichte, Band 10, Atlantis, Zürich u. a. 1972

Clemens Wischermann, Wohnen in Hamburg vor dem Ersten Weltkrieg, Coppenrath, Münster 1983

INTERNET

http://www.bpb.de/gesellschaft/migration/afrikanische-diaspora/59376/chronologie

http://www.ddl.ish-lyon.cnrs.fr/projets/clhass/PageWeb/ressources/duala.pdf

https://www.deutsche-schutzgebiete.de/kamerun.html

https://www.dhm.de/lemo/kapitel/kaiserreich/aussenpolitik/die-deutsche-kolonie-kamerun.html

https://www.ethnologue.com/map/CM_s

https://geschichtsbuch.hamburg.de/epochen/industrialisierung/gaengeviertel-und-elendsquartiere/

http://geschichtsverein-koengen.de/WilhelmZwei.htm

http://www.goruma.de/Laender/Afrika/Kamerun/Wissenswertes/Feiertage_Veranstaltungen_und_Landessitten.html

https://www.hamburg.de/hamburg-historische-bilder/239460/
bilder-hamburger-strassen-und-stadttore-19-jahrhundert/

https://www.hamburgmuseum.de/uploads/hamburg_museum/
documents/6895/original/Wohnen_im_19._Jahrhundert.
pdf?1505725487

http://kunstmuseum-hamburg.de/deutschlands-kolonien-
in-farbe-kamerun/

http://staatsbuergerschaft.gv.at/index.php?id=34

http://www.theobroma-cacao.de/wissen/herstellung/
verarbeitung-der-kakaofrucht/

http://www.theobroma-cacao.de/wissen/rezepte-und-technik/
kakaobohnen-verarbeiten/

http://www.ub.bildarchiv-dkg.uni-frankfurt.de/Bildprojekt/
Lexikon/lexikon.htm

https://web.archive.org/web/20071002230426/http://inwent.
org/v-ez/lis/kamerun/index.htm

https://web.archive.org/web/20100209053003/http://users.
elite.net/runner/jennifers/hello.htm#D

https://www.wien.gv.at/kultur/archiv/geschichte/ueberblick/
stadtwachstum.htm

http://www.wien-konkret.at/kulturgeschichte/wien-
19jahrhundert/

Made in the USA
Las Vegas, NV
26 November 2020

11522477R00164